Verlag:
Hendrik Müller
Virchowstraße 1
23611 Bad Schwartau
hendrik-m-99@outlook.de

Druck: epubli – ein Service der neopubli GmbH, Berlin

Hendrik Müller

Nach welchen Regeln spielst Du?

Psychothriller

Sie wollte einmal
nur sein Herz berühr‘n
und endlich seine
Grausamkeit versteh‘n.

- *Oomph! ‚Seine Seele‘*

1

Sie betrat den Raum und schlagartig änderte sich die Stimmung. Gespräche verstummten, Augen wurden weit aufgerissen und blickten ängstlich zu der Frau, die in der Sekunde, in der sie die Tür aufschloss, die volle Aufmerksamkeit erhielt. Sie trug ein strenges, eng anliegendes, graues Kostüm und hatte ihre braunen Haare zurückgekämmt und zu einem Dutt gebunden. Langsamen Schrittes ging sie zur Mitte des quadratischen Raumes, wobei ihre Absätze unheilvoll auf dem Boden klackerten.

Dabei bedachte sie jeden Einzelnen der anwesenden Personen, von denen jeder genau wusste, was ihnen nun bevorstand, eines strengen Blickes, auch wenn ihnen der Zeitpunkt etwas merkwürdig vorkam.

Auch Tom wunderte sich. »Das ist unmöglich!«, schoss es ihm durch den Kopf, »Doch nicht jetzt schon, nicht so früh?!« Doch die Tasche, die die Frau in der Hand hielt und nun drohend auf den Tisch vor sich stellte, ließ keine Zweifel mehr daran.

Tom ließ seinen Blick durch den Raum schweifen, betrachtete die Gesichter der anderen Personen, untersuchte ihre Mimik. Die meisten schauten genauso erschrocken und geschockt drein wie er selbst. Auch sie hatten nicht so früh damit gerechnet, höchstens erst in zwei Wochen.

Andere wiederum schauten resigniert auf den Boden

oder starrten gelangweilt an die Wand. Sie wussten, dass es ohnehin kein Entrinnen gab und fügten sich ihrem Schicksal.
Die Frau schaute noch einmal in die Runde, um sich zu vergewissern, dass sie auch von jedem die Aufsamkeit erhielt, die diesem Prozess würdig war. Tom kam es sogar so vor, als würde sie diabolisch lächeln und den Moment richtiggehend genießen, aber das war wahrscheinlich nur Einbildung.
Als wirklich auch der Letzte im Raum aufhörte, teilnahmslos in die Gegend zu starren, und stattdessen nach vorne zu ihr sah, setzte sie noch einmal ihre Brille zurecht und griff dann in die Tasche hinein.

2

»Das kann doch nicht sein!«, dachte Tom, »Schon wieder eine 4?«, und fragte sich gleichzeitig, ob er sich über das Ergebnis der Mathe-Klausur freuen oder ärgern sollte. Ein Blick in die verzweifelten und verärgerten Gesichter seiner Mitschüler ließen ihn sich für Ersteres entscheiden. Dabei hatte er sich diesmal wirklich hingesetzt und intensiv gelernt, hatte Nächte geopfert und einige Geburtstage in der Familie absagen müssen, um sich ganz auf diese verdammte Klausur konzentrieren zu können. Und dann kam lediglich ein Gesamtergebnis von 48,7% bestandenen Aufgaben dabei heraus.
Jemand tippte ihm auf die Schulter. »Und was hast du?«, fragte seine Sitznachbarin Anna. An ihrer Stimme und an dem Schatten, der über ihrem Gesicht lag, konnte Tom erahnen, dass es ihr nicht viel besser ergangen war, als ihm selbst.
»'Ne 4, und du?«, antwortete er.
»Du Glücklicher«, seufzte Anna und zeigte ihm ihr Heft, in dem es vor roten Strichen nur so wimmelte. Der Korrekturrand war auf jeder Seite bis auf den letzten Quadratmillimeter vollgeschrieben. Entsprechend war das ziemlich klägliche Ergebnis von 17,4% bestandener Aufgaben, die von einem ‚Wir müssen uns unterhalten!!!‘ noch untermauert wurden. Tom warf seiner Mitschülerin einen mitleidigen Blick zu

und versuchte sie zu trösten, da Anna bereits kurz vor dem Heulen war.
»Ist doch nur eine Zahl. Später brauchen wir den Scheiß doch eh nicht mehr.« Tom lächelte sie aufmunternd an, bekam jedoch nur ein schwaches Lächeln als Antwort. Anna war nicht die beste Schülerin, ihr aktueller Notenstand war wirklich beunruhigend und gefährdete sogar ihre Versetzung.
Tom wandte sich wieder dem Unterrichtsgeschehen zu und hoffte, dass die verbleibenden 39 Minuten möglichst schnell herumgingen. Wie immer war der Klassenspiegel nicht besonders gut ausgefallen, es gab lediglich zwei Zweier, ein paar Dreier und Vierer; der Großteil der Noten lag jedoch im mangelhaften und ungenügenden Bereich. Ihre Mathelehrerin würde sie nun wieder zusammenstauchen, was für schlechte Schüler sie doch seien, und wie überhaupt so ein katastrophales Ergebnis zustande kommen könne. Schließlich sei Mathematik rein logisch und doch nun wirklich nicht so schwer zu verstehen.
»Wenn Sie die Aufgaben so kompliziert stellen und zu unfähig sind, uns den Kram beizubringen, müssen Sie sich über so ein Resultat auch nicht wundern, Sie blöde Kuh«, dachte Tom, behielt den Satz und seine Wut aber für sich. Auch wenn er sonst immer sagte, was er dachte, hielt er es für schlauer, diesmal den Mund zu halten. Er wollte sich seine Zeugnisnote nicht noch mehr versauen.
Endlich klingelte es zur Pause. Erleichtert stand Tom auf und ging aus dem Klassenraum, die Treppe

hinunter ins Forum. Die Klausur drückte auf seiner Blase und so suchte er als erstes die Jungentoilette auf.
Auf der Kloschüssel sitzend schaute er an die Decke, wie um bei Gott nach einer Erklärung für dieses Desaster zu fragen – und entdeckte an der Decke etwas Rotes, Rundes, das er als eine alte, verschimmelte Tomatenscheibe identifizierte. Er fragte sich, wie lange das Teil wohl schon dort oben an der Decke kleben mochte. »Diese Schule wird immer verrückter«, murmelte Tom kopfschüttelnd, stand auf, betätigte die Spülung, wusch sich die Hände und beschloss, sich in der Mensa erst einmal einen Donut zu kaufen. Er hatte tierischen Hunger und außerdem sorgte das Gebäck bei ihm immer für ein Glücksgefühl und gute Laune; beides hatte er im Moment bitter nötig.
Er stellte sich also in der wie immer viel zu langen Schlange bei der Essensausgabe an und bestellte sich seinen Lieblingsdonut, den mit pinker Glasur und bunten Streuseln.
Als er gerade in seinen kleinen Pausensnack beißen wollte, bemerkte er Darina, seine beste und mittlerweile auch einzige echte Freundin, die an einen Pfeiler gelehnt stand und in ihrem Handy herumtippte. Obwohl Handys in der Schule strengstens verboten waren.
Tom ging auf sie zu. Als sie ihn sah, huschte ein Lächeln über ihr Gesicht. Er wusste, dass sie sich freute, ihn zu sehen, aber er bemerkte auch sofort,

dass ihr Lächeln aufgesetzt war.
Beim Näherkommen erkannte er auch, warum: Ihre Lippe war leicht aufgeplatzt und wenn man genauer hinsah, erkannte man auch das Veilchen unter ihrem linken Auge. Jedoch sah nie jemand jemals genauer hin. Außer Tom.
»Hat er es schon wieder getan?«, raunte er ihr zu, als er neben ihr stand.
»Was?! Ach so, das meinst du ... Nee, ich bin gestern nur ausversehen gegen die Schranktür gelaufen. Nichts Schlimmes, mach dir keine Sorgen.«
»Hmmm ...«, grunzte Tom nachdenklich und machte sich Sorgen.
Darina war vor knapp einem Jahr an ihre Schule gekommen. Niemand konnte mit dem unscheinbaren Mädchen so richtig warm werden. Bis auf Tom, der sich in einer Mittagspause zu ihr gesetzt hatte, weil er sie immer alleine rumstehen sah. Die beiden verstanden sich auf Anhieb und so entstand mit der Zeit eine tiefe und enge Freundschaft. Sie vertrauten sich alles an, sprachen über ihre Probleme und halfen sich gegenseitig wieder auf die Beine, wenn es einem von ihnen mal nicht gut ging.
Sie hatte wie er keine besonders schöne Kindheit gehabt. Tom war froh, dass er sich damals zu ihr gesetzt hatte, denn sie hatte mit schweren Depressionen zu kämpfen, die sie dank ihm nun besser unter Kontrolle hatte.
Sie hatte ihm auch von ihrem gewalttätigen und alkoholkranken Vater erzählt, der sie, ihre Geschwister

und ihre Mutter im Rausch wohl schon mehrfach geschlagen hatte. Tom war deswegen auch noch nie bei ihr Zuhause gewesen, aber er hatte ihr mehrfach geraten, zur Polizei zu gehen und sich Hilfe zu suchen. Doch Darina war ein stures Mädchen und spielte die Angelegenheit immer wieder herunter. Es sei ja alles nicht so schlimm und ihr Vater kümmere sich ja gut um die Familie.

Tom seufzte tief, schaute seiner besten Freundin tief in die Augen und sagte beschwörend: »Du musst etwas dagegen unternehmen, hörst du?«

Doch er wusste, dass seine Worte wirkungslos bleiben würden.

Darina schaute beschämt zu Boden und nickte flüchtig. Sie kannte Tom gut genug und wusste, dass es keinen Sinn hatte, ihn anzulügen. Dieser Junge durchschaute sie sowieso immer. Jedes Mal.

»Hab' gerade von Justus gehört, dass ihr Mathe zurückbekommen habt. Hat die Alte euch wieder zur Schnecke gemacht?«, grinste sie ihn frech an, und boxte Tom gegen den Arm.

»Hör bloß auf, die war schon wieder richtig in Rage. Hat sich aufgeregt, als hätten wir sonst was verbrochen. Du kennst sie ja. Naja, wenigstens ist es noch eine 4 geworden. Hätte schlimmer sein können. Ein Viertel der Klasse hat eine 6 bekommen, stell dir das mal vor!«

»Na da kann unser Mathe-Profi ja jetzt ganz stolz auf sich sein, dass er die Klausur so bravourös abgeschlossen hat«, feixte Darina.

»Du bist eine asoziale Kackbratze, weißt du das?!«, lachte Tom. Natürlich wusste sie das. Das war seine Lieblings-Redewendung, wenn sie mal wieder einen fiesen oder sarkastischen Spruch brachte, auf den er keine Antwort wusste.
»Machen wir morgen mal wieder etwas zusammen? Wir haben schon seit fast zwei Wochen nichts mehr unternommen«, wechselte sie das Thema.
»Klar, gern! Ich brauche sowieso noch was aus der Stadt. Treffen wir uns direkt nach Schulschluss am Ausgang?«
»Logo! Genieß noch deinen restlichen Schultag«, kicherte sie und marschierte davon, denn in diesem Moment klingelte auch schon die Pausenglocke. Tom verdrehte die Augen. Sie konnte es einfach nicht lassen, ihm noch einen Spruch reinzudrücken, denn sie wusste genau, dass ihm noch ganze sechs Stunden bevorstanden, während sie nach der nächsten Schulstunde Schluss haben würde. Schicksalsergeben begab er sich also wieder in sein Klassenzimmer.
Wie immer zog sich der Unterricht in die Länge, die Zeit verging wie zähflüssiger Kaugummi. Nach zwei Stunden Deutsch und zwei Stunden Biologie standen nun nur noch zwei Stunden Sport auf dem Programm, bevor Tom endlich nach Hause gehen konnte.
Innerlich verdrehte er die Augen. Er war wahrlich nicht unsportlich, aber sein Sportlehrer versetzte sich gerne in die Lage eines Militäroffiziers, der seine Rekruten herumkommandierte, wie es ihm gerade passte. Auch heute nahm Mr. Bond (dies war sein Spitz-

name, den ihm die Klasse insgeheim gab, da er eine verblüffende Ähnlichkeit zum James Bond Schauspieler Daniel Craig aufwies) seine „Rekruten“ wieder hart ran und ließ sie die ganzen 90 Minuten über einen Hindernisparcours absolvieren, ohne ihnen dabei auch nur eine einzige Pause zu gönnen.
Vollkommen außer Atem und mit verschwitztem Körper stand Tom schließlich mit den anderen Jungs seiner Klasse in der Umkleide, um sich umzuziehen.
»Jemand sollte diesem Typen mal den Unterschied zwischen dem Militär-Trainingslager und der Schulklasse eines Gymnasiums erklären«, schimpfte Alex, während er sich sein T-Shirt überzog.
»Beschwer' du dich mal nicht!«, entgegnete Pascal. »Dir fallen die Übungen wesentlich leichter als uns.«
Womit er durchaus Recht hatte. Alex war wirklich ein Ass in Sport und ziemlich durchtrainiert, während andere, wie beispielsweise Pascal, mit ein paar überflüssigen Pfunden zu kämpfen hatten und nach den meisten Sportstunden dem Tod näher als dem Leben waren. Es entstand wieder einmal eine hitzige Diskussion in der Umkleide über die Unterrichtsmethoden ihres Sportlehrers. Tom hielt sich da raus. Er sagte zwar gern seine Meinung, doch hasste er es, wenn alle durcheinander redeten und der Lärmpegel dementsprechend anwuchs. Schnell zog er sich um, nahm seine Tasche und verließ die Kabine als Erster.
Draußen atmete er die frische Herbstluft ein und blickte zum Himmel. Es war inzwischen halb Vier. Er würde mit dem Tag kaum noch etwas anfangen

können, wenn er mit seinen Hausaufgaben fertig war. Seufzend ging er zu den Fahrradständern, schloss sein Mountainbike auf und schwang sich auf sein Rad.
Die Luft roch nach Regen, und er beschloss, sich zu beeilen, wenngleich er diesen Duft sehr mochte. Auf klitschnasse Kleidung konnte er aber getrost verzichten.
Wütend trat er in die Pedale. Der Ärger über die verkorkste Mathe-Klausur saß ihm immer noch in den Knochen, und er wusste, dass er Zuhause dafür nicht gerade mit Lorbeeren überschüttet werden würde.
Zuhause. Ein seltsames Wort war das. Tom wusste damit nichts anzufangen, fühlte er sich doch schon längst nicht mehr Zuhause, dort, wo er wohnte.
»Oh, Mama ...«, murmelte er versonnen, »wenn du das alles doch nur miterleben könntest ...«
Er blickte wieder gen Himmel, dort, wo seine Mutter gerade in diesem Augenblick höchstwahrscheinlich auf ihn herab sah. Traurig wandte er seinen Blick wieder auf die Straße und den Verkehr.
Er erinnerte sich noch genau an den Tag, als es passierte. Dabei war er damals erst fünf Jahre alt gewesen. Seine Eltern hatten sich wie immer gestritten. Sie stritten nur noch, tagein, tagaus, und Tom zog sich immer mehr in sich zurück, sprach kaum noch, und baute sich seine eigene Welt auf, in die er sich verkriechen konnte. Weg von dem Geschrei und den wüsten Beschimpfungen seiner Eltern. Sogar beim Autofahren stritten sie, und das wurde seiner Mutter schließlich zum Verhängnis.

Es war damals dunkel und die Landstraße nicht beleuchtet. Seine Eltern hatten sich mal wieder in Rage geredet, sodass keiner von ihnen die Kurve sah, die in der Ferne auftauchte. Tom bemerkte sie. Aber er wusste, dass seine Eltern ihm sowieso nicht zuhörten. Zu sehr waren sie mit Streiten beschäftigt. Und so schwieg er lieber.

Als sein Vater dann endlich wieder auf die Straße sah, war es bereits zu spät. Nahezu ungebremst stürzte das Auto über die Leitplanke, überschlug sich mehrfach, bevor es schlussendlich von einer dicken, alten Eiche ausgebremst wurde.

Tom und sein Vater überlebten beide mit schweren Verletzungen, Blutergüssen und Knochenbrüchen. Seine Mutter aber war sofort tot. Aufgespießt von einem dicken und leider auch ziemlich stabilen Ast des Baumes. Tom würde das Bild nie vergessen, wie sie auf dem Beifahrersitz saß, das Gesicht voller Blut, den Kopf komplett zertrümmert. Obwohl er auf dem Rücksitz saß, hatte er sich damals nicht von dem Bild abwenden können, das ihm der Innenspiegel bot. Auf der Höhe des rechten Augapfels hatte der Ast ihren Kopf vollständig durchbohrt.

Unwillkürlich griff Tom sich an seine Oberlippe und berührte sanft die Narbe; eine der Narben, die er damals davongetragen hatte.

Ein lautes Dröhnen holte ihn schließlich von seinen Tagträumen wieder in die Realität zurück.

Er sah wieder nach vorn auf die Straße, und als er endlich realisierte, wer oder was ihn da angehupt hatte, war es fast schon zu spät. Wie damals an jenem Tag des Autounfalls.

So schaffte er es gerade noch rechtzeitig, die Vorderradbremse zu ziehen, bevor er mit dem weißen Mercedes kollidierte, der soeben aus einer Seitenstraße kam und nach links auf die Straße abbiegen wollte, auf der Tom soeben entlang fuhr. Dieser fuhr vor Schreck zusammen und wäre fast von seinem Fahrrad gefallen, als ihm endlich klar wurde, wie knapp er soeben dem Tod entkommen war.

Wieder einmal.

Er konnte förmlich spüren, wie der Sensenmann seine ausgestreckte, knochige Hand in letzter Sekunde wieder zurück gezogen hatte.

Auch der Autofahrer drückte zur selben Sekunde auf die Bremse und kam so mit quietschenden Reifen mitten auf der Kreuzung zum Stehen. Nach der ersten Schrecksekunde stieg der Mann wutentbrannt aus seinem Fahrzeug und kam auf Tom zu.

»Sag mal, bist du bescheuert? Hast du keine Augen im Kopf, Junge?«, brüllte er ihn an.

Weitere Verkehrsteilnehmer waren stehen geblieben und beobachteten die Szenerie.

Tom war viel zu perplex, um etwas zu antworten und stammelte nur etwas Unverständliches, während er versuchte, seine Gedanken zu ordnen und zu verarbeiten, was gerade geschehen war.

»Nun lassen Sie doch den Jungen in Ruhe. Seien Sie lieber froh, dass niemandem etwas passiert ist und keiner verletzt ist.« Ein Passant kam auf die beiden

zu und wandte sich besorgt an Tom.
»Ist alles in Ordnung bei dir? Blutest du irgendwo oder ist was gebrochen?«
»Nein nein, alles in Ordnung, danke. Mir geht es gut.«
»Du solltest deine Aufmerksamkeit in Zukunft mehr dem Verkehrsgeschehen widmen«, schlug der Autofahrer nun einen etwas versöhnlicheren Tonfall an.
»Ich weiß, es tut mir furchtbar leid, ich bin heute einfach etwas durch den Wind. Entschuldigen Sie, dass ich Ihnen die Vorfahrt genommen habe, ich werde in Zukunft besser aufpassen.«
»Das will ich hoffen!« Kopfschüttelnd stieg der Mann wieder in seinen Mercedes und fuhr davon. Auch Tom setzte seinen Nachhauseweg fort und konnte sich nicht erklären, wie um alles in der Welt er so unaufmerksam sein konnte.
»Blöde Klausur!«, dachte er und versuchte den Gedanken daran schnell wieder zu verdrängen.
Doch die Gedanken ließen ihn nicht los, bis er an dem gelben, zweigeschossigen Haus ankam, das er zusammen mit seinem Vater und Lena bewohnte.
Lena. Wenn er ihren Namen nur aussprach, wurde ihm schon übel und seine Zunge fühlte sich pelzig an.
Seit nun mehr zwei Jahren war sie die neue Frau an der Seite seines Vaters. Im ersten Moment hatte er sich noch für ihn gefreut, dass er den Tod von Toms Mutter verarbeitet hatte und nun wieder glücklich sein konnte.
Doch Lena hatte von Anfang an etwas gegen ihn,

obwohl es dazu keinen Grund gab, und Tom sich immer bemüht hatte, nett zu ihr zu sein. Jeden Versuch eines klärenden Gesprächs blockte sie ab. Natürlich hatte er bereits mit seinem Vater darüber gesprochen, doch der dachte gar nicht daran, sich von seiner neuen Liebe zu trennen, und hielt sich aus den Streitereien, die sowieso immer hinter seinem Rücken abliefen, heraus. Eine Tatsache, die Tom bis heute nicht verstand. Sobald sein Vater in der Nähe war, benahm sie sich völlig normal und verhielt sich fast schon freundlich ihm gegenüber. Deshalb tat Gerald Schmitz das Verhalten seines Sohnes auch als eine pubertäre Phase ab, die bestimmt bald vorüber gehen würde.
Dass das Verhältnis zu Tom immer schwieriger und angespannter wurde, seit Lena bei ihnen eingezogen war, bemerkte er nicht, so blind vor Liebe war er. Genauso wenig bemerkte er, dass der Putz immer mehr vom Haus abblätterte, und das Gebäude eine Renovierung dringend notwendig hatte. Aber mit welchem Geld sollte er das auch bezahlen, wenn er alles seiner gierigen Freundin in den Rachen stopfte? Tom fragte sich immer wieder, wie sein Vater so dumm sein konnte. Aber auf ihn hörte er ja nicht. Noch knapp sechzehn Monate bis zu seinem achtzenten Geburtstag, dann würde er endlich ausziehen können. Die Zeit bis dahin würde er auch schon irgendwie überstehen.
Er stellte sein Mountainbike in die Garage, schloss die Haustür auf und betrat den dunklen Flur.

»Bin Zuhause!«, rief er, doch das Haus gab ihm keine Antwort.
Tom zog die Tür hinter sich zu. »Bin da!«, probierte er es noch einmal. Wieder nichts.
Verwundert ging er in die Küche. Sein Magen knurrte und er hatte unbeschreiblichen Durst.
Nachdem er eine Wasserflasche zur Hälfte geleert hatte, fiel sein Blick auf den Küchentisch, auf dem ein Zettel lag.
»Sind spontan in die Stadt gefahren und schauen uns einen Film im Kino an. Gehen danach noch irgendwo was essen. Sind vor 10 Uhr nicht Zuhause. Wenn du Hunger hast, in der Tiefkühltruhe liegt noch eine Pizza, lass es dir schmecken. Gruß, Papa.«
»Na wenigstens eine gute Nachricht«, brummte Tom und grinste. Das Glücksgefühl über den sturmfreien Nachmittag verdrängte sogar den Frust über die Mathe-Klausur.
Dieses Gefühl wurde noch verstärkt, als er ganz unten in der Tiefkühltruhe seine Lieblinspizza, Pizza Hawaii, fand. Heißhungrig riss er die Packung auf und schob sich das Fertigprodukt in den Ofen.
Während er ungeduldig wartete, vibrierte sein Handy auf einmal. Eine eingegangene WhatsApp-Nachricht von Darina. Er öffnete den Messenger und ging auf den Chat mit seiner besten Freundin.
»Naaa, sind wir auch endlich mal Zuhause?«, stand höhnisch in dem kleinen Textfeld, und Tom konnte das Grinsen in ihrem Gesicht sogar durch das Mobiltelefon spüren. Drei die Zunge rausstreckende

Emojis verstärkten diesen Eindruck noch.
»Bin ja nicht so ein faules Kind wie du, das nur drei Schulstunden durchhält«, tippte er.
»Das faule Kind freut sich sogar darauf, so nen Streber wie dich morgen in der Stadt zu treffen, also schätze dieses Privileg!“ Wieder 3 Smileys, die die Zunge rausstreckten. »Bring mal ein paar Prozente mit, wir haben schon lange nichts mehr getrunken«, und dazu ein zwinkerndes Emoji.
Egal wie schlecht seine Laune auch war, dieses Mädchen schaffte es immer, ihm ein Lächeln ins Gesicht zu zaubern. Er bewunderte diese Fähigkeit bei ihr genauso wie ihren grenzenlosen Sarkasmus, der sogar seinen Eigenen noch um Längen übertraf. Manchmal wusste selbst er nicht, ob Darina etwas ernst oder nur im Scherz meinte.
»Geht klar, du Hobby-Alkoholikerin«, antwortete er, nachdem er sich vergewissert hatte, dass noch ein paar Bierflaschen im Keller lagerten.
Im nächsten Moment meldete sich auch schon der Timer zu Wort, der verkündete, dass sein Essen fertig war. Hastig nahm er es aus dem Ofen und suchte sich Teller und Besteck aus den Schränken.
Herzhaft biss er in seine Pizza und bemerkte erst jetzt die Stille, die ihn, abgesehen vom Vibrationston seines Handys, der ertönt war, als Darina ihm geschrieben hatte, umgab, seit er das Haus betreten hatte.
Er schaltete deshalb das Radio an und drehte an dem Regler, auf der Suche nach einem Sender, der Metal

spielte. Nach einigem Suchen war er zufrieden und spießte eine Ananas auf seinem Teller auf, als der Moderator den nächsten Song verkündete. Als Tom den Titel hörte, drehte er freudig die Lautstärke höher.
»So innocent were the days, the taste of good memories. A bag full of hope that was only for me and you«, sang er begeistert das bekannte Stück von Volbeat, eine seiner Lieblingsbands, mit.
Musik brachte ihn eben immer in Stimmung und verursachte gute Laune bei ihm.
Nachdem er in rekordverdächtiger Zeit seine Pizza aufgegessen hatte, räumte er noch schnell das schmutzige Geschirr in den Geschirrspüler und ging dann hinauf in sein Zimmer, um sich dem weniger erfreulichen Teil des Tages, den Hausaufgaben, zu widmen.
Er öffnete die Tür zu seinem kleinen Reich und betrat den Raum.
Selbst ein Fremder hätte auf den ersten Blick erkannt, dass hier ein Fußball- und Musikfan wohnte. Beide Tatsachen bestimmten vorwiegend die Einrichtung von Toms Zimmer. Überall lagen Fanartikel von Hertha BSC Berlin herum; Stifte, Federmäppchen, Bettwäsche, Kissen, Kerzen, alle trugen das charakteristische, weiß-blaue Emblem des Fußballclubs der Hauptstadt.
Die Wände waren tapeziert mit Konzerttickets, Karten von Festivals und Postern von Rockbands. Und wer einmal einen Blick in seinen Kleiderschrank warf,

würde dort eine beträchtliche Sammlung an schwarzen Band-Shirts vorfinden. Eine Sammlung auf die Tom nicht wenig stolz war.
Missmutig und ein wenig unmotiviert lehnte er seinen Schulrucksack an den Schreibtisch, setzte sich auf den ledernen Stuhl und holte seine Unterlagen hervor. Er begann mit der Berichtigung der Mathe-Klausur, und da er wusste, dass seine Lehrerin diese besonders streng durchsah, wollte er sich damit auch Mühe geben und nicht schlampig arbeiten.
Zwei Stunden. So lange dauerte es, bis er mit der Korrektur fertig war. Ächzend legte er das Heft weg und streckte seinen Rücken durch. Er hatte die schlechte Angewohnheit, immer sehr krumm zu sitzen, woraus sich schon des öfteren Rückenprobleme resultiert hatten.
Er beschloss eine Pause einzulegen, und checkte erst einmal seine Social Media.
Auf Instagram kündigte eine Gothic-Rock-Band eine bevorstehende Tour durch Deutschland an, und kam dabei auch in die Stadt, in der Tom wohnte. Er notierte sich den Termin in seinem Kalender und scrollte weiter. Posts von Fußballstars, die soeben ihren Vertrag verlängert hatten, die Dokumentation der letzten Partynacht eines Klassenkamerades. Nichts weiter Interessantes.
Er Schloss die App und ging hinunter in das Wohnzimmer zu der Kommode mit den Süßigkeiten. Er brauchte dringend ein wenig Zucker, um sich mit Energie für die restlichen Hausaufgaben zu versorgen.

Nachdem er sich ausreichend gestärkt hatte, kehrte er zurück in sein Zimmer und schrieb den Aufsatz für Deutsch, den er morgen abgeben musste. Als Tom nach drei Seiten fertig war, tat sein Handgelenk zwar weh, aber er war zufrieden mit dem, was er zu Papier gebracht hatte, und hoffte, das seine Deutschlehrerin das genauso sah.

Tom warf einen Blick auf die Uhr: Mittlerweile war es schon halb acht. Gerade rechtzeitig, um seine Krimiserie nicht zu verpassen. Er lief die Treppe hinunter ins Wohnzimmer und fläzte sich auf die Couch.

Die Folge war dieses Mal höchst spannend und unterhaltsam. Tom rätselte immer mit, wer denn wohl der Täter sein könnte.

»Ob wohl die Schwiegertochter die Mörderin ist?«, fragte er sich, und schaute konzentriert und gebannt auf den Bildschirm.

Nachdem die Serie zu Ende war (Die Schwiegertochter war tatsächlich die Täterin gewesen und wurde zu lebenslanger Haft verurteilt), machte Tom sich noch schnell ein paar belegte Brote und kehrte anschließend in sein Zimmer zurück.

Er legte sich eine Death-Metal-Scheibe in den CD-Player und aß seine Brote, während er dem tiefen Bass, den schnellen Gitarren-Soli und den kreischenden Screams der Musik lauschte.

Außenstehende würden nie nachvollziehen können, dass solche Musik Menschen tatsächlich entspannen konnte, aber Tom war das egal. Wenngleich sich die Nachbarn hin und wieder über die zu laute Musik

beschwerten.
Er dachte gerade darüber nach, ob er schon mit den Hausaufgaben für nächste Woche beginnen, oder doch lieber ein neues Buch anfangen sollte, als ihm plötzlich ein Gedanke in den Sinn kam, der ihn zusammenzucken ließ.

3

Tom hatte es völlig vergessen. Er brauchte doch bis morgen unbedingt noch diese speziellen Stifte für die Schule. Wie hatte er das nur ausblenden können? Seine Lehrerin hatte die Klasse tausende Male daran erinnert – es gab keinen Zweifel, dass diejenigen, die sie vergaßen, mit Ärger rechnen konnten.
Ein Blick auf die Uhr, es war inzwischen 8.20Uhr, ließ jede Hoffnung dahin schwinden, noch schnell ein Geschäft aufzusuchen, das Schulsachen im Sortiment führte. Die Läden hatten längst geschlossen. Tom war schon der Verzweiflung nahe, als ihm plötzlich eine Idee kam.
Seine Stiefmutter war begeisterte Hobby-Bastlerin und führte alle möglichen Mal- und Bastelutensilien mit sich, die sie in der Kommode im Schlafzimmer lagerte. Also stand er auf und betrat den Raum, den sein Vater und Lena als gemeinsames Schlafzimmer nutzten.
Er ging zu der Anrichte in der Ecke und öffnete die Türen und Schubladen, in denen sich ihm ein Durcheinander an Stiften, Malblöcken, speziellen Papieren, Schnüren, Bändern und Scheren bot. Er durchsuchte jedes Fach gründlich, fand jedoch nicht die Art von Stift, die er brauchte. Tom fluchte und begann mit der Suche von vorne, diesmal noch gründlicher.

Am Ende räumte er die gesamte Kommode aus, blieb jedoch ohne Erfolg.
Er wollte gerade den Raum wieder verlassen und in die Klassengruppe auf WhatsApp schreiben, ob jemand für morgen einen Stift übrig hätte und ihm diesen für den Tag leihen könnte, als er mitten auf der Türschwelle stehen blieb.
Irgendetwas war anders als sonst. Er wusste nur nicht sofort, was ihn so störte. Verwundert blickte er sich in dem Raum um.
Tom war schon länger nicht mehr hier drinnen gewesen und betrat das Zimmer nur noch selten. Jedes Mal, wenn er auf das Bett sah, musste er an seine Mutter denken. Er ertrug den Gedanken nicht, dass jetzt eine andere Frau auf ihrer Seite des Ehebettes schlief und mied daher diesen Teil des Hauses. Und doch kam ihm hier irgendetwas merkwürdig vor.
Tom lief zu der Vitrine im Wohnzimmer, in der die Fotoalben mit den unzähligen Familienaufnahmen standen. Er suchte nach dem dunkelbraunen mit den Verzierungen drauf.
Als er es nach einigem Suchen gefunden hatte, nahm er es aus der Sammlung heraus und kehrte damit zurück in das Schlafzimmer. Er schlug das dicke Fotoalbum auf und blätterte durch die Seiten, auf der Suche nach einer ganz bestimmten Aufnahme.
Als seine Eltern damals das Haus gekauft hatten, gab es in dem Raum, der jetzt als Schlafzimmer diente, extremen Schimmelbefall, sowie einen langen Riss in

einer Wand.
Ein ganzes Expertenteam war damals angerückt, um den Schimmel zu bekämpfen und den Riss neu zu verspachteln. Als das Zimmer dann endlich renoviert und neu eingerichtet war, hatten seine Eltern ein Foto von sich und dem Raum gemacht, auf dem sie stolz in dem fertigen Raum posierten und in die Kamera strahlten. Tom kannte das Foto genau, er selbst hatte es mit seiner ersten eigenen Kamera aufgenommen. Er war damals sechs Jahre alt gewesen. Eine Träne kullerte seine Wange hinunter, als er an diese gute, alte Zeit zurückdachte.
Um nicht zu sehr in Gedanken an die Vergangenheit zu versinken, konzentrierte er sich wieder auf das Foto. Nach einigen Minuten hatte er es endlich gefunden und zog es sachte aus der Klarsichthülle.
Tom sah sich das Bild ganz genau an. Schaute hoch und blickte in das vor ihm liegende Schlafzimmer. Derselbe Raum, der auf dem Foto abgebildet war. Sah sich wieder das Foto an. Verglich es mit dem Bild, das seine Augen ihm boten. Und sah zurück auf das Foto in seinen Händen.
Alles schien genau gleich. Der Raum wurde mit dem Einzug von Lena nicht renoviert und Tom konnte sich auch nicht daran erinnern, dass das Mobiliar jemals umgestellt, ersetzt, oder erweitert wurde.
Und doch gab es einen winzig kleinen Unterschied, etwas, das anders war. Etwas, das einem normalerweise entging, und etwas, das man auch bei mehrmaligem Hinsehen leicht übersehen konnte.

4

Tom konnte es nicht glauben. Das Bett wurde im Vergleich zu der Position auf dem Foto offensichtlich um ein kleines Stück nach hinten verschoben. Als er zu der Stelle im Schlafzimmer ging und sich die Wand ganz genau ansah, schockte ihn ein weiteres Detail: Im Mauerwerk erkannte er feine Umrisse, die die Form eines Rechtecks hatten. Knapp einen Meter breit und etwas über zwei Meter hoch. Eine Tür.

Wie konnte das sein? Was verbirgt sich dahinter? Wohin führt die Tür? Warum ist das noch nie jemandem aufgefallen? Fragen, die Tom in diesem Moment durch den Kopf schwebten.

Die Geheimtür lag genau an der Stelle an der Wand, die von der Holztür des Schlafzimmers verdeckt wurde, wenn diese vollständig geöffnet war. Die Umrisse waren wirklich sehr fein und die Tür war zudem mit derselben Tapete beklebt, mit der auch der Rest der Wände tapeziert war. Gut möglich, dass man jahrelang in diesem Raum schlief, ohne zu bemerken, dass er mehr als nur eine Tür enthielt.

Plötzlich kam ihm noch ein anderer, viel erschreckenderer Gedanke. Was, wenn diese Geheimtür gar nicht so unbekannt war, wie Tom dachte? Was, wenn Lena dahinter steckte? Zuzutrauen wäre es dieser falschen Schlange definitiv. Und wenn sein Vater auch noch dahinter steckte und sie beide ein unheilvolles Ge-

heimnis hatten, das sie vor Tom zu verbergen versuchten?
Er sah nur eine Möglichkeit, um alle diese Fragen zu beantworten. Er musste wissen, was sich hinter der Tür verbarg.
Zur Sicherheit warf er noch schnell einen Blick auf den Wecker, der auf dem Nachttisch stand. Es war jetzt kurz nach halb 9. Genug Zeit also, bis sein Vater und Lena vom Kino wieder nach Hause kommen würden. Er beschloss, ihnen vorerst nichts von seiner Entdeckung zu erzählen und so zu tun, als wäre alles normal. Das Verhältnis zu seinem Vater war in den letzten Wochen nicht gerade besser geworden, und Tom wusste nicht, ob er ihm noch trauen konnte.
Angespannt untersuchte er die Umrisse der Tür nach einem Hinweis darauf, wie sich diese öffnen lies. Es gab, zumindest auf dieser Seite der Wand, keine Klinke und keine sichtbaren Scharniere, was die Tür praktisch unsichtbar erscheinen lies. Er tastete die Wand ab, suchte nach Unebenheiten, klopfte sie auf Hohlräume ab, suchte sogar nach einem verborgenen Tastenfeld, in das man einen Zutritts-Code eingeben konnte. Bei der Suche nach Letzterem musste Tom unwillkürlich grinsen. Er hatte wahrlich zu viele Kriminalfilme und Thriller gesehen.
Den Mechanismus entdeckte Tom dann eher zufällig. Es war so simpel, dass man durch intensives Überlegen nicht darauf kommen würde, da man viel zu kompliziert dachte.
Dabei war es so einfach. Unbewusst musste er die Tür

beim Abtasten wohl etwas eingedrückt haben, denn als er den Druck wieder vollständig wegnahm, machte es ‚Klick' und die Tür öffnete sich einen Spalt breit.
Vollkommen erschrocken und verblüfft sprang Tom ein paar Schritte zurück, der festen Überzeugung, dass jeden Augenblick ein maskierter Mann aus der Tür sprang, der sich hinter der Wand ein geheimes Versteck eingerichtet hatte, und auf der Flucht vor der Polizei war, die ihn seit Jahren suchte. Er lies also einige Minuten verstreichen, doch nichts passierte.
Tom überlegte kurz, wie er jetzt vorgehen sollte. Zunächst ging er in sein Zimmer und kramte den Baseballschläger aus dem Schrank hervor, um sich im Notfall verteidigen zu können. Mit dem hölzernen Ding in der Hand fühlte er sich gleich sicherer.
Er kehrte damit zurück in das Schlafzimmer und näherte sich vorsichtig der Tür. Sein Puls begann sich zu beschleunigen, als er die Hand ausstreckte, um in den Spalt zu greifen und die Tür zu öffnen.
Mit einem festen Schwung riss er sie zurück und verharrte einen Moment in seiner Position.
Er blickte in – Nichts. Vor ihm tat sich ein dunkler Gang auf, dessen Länge er nicht bestimmen konnte, da es das natürliche Licht, das von draußen durch das Fenster hinein schien, nicht zuließ, weiter als einen Meter in die Öffnung hinein zu sehen.
Tom überlegte einen Augenblick, was ihm an dieser Situation surreal vorkam, abgesehen davon, das man nicht jeden Tag eine geheime Tür im Schlafzimmer seines Vaters und dessen neuer Freundin und bald

wohl auch Ehefrau entdeckte.
Nach einigem Überlegen fiel es ihm wie Schuppen vor den Augen: Der Gang konnte unmöglich existieren, schließlich befand sich hinter dieser Wand ein anderer Raum, und dahinter Toms Zimmer. Er dachte schon darüber nach, ob er eventuell träumte, als sein Blick zufällig auf den Boden fiel, auf dem sich die ersten Absätze von Stufen abzeichneten. Der Gang ging also gar nicht geradeaus, sondern führte schräg über Treppenstufen hinab in die Tiefe.
»Merkwürdig“, murmelte Tom, »sehr, sehr merkwürdig.«
Schließlich sammelte er all seinen Mut zusammen, bevor er einen Fuß auf die erste Treppenstufe setzte.

5

Mit einer Taschenlampe im Gepäck machte er sich dann auf, den neu entdeckten Teil des Hauses zu erkunden. Vorsichtig setzte er einen Fuß vor den anderen, darauf bedacht, nicht auszurutschen oder gar hinzufallen. Alle paar Sekunden hielt er immer wieder inne und lauschte, ob er irgendwelche Geräusche vernahm, die darauf schließen ließen, wo er sich befand und was noch vor ihm lag. Doch im gesamten Haus wie auch hier auf der Treppe herrschte eine unheimliche Stille. Nur das entfernte statische Brummen und Summen einiger Elektrogeräte begleitete Tom noch in seinen Ohren. Und als er genauer hinhörte, vernahm er auch das leise aber regelmäßige Plätschern von Wassertropfen, die auf Stein fielen.

Tatsächlich bestanden die Wände des Gangs aus groben Steinklötzen. Selbiges galt auch für die unebenen Treppenstufen. Es roch modrig und ein wenig faul, was auch daran lag, dass Tom sich mittlerweile unter der Erde befinden musste, so viele Treppenstufen wie er inzwischen aus dem ersten Stock des Hauses hinab in die Tiefe zurückgelegt hatte.

Er drehte sich um. Nur mit Mühe erkannte er den schwachen Lichtschein, den der Türspalt ihm von oben zuwarf. Sicherheitshalber hatte er noch schnell einen Schuh auf die Schwelle gelegt, damit die Tür nicht plötzlich zufiel. Er hoffte nur, dass sein Vater und Lena nicht unerwartet frühzeitig nach Hause kamen.

Der Geruch bereitete ihm zusätzliche Probleme. Langsam aber sicher wurde ihm allmählich schwindelig, und es gab kein Treppengeländer, an dem er sich hätte festhalten können.

Er betrat gerade die nächste Stufe, als der Boden unter ihm unerwartet nachgab. Er suchte Halt an den Vorsprüngen der Steine in der Wand, doch es war zu spät. Er sackte in die Tiefe.

6

Tom konnte sich gerade noch daran hindern, laut zu schreien, als der kurze Fall auch schon beendet war. Etwas mehr als knietief befand er sich nun in einer undefinierbaren, ekligen Masse aus Matsch, Sand, Wasser, Steinen und anderen Materialien, deren genaue Bezeichnung Tom gar nicht so genau wissen wollte. Allerdings spürte er keinen festen Boden unter den Füßen und bemerkte in diesem Moment, dass er Stück für Stück immer weiter nach unten sank. Er befand sich anscheinend in einer Art Moor, das ihn langsam zu sich in die Tiefe zog.

Schon halb in dem Loch drinnen steckend, versuchte er, sich von dem plötzlichen Schock zu erholen und zog sich dann, die Hände auf der Treppenstufe abstützend, langsam und vorsichtig wieder nach oben, und hoffte, dass nicht die komplette Stufe so brüchig war und aus so losen Steinen bestand, wie die Stelle, die er gerade eben betreten hatte.

Nachdem er aus dem Loch wieder heraus gekrochen war, leuchtete er mit der Lampe an sich hinab. Seine Beine waren über und über mit Schlamm bedeckt, von dem aus auch der modrige und faulige Geruch ausging, wie Tom in diesem Augenblick feststellte.

Eine Spinne krabbelte plötzlich aus seinem Schuh und lief geschwind an seinem Unterschenkel hoch. Voller Ekel schnipste er sie weg. Eigentlich hatte er keine

Angst vor Spinnen und Insekten, aber in dieser Atmosphäre war das etwas Anderes. Er erholte sich kurz von dem Schreck und setzte seinen Weg nun noch vorsichtiger fort. Jede einzelne Stufe wurde genauestens abgetastet und nach und nach verlagerte Tom stückweise sein Gewicht darauf, damit ihm nicht noch einmal buchstäblich der Boden unter den Füßen weggerissen wurde.

Nach etwa zwanzig weiteren Stufen endete die Treppe dann abrupt. Tom blieb stehen und leuchtete in den Gang, der sich nun vor ihm auftat. Doch der Schein seiner Taschenlampe reichte nicht aus, um ein Ende auszumachen. Er befand sich nun in einer Art unterirdischem Tunnel, der etwa zwei Meter breit war und ebenso hoch sein musste. Die Decke jedoch war nicht flach, sondern bestand aus einem Rundbogen, was dem Gang etwas Majestätisches, Würdevolles verlieh. Auch hier waren die Wände nach wie vor aus groben Steinklötzen gehauen. Der Modergeruch allerdings verschwand auch hier nicht.

Tom leuchtete zunächst den Boden ab, um zu sehen, ob er den Gang gefahrlos betreten konnte. Da keine Anzeichen von nicht festem oder bröckeligem Untergrund auszumachen waren, setzte er seinen Weg fort. Dabei leuchtete er immer wieder zurück, drehte sich um, leuchtete nach vorne, an die Wände, und wieder auf den Boden. Er wurde das Gefühl nicht los, dass er hier unten nicht alleine war.

Als er etwa zwanzig Meter weit den Gang entlang gegangen war, blieb er auf der Stelle stehen und horch-

te in die Dunkelheit hinein. War da gerade eben nicht ein Geräusch gewesen? Ein Tapsen von leisen Sohlen auf steinigem Untergrund etwa?
Er drehte sich um – und erschrak! Tom stieß einen kurzen, schrillen Schrei aus und taumelte rückwärts. Fast wäre er wieder gefallen, wenn er sich nicht noch rechtzeitig an der Wand abgestützt hätte. Sein Herz schlug ihm bis zum Hals und kam ihm unnatürlich laut vor. In diesem Augenblick bemerkte Tom, wie etwas Kaltes, Nasses seine Beine hochstieg. Er leuchtete an sich herab und bemerkte, dass er in einer Pfütze stand.
»Na toll, ausgerechnet mit meinen Lieblingssneakers«, murmelte Tom, verdrehte die Augen und stieg seufzend aus dem kleinen Wasserloch.
Dann richtete er die Taschenlampe zurück in den Gang. Der Schein traf auf das, wovor er sich eben so erschreckt hatte. Eine kleine, pelzige Ratte stand dort drei Meter von ihm entfernt und quiekte ihn mit großen Augen an. Tom musste über sich selbst lachen.
Kopfschüttelnd drehte er sich um und setzte seinen Weg in den Gang hinein fort. Der Tunnel endete nach etwa fünfzig Metern und Tom stand vor der nächsten Tür. Im Gegensatz zu der Tür oben im Schlafzimmer bestand diese hier aus Holz und hatte wohl schon einige Jahre auf dem Buckel. Das Holz sah schon etwas morsch aus und die Scharniere waren rostig; die feuchte Luft unter der Erde hatte ihr Übriges getan.
Tom legte eine Hand auf die kalte, metallene Klinke und drückte sie hinunter. Die Tür war nicht verschlos-

sen. Langsam zog er sie auf, begleitet von einem durchdringenden, ohrenbetäubenden Quietschen.
Er hatte mit vielem gerechnet. Einem verborgenen Weinkeller voller alter Flaschen. Einem ehemaligen Schutzbunker aus dem zweiten Weltkrieg. Vielleicht eine alte Goldkammer voller Barren, Schmuck und Münzen. Doch nicht damit. Nicht mit dem, was sich nun vor ihm auftat, nachdem er die Tür vollends aufgemacht hatte.
Tom konnte seinen Augen nicht trauen und bemerkte erst nach einigen Momenten, dass seine Kinnlade vor Staunen offen war. Der Raum war die reinste Folterkammer – buchstäblich! Überall lagen mittelalterliche Folterinstrumente herum, die Tom sonst nur aus Filmen kannte.
Aber das hier war die Realität.
Und beim Näherkommen stellte er auch fest, dass es sich hierbei um keine Filmrequisiten handelte. Das Zeug war echt!
An den Wänden hingen hunderte Waffen aus den verschiedensten Epochen. Alte Messer, Säbel, Morgensterne, Gewehre, Speere, Pistolen, Beile, Äxte, alles war vorhanden. Und alles war echt. Das Areal hätte das Herz eines jeden Waffensammlers höher schlagen lassen.
Am erstaunlichsten jedoch waren die Folterwerkzeuge. Einige davon waren so wertvoll und antik, dass sie sogar zur Sicherheit in einer extra Vitrine eingeschlossen waren. Falls doch einmal ein Unbefugter den Raum betrat. Ein Unbefugter wie er selbst, wie ihm in

diesem Augenblick klar wurde. Bei diesem Gedanken musste Tom schlucken. Ihm überkam ein plötzlicher Fluchtinstinkt und er wollte so schnell wie möglich hier raus.
Nicht aber, ohne sich nicht vorher gründlich umgesehen zu haben. Tom verfluchte sich selbst, dass er keine Kamera oder wenigstens sein Handy mitgenommen hatte, um diesen unglaublichen Fund dokumentieren zu können.
Langsam ging er hinüber zu einem Gerät, das zunächst aussah wie eine Streckbank, beim näherem Hinsehen jedoch eine Art Schraubzwinge an einem der beiden Enden enthielt. So ähnlich wie die Daumenschraube, die er vor einigen Minuten an der Wand gesehen hatte. Dabei steckte man den Daumen in eine Zwinge und zog die durch Gewinde miteinander verbundenen Backen schraubförmig zusammen, wodurch der Daumen langsam und qualvoll immer mehr zusammengequetscht wurde. Tom kannte dieses Folterinstrument aus dem Spätmittelalter aus einigen Filmen. Sein Geschichtslehrer hatte sogar einmal ein Exemplar zur Anschauung mit in den Unterricht gebracht.
Diese Vorrichtung hier war jedoch nicht für den Daumen gedacht. Sondern scheinbar für den Kopf! Das Opfer musste hierbei wohl auf den Tisch gelegt und sein Kopf zwischen den zwei metallenen Platten der Vorrichtung fixiert werden. Seitlich des Tisches befand sich eine Kurbel.
Tom nahm sie in die Hand und begann sie vorsichtig

zu drehen. Ganz langsam bewegten sich die beiden Platten aufeinander zu. Er konnte sich bildlich vorstellen, was mit einem menschlichen Kopf passierte, der dort eingeklemmt war. Beinahe schon hörte er die Schädelknochen splittern und schüttelte sich bei diesem Gedanken.

Auf einem Beistelltisch befand sich außerdem noch eine Art Massagerolle, deren Walze allerdings mit aus Eisen bestehenden, etwa drei Zentimetern langen Stacheln gespickt war.

Hinten in der Ecke entdeckte Tom eine Guillotine. Zu seinem Schrecken klebten an ihrem Fallbeil Reste von Blut.

Verstört dachte Tom darüber nach, was das hier alles zu bedeuten haben könnte, als sein Blick auf ein längliches Regalbrett fiel, das an der Wand etwa auf Kopfhöhe befestigt war.

Es war ihm vorher gar nicht aufgefallen, da er nur Augen für die grausamen Folterinstrumente hatte, die seine volle Aufmerksamkeit auf sich gezogen hatten.

Auf dem etwa zwei Meter langen Regalbrett standen, völlig unpassend zum Mobiliar und Wandschmuck des unterirdischen Kellerraumes, Fotos, die in goldenen, antik aussehenden Bilderrahmen steckten. Auf jedem einzelnen Bild war immer ein anderer Mann zu sehen, der fröhlich in die Kamera lächelte, sie alle schienen mehr oder weniger im gleichen Alter zu sein. Keiner der Männer war ein Greis oder ein Teenager. Unten rechts stand in jedem Rahmen ein anderes Datum, dessen Bedeutung Tom aber nicht erschließen

konnte. Ihm fiel nur auf, dass es sich dabei immer um Daten aus der Vergangenheit handelte.
Sein Blick glitt die Reihe entlang und blieb an dem letzten Foto hängen. Ihm stockte der Atem.

7

Tom taumelte ungläubig zurück. Der Mann auf dem Bild war niemand Geringeres als sein eigener Vater. Er trug einen Wollkragen-Pullover mit roten, weißen, blauen und grauen Querstreifen. Tom erkannte das Bild. Sein Vater war vor einigen Monaten bei einem Fotografen gewesen, um professionelle und aktuelle Portraits von sich schießen zu lassen, die er als Geburtstagsgeschenk für seine Mutter, Toms Oma, nutzen wollte.
Merkwürdigerweise fehlte bei diesem Foto das nachträglich mit Filzstift hinzugefügte Datum. Tom kam ein schrecklicher Verdacht. Er drehte sich wieder zu den Folterinstrumenten und Waffen um. Sah das Beil mit dem Blut. Konnte es etwa sein, dass...? Er wollte den Gedanken gar nicht aussprechen.
Raus. Er musste so schnell wie möglich hier raus! Sorgsam und bedacht darauf, keine Spuren zu hinterlassen, wandte sich Tom der Eingangstür dieser schrecklichen Folterkammer zu, und schloss sie sachte hinter sich, nachdem er den Raum verlassen hatte.
So zügig wie möglich machte er sich auf den Rückweg durch den Tunnel, lief die Treppen nach oben und schloss die versteckte Tür im Schlafzimmer seiner Eltern. Sein Herz raste, und das nicht nur von dem Hochlaufen der Treppen.
Um wieder herunterzukommen und sich abzulenken,

ging Tom in sein Zimmer, und sah sich zunächst ein paar Cartoons im Fernsehen an. Das versetzte seinen Puls wieder in ein halbwegs normales Schlagtempo. Er wusste, dass er sich Lena und seinem Vater gegenüber völlig normal verhalten musste und keine voreiligen Schlüsse ziehen durfte. Er beschloss, morgen mit Darina darüber zu reden und sie um Rat zu fragen, was er mit diesem ungeheuerlichen und zugleich gefährlichen Wissen anfangen sollte. Gleichzeitig fragte er sich, wie er ihr die Geschichte glaubhaft erzählen konnte, ohne dass sie ihn für geistig verwirrt hielt.

In diesem Moment hörte er auch schon den Schlüssel in der Haustür und kurz darauf die Stimme seines Vaters.

»Sind wieder da!«

Tom setzte sich schnell an den Schreibtisch und tat, als würde er gerade konzentriert an seinen Hausaufgaben arbeiten.

»Hey, na Großer, wie war dein Tag?«, fragte sein Vater, als er einige Sekunden später den Kopf durch die Zimmertür seines Sohnes steckte.

Tom zuckte gespielt vor Schreck zusammen.

»Meine Güte hast du mich erschreckt. Hab euch gar nicht kommen hören.«

»'Tschuldige. Sitzt du etwa schon den ganzen Nachmittag über den Hausaufgaben?«

Tom seufzte gequält. »Ja, leider. Es ist momentan etwas stressig. Aber ich kriege das schon hin.«

»Mach trotzdem mal Schluss für heute«, lächelte ihn sein Vater an, »es ist schon spät. Lena und ich gehen

auch gleich schlafen.«
»Ist gut. Ich bin sowieso gleich fertig. Gute Nacht.«
»Schlaf gut, Großer.«
Sein Vater zog die Tür wieder hinter sich zu. Erst jetzt fiel Tom auf, dass er die ganze Zeit angespannt den Atem angehalten hatte. Er wartete, bis die beiden ins Bett gegangen waren und machte sich dann im Bad bettfertig. Wenig überraschend, dass er in dieser Nacht kein Auge zutat.

Als am nächsten Morgen endlich der Wecker klingelte, setzte sich Tom völlig übermüdet und mit rot geränderten Augen in seinem Bett auf. Er rieb sich die Schläfen um die vom Schlafmangel verursachten Kopfschmerzen wegzubekommen, stieg dann aus seinem Bett und schlurfte ins Badezimmer.
Nachdem er sich ein wenig frisch gemacht hatte, zog er sich an und ging dann nach unten in die Küche, wo bereits ein gedeckter Frühstückstisch auf ihn wartete. Hungrig schmierte sich Tom ein paar Toasts mit Nutella und hoffte, dass weder seinem Vater noch Lena die dunklen Schatten unter seinen roten Augen auffielen.
Seine Stiefmutter war es, die plötzlich die Stille im Haus durchbrach.
»Soll ich dich gleich zur Schule fahren, Tom? Es regnet wirklich stark draußen und du würdest dir mit Sicherheit eine Erkältung einfangen, wenn du mit dem Fahrrad fährst.«
Völlig verdutzt über dieses Angebot brauchte Tom ein

paar Sekunden, bevor er reagierte. Lena hatte ihn noch nie zur Schule, geschweige denn sonst irgendwo anders hingefahren. Der plötzliche Anflug von Nettigkeit und Besorgnis über seine Gesundheit beunruhigte ihn. Aber er wollte auch nicht protestieren oder gar einen Streit anfangen.

»Oh danke, das wäre echt nett von dir. Bei dem Regen wäre es wirklich nicht ratsam, das Rad zu nehmen«, antwortete er daher.

Nach dem Frühstück packte er dann seine Schulsachen zusammen und ging hinunter in den Flur, wo seine Stiefmutter bereits mit dem Autoschlüssel auf ihn wartete.

Gemeinsam verließen sie das Haus und setzten sich in Lenas roten VW Passat.

»Danke schon mal fürs Fahren«, sagte Tom, als sie losfuhren.

»Keine Ursache«, entgegnete Lena gut gelaunt. Zu gut gelaunt, wie Tom fand.

»Und hier vorne dann rechts«, navigierte Tom an der Kreuzung, die zu seiner Schule führte. Doch Lena machte keine Anstalten, den Blinker zu betätigen.

»Ähm, wir hätten da vorne an der Kreuzung gerade rechts abbiegen müssen. Du musst umdrehen.«

Doch Lena lächelte ihn nur an und meinte: »Wir sind schon richtig.«

Tom wurde immer mulmiger zumute, und als er bemerkte, dass Lena die Türen zentral von innen verriegelt hatte, wurde ihm ganz heiß. Er schluckte, traute sich aber nicht zu fragen, wohin sie denn fuhren.

Die Autofahrt endete nach einer Viertelstunde in einem abgelegenen, ehemaligen Industriegebiet.
Als der Wagen hielt, griff Lena in ihre Jackentasche und zog eine Pistole heraus, die sie Tom nun unter die Nase hielt.
»Mitkommen!«, zischte sie, »Und keine Dummheiten, klar?« Dabei fuchelte sie mit der Waffe vor seinem Gesicht herum. In ihrer Stimme war nichts mehr übrig geblieben von der Fröhlichkeit und der guten Laune, die sie vorhin noch am Frühstückstisch gezeigt hatte. Oder vielmehr gespielt hatte.
»Was hast du vor, wohin gehen wir?«, fragte Tom vorsichtig, als er aus dem Auto stieg.
Sie grinste diabolisch. »Wirst du schon sehen.«
Sie führte ihn an den alten Fabrikgebäuden vorbei, die schon seit Jahren kaum ein Mensch mehr betreten hatte. Die Fensterscheiben waren zerschlagen, überall wuchs Unkraut, die ganze Gegend wirkte verlassen. Kein Mensch weit und breit.
Vor einer ehemaligen Fertigungshalle machten sie Halt.
»Da rein!«, deutete Lena mit der Pistole auf die Eingangstür. Tom drückte die Klinke und erstaunlicherweise lies sich die Tür widerstandslos öffnen. Sie betraten die riesige Halle, deren Boden mit Bauschutt und Gerümpel bedeckt war. Mittendrin stand ein Stuhl, auf den Lena zielstrebig zuging.
»Hinsetzen!«, befahl sie.
Tom folgte ihren Worten und setzte sich. Immer noch die Pistole auf ihn gerichtet, kramte seine Stiefmutter

unter dem Gerümpel herum, so als suche sie etwas. Als sie wieder aufstand, hielt sie zwei Seile in der Hand. Damit fesselte sie Tom an den Händen und an den Fußgelenken und griff dann in ihre Jackentasche. Tom riss die Augen auf, als er den Gegenstand erkannte, den sie soeben hervorholte. Es war die Daumenschraube, die er gestern Abend auf dem kleinen Tisch in der unterirdischen Folterkammer gesehen hatte.

»Was tust du da? Was soll das? Hilfe!«, schrie Tom, doch er wusste, dass hier niemand war, der ihm noch helfen konnte.

»Du Mistkerl hast mein Geheimnis entdeckt und da unten rumgeschnüffelt! Mit diesem Wissen kann ich dich nicht länger am Leben lassen. Tut mir leid.«

»Welches Geheimnis? Wovon sprichst du? Ich weiß nicht, was du meinst, ehrlich, ich hab nichts getan!«, beteuerte er.

Doch Lena antwortete nicht. Stattdessen legte sie seinen Daumen in die Zwinge hinein und drehte betont ganz langsam an der Schraube, bis Tom einen unangenehmen Druck auf der Haut verspürte.

»Hast du nicht?« Wieder dieses diabolische, ekelhafte Grinsen. Noch eine halbe Umdrehung. Tom verzog vor Schmerzen das Gesicht, denn der Druck der beiden Platten war mittlerweile unerträglich stark.

»Leck mich, du dreckige Schlampe!«, presste er zwischen den Lippen hervor, als Lena noch einmal kräftig an der Schraube drehte.

Das grässliche Knacken fräste sich tief in seinen Ge-

hörgang ein, als der Knochen brach. Der Schmerz zuckte durch seinen ganzen Körper und lies ihn erzittern. Doch Tom spürte ihn nicht. Er spürte nur Wut und Hass auf diese Frau.
Inzwischen hatte Lena ein Messer unter dem Gerümpel hervorgekramt und hielt es Tom nun mit ihrem ekelhaften Grinsen unters Gesicht.
»Von nun an wirst du mir und deinem Vater nie mehr im Wege stehen.«
Mit diesen Worten hob sie das Messer und steckte es ihm langsam und qualvoll in den rechten Augapfel, so tief, bis es das Gehirn erreichte. Die Welt um ihn herum wurde zu einem schwarzen Nichts.
Dann endlich war der Schmerz vorbei, als die Lebensgeister seinen Körper verließen.

8

Tom schreckte in seinem Bett hoch und sah auf den Wecker auf seinem Nachttisch. Die Leuchtziffern zeigten halb fünf Uhr morgens. Draußen war es noch dunkel. Er hatte nur geträumt.
Langsam beruhigte sich sein Herzschlag wieder, trotzdem war er immer noch schweißgebadet von dem Albtraum, der ihn soeben heimgesucht hatte. Er schloss die Augen wieder und wünschte sich, dass die Geheimtür, der unterirdische Gang und die Folterkammer, die er gestern Abend entdeckt hatte, bloß auch nur ein schlechter Traum gewesen wären.
Er lies sich zurück auf die Matratze fallen und hoffte, wenigstens noch ein paar Minuten Schlaf zu bekommen. Der Regen, der laut gegen die Fensterscheibe prasselte, störte ihn dabei ganz empfindlich. Er hoffte, dass es bald aufhören würde, denn er wollte keinesfalls klitschnass in der Schule ankommen. Von seiner Stiefmutter würde er sich jedenfalls nicht fahren lassen ...
Doch am nächsten Morgen war alles normal. Lena benahm sich nicht plötzlich übertrieben freundlich und fragte nicht, ob sie ihn zur Schule bringen sollte, obwohl es tatsächlich in Strömen goss. Er schien wohl keine Spuren hinterlassen zu haben.
Nach dem Frühstück und dem Zusammenpacken aller nötigen Schulsachen für den Tag, holte er seine Re-

genjacke aus dem Kleiderschrank und machte sich dann auf den Weg ins Gymnasium.
Dort angekommen fiel ihm siedend heiß ein, dass er nach wie vor diese speziellen Stifte brauchte! Er hatte gestern nicht mehr daran gedacht, in die Klassengruppe auf WhatsApp zu schreiben, ob ihm jemand einen borgen könnte.
Glücklicherweise erwies sich seine Sitznachbarin Anna als zuvorkommend und hatte ihm extra einen zweiten Stift mitgebracht. Sie kannte ihn lange genug und wusste, dass Tom solche Sachen ganz gerne mal vergaß.
Wie immer zogen sich die Stunden quälend in die Länge. Eine einzelne Schulstunde kam ihm heute wie ein ganzer Schultag vor. Zudem meinte heute jeder Lehrer, Frontalunterricht machen zu müssen und redete den Schülern buchstäblich den Stoff ins Gehirn. Tom konnte sich kaum konzentrieren und es fiel ihm schwer, wirklich aufzupassen und zuzuhören.
Endlich klingelte es zur ersten Pause. Tom verließ fluchtartig den Klassenraum und sprintete die Treppen herunter. Er hoffte, Darina irgendwo auf dem Schulgelände zu entdecken und ihr von dem Geheimgang zu berichten. Er musste dringend mit jemandem über die Sache sprechen.
Doch seine beste Freundin war nirgends zu finden. Beim Bistro stand sie nicht, sie saß nicht auf der Empore im Forum und auch nicht in dem Raum, der als Aufenthaltsraum nur für die Oberstufenschüler gedacht war. Er wartete sogar ein paar Minuten vor der

Mädchentoilette – vergebens.
Dann fiel es ihm ein. Darina liebte das Geräusch und das Gefühl von Regen auf der Haut. Draußen schüttete es immer noch wie aus Eimern, und so suchte er den Schulhof auf. Wie erwartet war kein Schüler draußen, schließlich wollte sich niemand bei diesem Wetter eine Lungenentzündung abholen. Bis auf Darina. Tom entdeckte sie auf den Holzbänken hinten rechts auf dem Gelände. Sie saß dort tiefenentspannt mit geschlossenen Augen und genoss sichtlich den Regen.
Er ging zur ihr und berührte sie sachte an der Schulter. Darina erschrak und riss die Augen auf, entspannte sich jedoch sofort wieder als sie das Gesicht ihres besten Freundes erkannte.
»Was machst du denn hier draußen?«, fragte sie lächelnd, »ich weiß ja, dass du ganz gerne mal in Pfützen planschst, aber dass du jetzt auch so auf Regen stehst wie ich ist mir neu.«
Tom musste unwillkürlich schmunzeln, als er an sein kleines Malheur gestern Abend mit dem Wasserloch in dem unterirdischen Tunnel dachte. Manchmal glaubte er, dieses Mädchen könne seine Gedanken lesen.
Er setzte sich zu ihr, doch zunächst schwiegen sie beide. Tom wusste nicht, wie er ihr sein gestriges Erlebnis glaubhaft verkaufen konnte.
»Na schieß schon los!«, brach Darina schließlich unerwartet das Schweigen.
»Was? Womit denn? Was meinst du?«

»Ach komm! Du bist doch nicht bei dem Regen hier raus gekommen, nur um dich zu mir zu setzen. Also, was ist los?«

»Jaaaa«, druckste Tom herum, »es ist tatsächlich etwas passiert. Du wirst es mir nur nicht glauben. Ich würde es selbst nicht glauben, wenn mir jemand so etwas erzählen würde.«

Darina sah ihm tief in die Augen. »Tom, ich kenne dich jetzt lang genug. Ich weiß, dass du mich nicht anlügen würdest. Also, was liegt dir auf dem Herzen?«

Er wollte ihr gerade antworten, als ein lautes Schrillen das Ende der Pause verkündete.

»Du erzählst es mir nachher, ja? Unser Date heute Nachmittag steht doch noch, oder?«, scherzte sie. »Und vergiss den Alkohol nicht.« Ein Zwinkern. »Wir treffen uns nach Schulschluss am Ausgang, in Ordnung?«

Mit diesen Worten marschierte sie davon in Richtung Schuleingang.

Auch Tom machte sich seufzend wieder auf den Weg in den Klassenraum.

»Warst du bei einer Großdemo mit Feuerwehreinsatz, oder was ist passiert?«, war der erste Spruch, den Tom zu hören bekam, als er den Klassenraum betrat. Er verdrehte genervt die Augen, ignorierte die Frotzeleien und vielsagenden Blicke seiner Mitschüler und setzte sich an seinen Platz.

»Oh Gott, du siehst ja aus wie ein begossener Pudel«, sagte Anna. Ihre Worte klangen besorgt, aber als Tom sie ansah, konnte auch sie sich ein Grinsen nicht ver-

kneifen. Doch sein düsterer Blick lies sie ganz schnell verstummen. Sie wandte den Blick ab.
»Tschuldige«, murmelte sie.
»Schon okay. Ich war nur kurz draußen und wie du siehst, regnet es.«
»Draußen? Bei dem Wetter? Was um alles in der Welt machst du bitte bei diesem Regen draußen?«
»Hab mich mit Darina unterhalten. Warum auch immer dich das interessiert.«
»Aaaahh, mit deiner Süßen, soso ...«, feixte Anna und zog mehrdeutig die Augenbrauen hoch.
»Man, kapier' es doch endlich, ich will nichts von ihr! Und jetzt lass mich bitte in Ruhe damit, ja?«
Es gab Momente, da hasste er Menschen einfach. Warum konnten sie nicht einfach aufhören, ihn zu nerven? Tom war keineswegs unbeliebt oder wurde gar gemieden, auch gemobbt wurde er nicht, aber gelegentlich gingen ihm seine Mitschüler einfach nur auf den Geist. Manchmal wollte er echt einen Amoklauf in der Schule starten. Genügend Waffen hätte er Zuhause vorrätig, wie er in diesem Moment realisierte. Er hoffte nur, dass ihn kein Lehrer auf sein nasses Äußeres ansprach, als auch schon seine Englischlehrerin den Raum betrat, mit einem CD-Spieler in der Hand. Jeder wusste, was das nun bedeutete.
'Listening and Comprehension'-Übung, bei der ein Til Schweiger vor einer Flugzeugturbine stand und seinen Text in einen Toaster als Aufnahmegerät nuschelte.
Tom würde nie verstehen, wie es auf der Welt genügend Geld für Millionen an Waffen und Atombomben

geben konnte, aber nicht genug, um der nächsten Generation eine vernünftige Schulbildung zu bieten, zu der neben sanierten Schulgebäuden nach seiner Meinung auch der Gebrauch aktueller Technik gehörte. Schweigend wandte er sich dem Unterrichtsgeschehen zu und versuchte wenigstens, aufmerksam zuzuhören und mitzuarbeiten.

Als der Schultag endlich zu Ende war, ging Tom die Treppen hinunter zum Ausgang, wo Darina schon auf ihn wartete.
Sie schenkte ihm eine kurze Umarmung und gemeinsam gingen sie zum Fahrradschuppen, um ihre Räder zu holen.
»Du hast doch wohl hoffentlich noch genug Stoff Zuhause?«, fragte sie ihn.
Er grinste. »Willst du gleich mit zu mir kommen? Dann hole ich schnell was und wir fahren direkt im Anschluss in die Stadt?«
Er hoffte inständig, dass sein Vater und seine Stiefmutter nicht daheim waren. Gerald Schmitz mochte es nicht, wenn er seinen Sohn mit Alkohol in der Hand sah. Erst recht nicht mit Hochprozentigem.
»In Ordnung. Dann los!«, entgegnete Darina und schwang sich auf ihr Rad. Gemeinsam fuhren sie zu Tom nach Hause, wo dieser erleichtert aufatmete. Das Auto stand nicht vor der Garage und niemand lies sich blicken als er die Haustür aufschloss.
Er führte seine beste Freundin in den Keller des Hauses und spielte schon mit dem Gedanken, ihr die ge-

heime Tür zu zeigen. Doch er verwarf die Idee wieder, denn er hatte auf dem Küchentisch diesmal keine Nachricht gefunden, was darauf schließen lies, dass zumindest einer von beiden jeden Augenblick wieder nach Hause kommen konnte.

Tom steckte ein paar Bierflaschen in den Rucksack, den er sich zuvor von einem Haken genommen hatte.

»Aaah, da ist ja das gute Zeug«, rief Darina mit leuchtenden Augen und packte eine halb leere Wodkaflasche in den Rucksack.

»Du bist unverbesserlich!«, lachte Tom. In diesem Moment hörte er ein Auto in der Einfahrt und machte schnell das Licht aus. Er zog Darina hinter sich die Treppe nach oben und hoffte inständig, dass die Glasflaschen in dem Rucksack nicht allzu verräterisch klirren würden.

Gerade als er die Kellertür zugemacht hatte, öffnete sich auch schon die Haustür, und Gerald und Lena betraten das Gebäude.

»Oh, hallo Darina. Das ist ja eine Überraschung. Du hast mir gar nicht erzählt, dass du heute Besuch mitbringst«, wandte sich Toms Vater an ihn.

»Wir sind auch gleich wieder weg. Wollten nur kurz etwas Salzgebäck und Trinken holen und dann in die Stadt. Ist das okay?«

»Ja klar, kein Problem. Viel Spaß, ihr Zwei, und bis heute Abend dann.«

Vorsichtig marschierten sie auf die Haustür zu, wobei Tom penibel darauf achtete, dass der Rucksack nicht zu sehr in Schwingung geriet, und die Glasflaschen

sich nicht bewegten.
Als er an Lena vorbeiging, sah diese ihn mit einem merkwürdigen Blick an, der Vieles aussagte, jedoch nicht gerade eine Spur von Herzlichkeit und Wärme enthielt.
»Wenn Blicke töten könnten«, dachte sich Tom nur.

Nachdem sie ihre Räder angekettet hatten, gingen sie zunächst ein wenig in der Stadt bummeln. Darina brauchte noch ein neues Kleid für eine bald anstehende Hochzeit in der Familie und so suchten sie das nächste Modegeschäft auf. Tom beriet seine beste Freundin bei der Auswahl so gut er konnte, war mit den Gedanken jedoch immer noch bei seiner Stief-Stiefmutter. Lenas Blick hatte sich so sehr in seinen Kopf gebrannt, dass er ihn nicht mehr los wurde. Das fiel natürlich auch Darina irgendwann auf, doch sie sagte nichts und wartete ab, bis er von allein mit der Sprache rausrückte.
Wortlos gingen sie deshalb nebeneinander her durch die Fußgängerzone, dann in den angrenzenden Stadtpark.
Sie setzten sich auf eine der unzähligen grün gestrichenen Parkbänke und beobachteten schweigend die Natur und die Menschen, die an ihnen vorbeigingen.
Irgendwann sah Darina ihrem besten Freund in die Augen.
»Hey, was ist los, Großer, hmm? Du bist heute echt ziemlich merkwürdig drauf.«
»Ich weiß. Es ist ... wie soll ich sagen? Es ist nicht

ganz einfach zu erklären.«
»Das hab ich schon vorhin in der Schule gemerkt. Versuchs doch einfach mal«, antwortete sie und schenkte ihm ein aufmunterndes Lächeln.
Tom holte tief Luft und wählte seine folgenden Worte mit Bedacht. »Also, es ist so: Vielleicht ist das alles auch ein riesengroßes Missverständnis, aber ich glaube, wir sind in Gefahr. Ganz besonders mein Vater.«
»Wenn du das jetzt nicht so ernst gesagt hättest, würde ich fast sagen, du hast wieder zu viele Thriller im Fernsehen geschaut.«
»Ich weiß doch selbst wie sich das anhört. Okay, pass auf, ich erzähl dir, was passiert ist, aber du musst mir glauben, dass ich dir keinen Scheiß erzähle und dich nicht verarschen will!«
»Geht klar!«
»Gut. Folgendes ist gestern passiert: Du erinnerst dich doch noch an diese speziellen Stifte, die wir für heute für die Schule brauchten? Mir ist gestern Abend erst eingefallen, dass wir die noch brauchten, da hatten die Läden aber schon alle zu. Ich bin also in das Schlafzimmer von Papa und Lena gegangen. Sie bas-telt immer sehr gerne, und so hab ich mal in der Kommode nachgeschaut, ob sie dort eventuell zufällig solche Stifte hat. Beim Rausgehen ist mir dann Irgendetwas merkwürdig vorgekommen.«
Tom machte eine Pause, um seine Gedanken zu sortieren. Die Zeit nutzte Darina, um die Wodkaflasche aus dem Rucksack hervorzuholen. Sie öffnete den Schraubverschluss, trank einen Schluck, und reichte

die Flasche dann an Tom weiter. Der lächelte dankbar und nahm ebenfalls einen kräftigen Schluck. Die wohltuende Wärme des Alkohols verabreichte ihm neuen Mut, und so setzte er seine Erzählung fort.
»Ich dachte erst, ich bilde mir das ein, aber dann hab ich mir ein Fotoalbum aus der Vitrine geholt und ein Bild des Schlafzimmers mit der aktuellen Realität verglichen. Dabei ist mir dann aufgefallen, dass das Bett ein ganzes Stück weiter hinten stand, als noch auf dem Foto. Ich bin zu der entsprechenden Stelle gegangen, habe mir die Wand angeguckt, und ja...Du wirst mir das jetzt nicht glauben, aber da befand sich tatsächlich eine weitere Tür in der Wand. Mit derselben Tapete wie die Wände des Zimmers, und deshalb fast unsichtbar. Eine Tür, die dort nicht hingehört, und die auch nicht im Grundriss eingezeichnet ist. Das weiß ich genau. Neugierig wie ich nun einmal bin, habe ich die Tür geöffnet und Treppenstufen vorgefunden, die in die Tiefe führten. Mit einer Taschenlampe bin ich dann die Treppe runtergegangen, die in einem tunnelartigen Gang endeten. Dieser Mündete schließlich an einer weiteren Tür.«
»Mooooment, Moment, Moment!«, unterbrach ihn Darina, »Vorausgesetzt ich glaube dir: Du sagst die Treppen führten eindeutig nach unten. Das Schlafzimmer liegt im erstem Stock, richtig? In eurem Erdgeschoss gibt es keine ungewöhnlich dicken Wände, wo sich ein geheimer Gang verbergen könnte. Dasselbe gilt für den Keller. Der Gang mag ja irgendwo neben eurem Haus unterirdisch verlaufen und liegt eventuell sogar

noch tiefer als euer Keller, aber wie soll da die Treppe in das Konstrukt passen? Das funktioniert doch gar nicht.«

»Das habe ich mich zuerst auch gefragt. Architektonisch eigentlich unmöglich. Aber ich habe mal irgendwo gelesen, dass es schon ausreicht, wenn man die Häuserwände und Mauern nicht ganz im rechten Winkel baut, damit man in einem Gebäude geheime Gänge und versteckte, kleine Räume einbauen kann. Wie genau das funktioniert, weiß ich allerdings auch nicht.

Wie auch immer, als ich dann auch diese Tür geöffnet hatte, tat sich vor mir ein Raum auf, der ... nunja ... ein etwas sehr seltsames Mobiliar enthielt, um es mal vorsichtig auszudrücken.«

»Das heißt? Waren die Möbel alle in pink gehalten oder was?«, prustete Darina los.

»Das ist nicht witzig, okay?! Der Raum war die reinste Folterkammer. Und zwar wortwörtlich! An den Wänden hingen Waffen und so Zeugs, Messer, Pistolen, Gewehre und sowas. Da stand sogar eine Guillotine rum, Man! Es klebte sogar noch Blut am Beil. Und andere, mittelalterliche Folterinstrumente standen dort noch rum, so eine Daumenschraube zum Beispiel.«

Jetzt konnte sich Darina nicht mehr halten vor Lachen. »Eine mittelalterliche Folterkammer, die sich unterirdisch unter eurem Haus befindet? Geht es dir gut, Tom? Hast du Fieber? Oder einfach nur zu lang an den Hausaufgaben gesessen, hmm?«

Mit trauriger, resignierter Stimme antwortete Tom:

»Nein, mir geht es gut. Ich weiß, wie lachhaft sich das anhört, aber du musst mir glauben, okay? Bitte! Da ist nämlich noch was. Auf einem Regalbrett standen Fotos von mehreren Männern. Alle etwa im selben Alter. Ich kenne keine von ihnen, aber die Bilder waren alle eingerahmt, und unten rechts im Rahmen wurde jeweils mit einem Stift nachträglich ein Datum hinzugefügt. Die Daten liegen alle in der Vergangenheit. In Anbetracht des Raumes, in der sich die Fotos befinden, kann das Datum doch nur eines bedeuten oder? Ich erinnere nur an das blutverschmierte Beil …«
»Alles schön und gut, Tom, aber was hat jetzt dein Vater mit der Sache zu tun, und wieso soll er in Gefahr sein?«
»Auf dem letzten Foto in der Reihe, da ist er drauf abgebildet, Darina! Die Frage ist nur, wann bei ihm ein Datum dazu geschrieben wird …«
Jetzt lachte Darina nicht mehr.

9

»Das ist nicht wahr, oder?«, schluckte sie, »sag mir, dass das nicht wahr ist, und du dir das nur ausgedacht hast!«

»Ich wünschte, es wäre nur ein schlechter Scherz, aber du weißt, dass ich mit so etwas keine Scherze mache.«

Schweigend hing jeder von ihnen seinen eigenen Gedanken nach, während sie dazu ihr Bier tranken. Gerade als Darina etwas sagen wollte, klingelte Toms Handy. Sein Vater war am Apparat.

»Du, Tom, ich wollte nur kurz Bescheid sagen, dass Lena und ich noch einen wichtigen Termin haben, der etwas länger dauern könnte. Wundere dich also nicht, falls wir uns heute Abend nicht mehr sehen.«

»Alles klar, Papa. Danke für die Info und viel Spaß euch.« Der letzte Nebensatz war reine Formalität, er hatte ihn nicht ernst gemeint. Er beendete das Gespräch.

»Worum ging es?«, fragte Darina und sah ihn fragend an.

»Ach, Papa hat mir nur gesagt, dass er mit Lena unterwegs ist und irgendeinen wichtigen Termin hat. Keine Ahnung, was für ein Termin, aber jedenfalls kommen die beiden heute wohl spät nach Hause.«

»Aber das ist doch perfekt! Dann können wir ja zu euch nach Hause fahren und du zeigst mir diesen ominösen Geheimgang einfach. Und wehe, du hast dir das alles nur ausgedacht und veräppelst mich!«, rief Darina.

»Ich weiß nicht, ob das so eine gute Idee ist. Ich will dich da nicht mit reinziehen und dich womöglich in Gefahr bringen«, druckste Tom herum.

»Ach was, jetzt hast du mir schon davon erzählt, jetzt will ich das auch mit eigenen Augen sehen. Was soll schon passieren?«

Er gab resigniert nach, wusste er doch, dass es nichts bringen würde, weiter zu diskutieren.

Sie verließen den Park wieder und gingen zu ihren Rädern, um anschließend zu Tom nach Hause zurückzukehren.

Dort angekommen war tatsächlich niemand daheim, das Auto stand nicht in der Einfahrt und die Haustür war doppelt abgeschlossen, wie Tom bemerkte, als er seinen Haustürschlüssel in das Schlüsselloch steckte.

Im Haus herrschte irgendwie eine düstere und unheimliche Atmosphäre, die noch dadurch verstärkt wurde, dass die Gardinen halb zugezogen waren und es sich draußen in den letzten Minuten immer mehr bewölkt und verdunkelt hatte.

Tom sah das als ein ganz böses Omen.

Er führte Darina die Treppe hoch ins Obergeschoss und blieb schließlich vor der Tür zum Schlafzimmer seines Vaters und seiner Stiefmutter stehen.

An Darina gewandt sagte er: »Bist du dir wirklich sicher, dass du das sehen willst? Ich will dich da nicht mit reinziehen ...«

»Ach Blödsinn, das ist alles bestimmt viel harmloser als du denkst.«
»Also gut. Aber sprich mit niemandem darüber, hörst du? Ich will zuerst wissen, was hier vor sich geht, bevor die Geschichte die Runde macht.«
»Meine Lippen sind versiegelt«, antwortete Darina und machte mit der Hand einen unsichtbaren Reißverschluss nach, mit dem sie ihren Mund zuzog.
Zögernd öffnete Tom die Tür und gemeinsam betraten sie den Raum. Er betätigte den Lichtschalter links neben der Tür, um das Deckenlicht einzuschalten, denn mittlerweile hatte die Abenddämmerung eingesetzt.
»Hier, schau es dir an«, wies er abwesend mit einer Handbewegung auf die Stelle neben dem Doppelbett. Seine beste Freundin machte drei Schritte in den Raum hinein, bis sie an der angegebenen Stelle vor der Wand stand. Schweigend betrachtete sie die Tapete, ihre Augen suchten nach Etwas, das wie die Umrisse einer Tür aussahen – doch sie fand nichts!
»Hier neben dem Bett meintest du? Hier ist nichts«, rief sie Tom zu.
»Ist ja auch gut versteckt. Du musst genauer hinschauen, hab ich doch schon gesagt«, entgegnete dieser. Er trat zu ihr und besah sich nun ebenfalls die Wand. Genauer gesagt die Stelle, bei der er gestern Abend die geheime Tür gefunden hatte, hinter der sich die Treppe und der unterirdische Tunnel verbargen, die zu der Folterkammer führten.
Doch da war nichts mehr! So sehr sie beide auch hin-

starrten, es waren keine Umrisse in der Wand mehr auszumachen. Tom holte sogar extra noch eine Taschenlampe, aber auch mit besserem Licht blieb die Tür verschwunden. Probehalber drückte er an verschiedenen Punkten gegen die Wand, um den Öffnungsmechanismus zu betätigen. Vielleicht waren sie auch einfach nur blind. Doch so sehr Tom die Wand auch abtastete, den versteckten Mechanismus fand er ebenso wenig wie die feinen Umrisse in der Tapete.

»Sag mal, Tom ... Kann es nicht sein, dass du mich nicht doch einfach auf den Arm nehmen willst?«, fragte Darina nach einer Weile. So langsam kamen ihr wieder Zweifel an der Geschichte ihres besten Freundes.

Der Angesprochene sah sie verzweifelt an. »Ich weiß, wie unglaubwürdig ich gerade wirke, aber ich kann mir das hier gerade selbst nicht erklären.«

Er dachte eine Weile nach und sagte dann: »Warte kurz!«

Er verließ den Raum und kehrte ein paar Sekunden später mit einem Fotoalbum in der Hand zurück. Hektisch blätterte er durch die Seiten und nahm schließlich das Foto, mit dem er am vorigen Tag bereits das Zimmer verglichen hatte, aus der Folie und reichte es weiter an Darina.

»Stell dich hier auf die Türschwelle!«, wies er sie an, »und schau dir das Zimmer genau an. Das Bett steht jetzt weiter hinten im Raum als beim Einzug. Und hier wurde nie etwas renoviert oder verrückt, das war Papa sehr wichtig, das weiß ich genau.«

Darina tat, wie ihr befohlen, und verglich die Realität mit dem Bild in ihren Händen. Sie musste zugeben, dass Tom Recht hatte. Das Bett war in der Tat nicht mehr an derselben Stelle wie damals.
»Aber das muss doch noch lange nichts Ungewöhnliches bedeuten, oder?«, meinte sie schließlich. »Es könnte doch auch einfach sein, dass ihnen das Bett zu nahe an der Tür stand und sie es einfach ein Stück weiter nach hinten gerückt haben, ohne dass du etwas davon mitbekommen hast. Sie haben es dir einfach nur nie gesagt, weil das ja jetzt keine Sache ist, die man großartig thematisieren muss. Bei mir daheim werden auch ständig Möbel verrückt, irgendwann möchte man eben etwas Neues ausprobieren und braucht Veränderung, das ist ganz normal.«
»Ich weiß, was ich gesehen habe, ja?«
Sie sah ihn mitleidig an. »Schlaf doch einfach mal eine Nacht darüber, hmm? Vielleicht bist du im Moment einfach nur überarbeitet mit den ganzen Hausaufgaben und Schulprojekten; und du hast das alles nur geträumt, und dieser Traum kam dir eben so real vor, dass du ihn für wirklich echt gehalten hast. Und wenn da wirklich etwas ist, dann gibt es dafür bestimmt eine logische Erklärung.«
Sie schaute auf die Uhr. »Ich muss jetzt los, Zuhause gibt es bald Abendessen und ich will nicht schon wieder Ärger kriegen. Wenn es in der Sache irgendwelche Neuigkeiten gibt, sagst du mir sofort Bescheid, ja?«
Darina wandte sich ab und strebte die Treppe an, um

zur Haustür zu gelangen. Doch Tom hielt sie am Arm fest.
»Hey, pass auf dich auf, hörst du!« Dabei wies er auf die blauen Flecke an ihren Armen.
»Ich kann nicht länger mit ansehen, wie er auf dich einschlägt.«
Traurigen Blickes schob sie die Ärmel ihrer Kapuzenjacke weiter herunter, sodass diese die Verletzungen überdeckten. Sie gab ihm noch eine lange, feste Umarmung, bevor sie hinunter in den Flur ging, sich die Schuhe anzog und dann wortlos das Haus verließ. Tom sah ihr nachdenklich nach und schloss dann die Haustür.
Er wollte sich eigentlich noch einen Film anschauen, überlegte es sich jedoch anders. Darina hatte Recht, ein Kriminalfilm oder gar ein Thriller würden sicherlich nicht dazu beitragen, die Situation zu verbessern und ihn auf andere Gedanken bringen.
Stattdessen beschloss er, sich etwas zu Essen zu machen; sein Magen hatte während der letzten Minuten immer wieder geknurrt. Und wenn er sich richtig erinnerte, hatten sie noch ausreichend Gurken, Tomaten, Paprika, Zucchini, Hähnchenbrustfleisch und Chiliflocken für eine leckere, scharfe Gemüsepfanne vorrätig.
Er suchte sich die benötigten Zutaten zusammen, tat etwas Sonnenblumenöl in eine Pfanne und machte schon einmal das Radio an, damit es in dem Haus nicht wieder so unerträglich still war.
Während das Essen vor sich hin brutzelte, dachte

Tom über Darinas Worte nach. War es tatsächlich möglich, dass er sich das alles nur eingebildet hatte? War er womöglich nur überarbeitet und hatte deshalb schlecht geträumt?
In der Tat waren die letzten Wochen sehr stressig, besonders aufgrund der Mathe-Klausur, die sie am Vortag wieder zurückbekommen hatten. Das würde auch erklären, warum die Geheimtür nicht mehr da war. Weil sie dort nie existiert hatte. Eine in die Wand eingelassene Tür verschwand schließlich nicht einfach so von heute auf morgen.
Darina hatte schon Recht, es konnte gut sein, dass das Bett ohne sein Bemerken umgestellt wurde, das würde alles erklären.
Aber er war sich sicher, dass das, was er gesehen hatte, der Realität entsprach. Sicherlich war ihm, wie jedem anderen Menschen auch, ein Traum schon mal beängstigend realistisch vorgekommen; nach dem Aufwachen war ihm dann aber immer klar, dass er nur geträumt hatte, und er konnte anschließend darüber schmunzeln. Aber das gestern war kein Traum, da war er sich sicher.
»Es sei denn ... hmm ... Es sei denn, ich träume immer noch!«, überlegte er.
Probehalber schlug er seinen Kopf gegen die Küchenfliesen an der Wand: Nein, er träumte definitiv nicht. Nachdem er sich einen Kühlakku aus dem Gefrierschrank geholt hatte, um seine Stirn zu kühlen, war das Essen auch schon fertig.

10

Am nächsten Morgen quälte sich Tom nur mühselig aus dem Bett, denn an diesem Tag hatte er ganze neun Stunden lang Schule, was ihn nicht gerade besonders zum Aufstehen motivierte. Zudem stand heute Musik auf dem Stundenplan, was bedeuten würde, dass seine Lehrerin ihn und seine Klasse mal wieder zur Schnecke machen würde, wie schlecht sie doch seien und wie miserabel sie mitarbeiten würden.
Er würde drei Kreuze machen, wenn der Tag endlich vorbei war.
Nach einem hastigen, kargen Frühstück, er war mal wieder viel zu spät dran, radelte er in rekordverdächtigem Tempo zur Schule und betrat nur wenige Sekunden vor der Lehrkraft seinen Klassenraum.
Wie immer vergingen die Stunden und Minuten zäh wie Brei, doch in der Sportstunde gegen Mittag kam dann endlich ein kleiner Lichtblick an diesem Tag.
Ihr Sportlehrer verkündete, dass sie die nächsten neunzig Minuten lang draußen Fußball spielen würden. Die meisten Mädchen seufzten, doch Tom freute sich innerlich über die willkommene Abwechslung an diesem sonst ziemlich tristen Tag.
Gemeinsam gingen sie nach draußen und nach einem kurzen Warm-Up rollte auch schon der Ball. Endlich konnte er mal den Kopf frei kriegen, und er dachte während des ganzen Spiels nicht einmal an die seltsa-

men Vorkommnisse der vergangenen zwei Tage.
Als ihm sein Klassenkamerad Michael dann noch eine schön geschnittene Flanke servierte, und Tom diese mit einem sehenswerten Fallrückzieher unhaltbar im Tor versenkte, stieg seine Laune noch um ein weiteres Stückchen an. Seine Mitspieler umjubelten ihn und sogar die Spieler der gegnerischen Mannschaft klopften ihm anerkennend auf die Schulter für dieses Traumtor.
Selbst von seinem Sportlehrer bekam er ein Lob, und das war nun wirklich etwas ganz Besonderes, denn anerkennende Worte ihres Sportlehrers kamen etwa einmal pro Schuljahr vor. Wenn überhaupt.
Und so gingen Tom auch die restlichen Schulstunden etwas leichter von der Hand, bis er es um Viertel nach drei endlich geschafft hatte und das Schulgebäude verließ.
Als er jedoch Zuhause ankam, sank seine Stimmung schlagartig, nachdem er die Tür aufgeschlossen und festgestellt hatte, dass lediglich Lena, nicht jedoch sein Vater Zuhause war.
»Hi!«, murmelte er nur kurz, als er sie in der Küche erblickte, und machte sich schleunigst auf den Weg nach oben in sein Zimmer.
»Hallo, Tom!«, rief sie ihm in einem merkwürdig fröhlichen Tonfall zurück.
Er hielt kurz inne. Meistens bekam er gar keine Antwort, und wenn doch, dann nur eine sehr feindselige, außer natürlich, sein Vater war gerade in Hörweite.
Wird diese Frau jetzt auch noch freundlich und nor-

mal? Heute muss wohl mein Glückstag sein, dachte er sich, als er weiter die Treppenstufen nach oben ging.

In seinem Zimmer warf er zunächst seinen Rucksack auf den Boden und kickte ihn gegen den Schreibtisch. Er checkte kurz seine Social-Media und zog dann seufzend den Reißverschluss seiner Schultasche auf, um seine Hefte rauszuholen.

Ein Englisch-Essay wartete noch darauf, von ihm gechrieben zu werden. Es ging um das Thema *‚Science &Technology‘*, also um die positiven und negativen Auswirkungen der immer weiter fortschreitenden Technik. Ein gar nicht so uninteressantes und im Gegensatz zu den meisten Themen, die in der Schule so geleert wurden, auch gar nicht so irrelevantes Thema, dennoch hatte Tom absolut keine Lust, darüber einen Aufsatz zu schreiben.

Schicksalsergeben setzte er sich dann trotzdem auf seinen Schreibtischstuhl, schlug das Heft auf, kramte den Füller aus der Federtasche und überlegte, wie er anfangen sollte.

Doch irgendwie schien er eine Schreibblockade zu haben, denn ihm viel absolut nichts ein, was er schreiben könnte, und schon gar nicht wollte ihm ein passender Anfang für den Text einfallen. Und je mehr die Zeit verstrich, desto lustloser und unmotivierter wurde er.

Nach einer weiteren halben Stunde hatte Tom gerade einmal ein paar Zeilen zu Papier gebracht.

Plötzlich unterbrach ihn eine laute, schrille Stimme in

seinem nicht vorhandenen Denkfluss.
»Tooooom, kommst du mal bitte?«
Auch das noch ..., dachte sich dieser. Das hatte ihm gerade noch gefehlt. Wahrscheinlich wollte Lena ihn wieder zu irgendeiner Arbeit im Haushalt verdonnern, oder es war wieder etwas kaputt gegangen, wofür er nun die Schuld bekommen würde, ganz gleich, ob er etwas damit zu tun hatte, oder nicht.
Er verdrehte die Augen, stand auf und stapfte die Treppe hinunter in die Küche.
»Was ist denn?«, fragte er nur mäßig interessiert, als er den Raum betrat, und hoffte, dass seine Stimme dabei nicht zu genervt geklungen hatte.
»Ich dachte, du hast vielleicht Hunger nach so einem langen Schultag, und da habe ich dir Spaghetti mit Bolognese und deiner Lieblings-Soße gekocht, die Scharfe, von der man nur ganz wenig nehmen darf, ohne sich den Mund zu verbrennen. Ich hoffe, ich habe nicht zu viel davon rauf getan.«
Einladend wies sie auf den Teller mit dem dampfenden Essen, davor stand ein Glas Smoothie aus Waldbeeren, Toms Lieblings-Erfrischungsgetränk.
»Oh danke, das ist lieb von dir«, antwortete er mehr aus Verwunderung und Verwirrtheit als aus Freude über die zugegebenermaßen sehr köstlich duftende Mahlzeit.
Tatsächlich bemerkte er erst jetzt, wie hungrig er war; die Hausaufgaben hatten ihn wohl abgelenkt.
Er setzte sich an den Küchentisch und wickelte die Nudeln auf die Gabel, während Lena sich ihm gegen-

über setzte und sich ein Glas Wasser einschenkte.
»Wie war's in der Schule?«, startete sie ein Gespräch.
Tom stockte den Bruchteil einer Sekunde, bevor er eine Antwort gab.
»Eigentlich ganz gut, wir hatten zwar neun Stunden heute, aber Sport hat dafür echt Spaß gemacht, wir haben draußen Fußball gespielt.«
Noch während er das sagte, fragte er sich, was hier eigentlich los war. Seit wann war diese Frau so nett und freundlich zu ihm? Lena hatte noch nie für den Sohn ihres Lebensgefährten Interesse bekundet, geschweige denn nachgefragt, wie denn sein Schultag gewesen sei. Er wollte aber auch nicht unnötig unhöflich sein, und so schilderte er ihr sein Tor, das er in der Sportstunde geschossen hatte.
»Übrigens, der Smoothie ist echt lecker«, musste er zugeben, nachdem er einen Schluck probiert hatte.
»Er schmeckt leicht säuerlich, ist da Zitrone drin?«
»Ja, ich habe ein paar Spritzer mit hinein getan, du isst Zitronen ja auch ganz gerne pur, nicht wahr?«, zwinkerte sie. »Ich hoffe, es ist nicht zu sauer geworden?«
»Nein, nein, er schmeckt wirklich köstlich«, antwortete Tom, und trank genüsslich noch einen Schluck.
In rekordverdächtiger Zeit hatte er die Spaghetti und das gebratene Hack verputzt, und das Glas pürierter Früchte geleert. Er rückte mit dem Stuhl zurück und stand auf.
»Danke für das Essen, es war wirklich sehr lecker. Ich muss jetzt aber wieder hoch, muss noch einen Aufsatz

für Englisch schreiben.« Er hob entschuldigend die Schultern, als sei er ihr irgendeine Rechenschaft dafür schuldig, dass er jetzt weiter an seinen Hausaufgaben arbeiten musste.

»Kein Problem, viel Erfolg noch beim Schreiben, ich muss ohnehin noch etwas im Haushalt machen. Wenn du was brauchst, komm einfach runter!«, lächelte sie ihm zu.

Tom nickte. »Danke, mach ich.«

Er war schon an der Küchentür, als er sich noch einmal umdrehte.

»Sag mal, weißt du eigentlich, wo Papa ist? Er müsste doch längst Zuhause sein oder nicht? Er hat jedenfalls nicht Bescheid gesagt, dass er später kommt.«

»Oh, das hab ich ganz vergessen dir zu sagen, er wollte nach der Arbeit noch irgendetwas besorgen und kommt deshalb ein bisschen später. Er hat mir aber auch nicht gesagt, wie lange das noch dauern wird.«

»Ah okay, na mal schauen, wann er denn kommt.«

Mit diesen Worten verließ Tom den Raum und kehrte zurück in sein Zimmer.

Doch auch mit vollem Magen ließ sich der Aufsatz nicht wirklich leichter schreiben. Irgendetwas schien seinen Gedankenfluss zu blockieren, dass ihm nichts Gescheites einfallen wollte.

Zudem spürte er eine langsam aufsteigende Müdigkeit, die es ihm noch schwerer machte, sich auf seine Aufgabe zu konzentrieren. Er hasste das, ein langer Schultag und dann Zuhause noch Hausaufgaben machen, während Erwachsene nach ihrer Arbeit am

Nachmittag frei hatten.
Er verdrehte die Augen. Besonders, wenn sie in der Schule Sportunterricht hatten, fielen ihm die Hausaufgaben danach noch schwerer, da er sich am liebsten einfach nur ins Bett legen wollen würde. Schlafen wäre jetzt echt eine gute Idee.
Er sah auf seinen Wecker. Erst kurz nach 19 Uhr. Er gähnte. Sein Körper sagte ihm, dass es bereits nach Mitternacht sein musste, aber dieser Aufsatz musste heute unbedingt fertig werden. Noch einen Eintrag wegen nicht gemachter Hausaufgaben konnte er sich nicht leisten, besonders nicht in Englisch.
Er ging ins Badezimmer, um sich eine Ladung eiskaltes Wasser in das Gesicht zu klatschen, und betrachtete sich anschließend im Spiegel. Von seinen langen Haaren tropfte Wasser auf die Fliesen, seine Augen sahen glasig aus und waren gerötet. Tiefe Schatten durchzogen sein Gesicht und die Augenringe hingen fast bis zur Nasenspitze hinunter.
»Die Schule macht einen echt fertig«, murmelte er kopfschüttelnd und ging zurück in sein Zimmer. Dort öffnete er eine Schublade seines Schreibtisches, in der er sein ‚Junk-Food‘, wie sein Vater es scherzhaft nannte, aufbewahrte.
Er entnahm ihr einen Energieriegel und eine Dose Energydrink, wenngleich er wusste, dass das nicht besonders gesund für seinen Körper war.
Als er den Riegel gegessen und einige kräftige Schlucke des koffeinhaltigen Getränks zu sich genommen hatte, riss er sich zusammen, nahm seinen Füller in

die Hand, und begann zu schreiben.
Es war nicht wirklich gut, was er da zu Papier brachte, das wusste Tom selber, aber es war immerhin etwas. Nach einer knappen halben Stunde hatte er gut anderthalb Seiten zustande gebracht und musste sich nun nur noch einen passenden Schluss ausdenken.
Er entnahm der Dose noch einmal einen großen Schluck des Chemie-Gemischs und stand auf, um sein Handy zu checken. Keine neuen Nachrichten, nur irgendeine sinnlose Diskussion in der Klassengruppe auf WhatsApp.
Er spürte, wie die Müdigkeit zurückkam, seine Augen begannen vom Gähnen zu tränen, sodass der Bildschirm in seinen Händen leicht verschwamm.
Er wischte sich die Augen mit dem Ärmel trocken und stand auf, um den Essay endlich zu beenden.
Doch als er sich von seinem Bett, auf dem er eben noch gesessen hatte, erhob, und zurück zu seinem Schreibtisch gehen wollte, wurde ihm auf einmal schwindlig. Sein Zimmer drehte sich vor ihm, alles verschwamm wieder, sein Kreislauf schien nicht mehr auf ihn hören zu wollen.
Tom setzte sich zurück auf das Bett, legte sich vorsichtig hin und wartete, bis die Welt um ihn herum aufhörte, sich zu drehen und verrückt zu spielen.
Er nahm einen Schluck aus der Wasserflasche, die immer auf seinem Nachttisch bereit stand. Nach einigen Augenblicken fühlte er sich wieder ein bisschen besser, doch seine Haare klebten schweißnass an seiner Stirn.

Jetzt erst bemerkte er, dass sein Körper in den letzten Minuten stark zu schwitzen begonnen hatte.
Vorsichtig und nicht zu schnell erhob er seinen Oberkörper und setzte sich auf. Er ließ einige Sekunden verstreichen. Soweit, so gut. Kein Schwindel, die Möbel standen alle an ihrem Platz und verschwammen nicht mehr, kein erhöhter Puls, keine Ohrengeräusche. Er drehte sich, um die Füße auf dem Boden abzusetzen, und stand dann langsam auf.
Doch als er gerade zwei Schritte gemacht hatte, brach sein Kreislauf vollends zusammen. Er sackte zu Boden und schrie auf vor Schmerzen, da er sich nicht richtig hatte abstützen können. Überhaupt gehorchte kein Körperteil mehr den Befehlen des Gehirns, seine Gliedmaßen fühlten sich völlig taub an.
In seinem Ohr herrschte ein unerträglich hoher, viel zu schriller Ton, der alle anderen Geräusche der Außenwelt abschirmte.
»Fuck!«, brüllte Tom. Zumindest glaubte er, dass er es laut gebrüllt hatte, er spürte die Vibration in seiner Kehle, was bedeutete, dass er etwas gesagt haben musste, doch er konnte seine eigenen Worte nicht hören.
Er riss die Augen auf und konnte nun fast gar nichts mehr sehen. Alles um ihn herum war komplett verschwommen, er wusste nicht mehr, wo oben und unten war. Dann begannen seine Muskeln sich zu verkrampfen, was eine unfassbare Schmerzwelle durch seinen ganzen Körper jagte. Noch nie zuvor hatte er seinen Körper so sehr gespürt wie in diesem

Augenblick, und er hätte gut und gerne auf diese Erfahrung verzichten können.
Er wand sich auf dem Boden hin und her, versuchte irgendwie die Krämpfe loszubekommen und schickte ein Stoßgebet gen Himmel, dass diese Qualen endlich aufhören mögen.
Dann, von einem Moment auf den anderen, verschwand die Welt um ihn herum, und ihm wurde schwarz vor Augen.

11

Das Brummen eines Motors und ein schaukelnder Untergrund. Das war das Erste, was Tom wahrnahm, als er wieder zu sich kam.
Dunkelheit.
Schwärze.
Anscheinend steckte er unter einer Abdeckplane oder etwas Ähnlichem.
Er versuchte sich zu bewegen, doch es gelang ihm nicht. Seine Arm- und Fußgelenke waren offenbar an etwas angekettet, sodass er sich keinen Zentimeter rühren konnte. Seine Gelenke schmerzten, zudem war die Auflage, auf der er lag, nicht sonderlich bequem.
Tom dachte nach, versuchte, so viele Eindrücke wie möglich zu verarbeiten, die ihm helfen konnten, herauszufinden, was passiert war.
Zunächst einmal schien er sich in einem Auto zu befinden.
Nein, AUF einem Auto, oder besser, auf der Ladefläche eines Autos, wahrscheinlich ein Pik-Up. Das würde auch den harten, unbequemen Untergrund erkläen, der sicherlich nicht aus einer gepolsterten Rückbank eines normalen Fahrzeugs bestand.
Das Auto fuhr schnell, zuerst dachte Tom an eine Autobahn, bis ihm auffiel, dass er noch kein anderes Motorengeräusch wahrgenommen hatte.
Auf ihrer Strecke schien sich also kein weiterer Ver-

kehr zu befinden. Dann womöglich eine verlassene Landstraße.

Ob es Tag oder Nacht war, vermochte er nicht zu sagen, unter der Plane sah er nur absolute Schwärze und hätte nicht einmal seine eigene Hand vor Augen sehen können, wenn er diese denn vor sein Gesicht hätte halten können, was aufgrund der Fesseln nicht möglich war.

Wer fuhr dieses Auto? Wurde er gerade wirklich entführt? Gab es einen oder mehrere Kidnapper? Und wie bin ich überhaupt hier rein geraten?

Lena!, durchzuckte ihn eine Erkenntnis, die alle Fragen auf einmal beantwortete.

Natürlich, das war die Erklärung! Wie hatte er nur so dumm sein können? Die fast schon übertriebene Höflichkeit seiner Stiefmutter hätte ihn eigentlich sofort misstrauisch machen müssen. Sie hatte ihm das leckere Essen nicht aus reiner Nächstenliebe zubereitet, sondern um etwas darunterzumischen, das ihn außer Gefecht setzte, damit sie ihn problemlos beseitigen konnte.

Bei dem Gedanken an das Wort ‚beseitigen' musste Tom unwillkürlich schlucken.

Deshalb hatte der Smoothie auch so merkwürdig sauer geschmeckt, das lag garantiert nicht an zu viel Zitronensaft, dessen war er sich nun sicher.

Wahrscheinlich hatte sie K.O.-Tropfen oder etwas in der Art hinzugetan, dessen Wirkung nur langsam einsetzte, angefangen mit leichten Schwindelanfällen, über starke Muskelkrämpfe, bis hin zu völliger Be-

wusstlosigkeit.
Aber wieso das Ganze?, fragte er sich, und musste wieder an den geheimen, unterirdischen Raum denken. Hatte er sich wohl doch nicht getäuscht oder geträumt, wie Darina geglaubt hatte. Aber wie hatte Lena herausfinden können, dass er dort unten war?
Ihm blieb nichts anderes übrig als abzuwarten, bis diese Autofahrt enden würde, und sein Schicksal ihm mitteilte, was es mit ihm vorhatte.

Nach endlos quälenden Stunden, Tom kam es wie Tage oder gar Wochen vor, hielt das Fahrzeug endlich an. Das Motorengeräusch erstarb blubbernd und er hörte, wie jemand aus dem Auto stieg und anschließend die Tür zufallen ließ. Dann Schritte. Schritte, die raschelten und knisterten. Das war kein Teer, der hier den Untergrund bildete.
Waldboden..?, kam es Tom in den Sinn.
Die Schritte kamen näher und schienen schließlich hinter dem Pick-Up stehen zu bleiben. Die Heckklappe wurde geöffnet und jemand betrat die Pritsche.
Plötzlich wurde es schlagartig hell, als ihm die Plane brutal vom Körper gerissen wurde. Tom blinzelte und brauchte einen Moment lang, um sich an die Helligkeit zu gewöhnen, nachdem er in den Stunden zuvor von völliger Dunkelheit umgeben war.
Das Gesicht von Lena lächelte ihn boshaftig an, als seine Augen endlich nicht mehr geblendet wurden.
»Sieh an, sieh an, du bist ja schon wach«, flötete sie

ihm entgegen.
»Leck mich! Was willst du von mir, du krankes Miststück?«, entgegnete Tom, der beschlossen hatte, sich nicht unterkriegen zu lassen und keine Schwäche zu zeigen.
»Na, na, na, wer wird denn hier gleich ausfallend werden?«, säuselte sie, »Du hast dir das alles selbst eingebrockt. Ich kann keine Zeugen in meinem Leben gebrauchen. Tut mir leid, Kleiner.«
Der Ton, in dem sie die letzten Worte gesagt hatte, ließ keine Zweifel daran, dass es ihr überhaupt nicht leid tat.
»Jag mir doch einfach 'ne Kugel in den Kopf und erspar' mir dein Scheiß Gelaber«, verdrehte Tom genervt die Augen. In diesem Augenblick erschien ihm der Tod lieber als alles Andere.
»Später. Erst einmal muss deine Neugier bestraft werden, bevor ich dich beseitige.«
Tom fragte sich, warum sie ihn nicht direkt bei ihnen Zuhause getötet hatte, Waffen waren im Haus, wie er herausgefunden hatte, schließlich genug vorhanden, und ein Schalldämpfer gehörte sicherlich auch zu der Ausrüstung, die dort unten lagerte.
Warum also unnötig stundenlang mit dem Auto mitten ins Nirgendwo fahren?
Weil sie spielen will, schoss ihm die Antwort durch den Kopf. Er hatte schon immer gewusst, dass diese Frau psychisch gestört war, daher wunderte es ihn schon fast gar nicht mehr, dass sie nun solche Psychospielchen mit ihm treiben wollte, statt ihn einfach un-

auffällig aus dem Weg zu räumen.
»Zunächst einmal will ich dich von den Fesseln befreien. Ich hoffe, deine Gelenke tun nicht zu sehr weh?«, fragte sie in gespieltem Mitleid.
Tom dachte schon daran, zu fliehen, sobald sie die Schlösser aufgemacht hatte, mit denen er bis jetzt angekettet gewesen war, doch er verwarf den Gedanken schnell wieder.
Diese Option wäre vollkommen sinnlos, zumal er nicht die geringste Ahnung hatte, wo er sich überhaupt befand. Der nächste Ort, wo er Hilfe holen konnte, mochte kilometerweit entfernt sein, abgesehen davon, dass er gar nicht wusste, in welche Richtung er laufen sollte.
Zudem hatte er bereits die Pistole bemerkt, die in dem Halfter an Lenas Gürtel steckte, und er war sich sicher, dass das nicht ihre einzige Waffe war.
Doch er wäre ohnehin nicht dazu gekommen, abzuhauen, denn unmittelbar nachdem sie ihn von den Ketten befreit hatte, mit denen er fixiert gewesen war, drehte sie seinen Körper mit einer unglaublich geschickten Bewegung herum, und ehe Tom wusste, wie ihm geschah, hatte sie seine Hände auch schon hinter dem Rücken mit einem Seil zusammengebunden.
»Damit du nicht auf dumme Gedanken kommst«, sagte sie, als wäre sie ihm für jede ihrer Handlungen eine Erklärung schuldig.
»Aufstehen!«, befahl sie ihm nun. »Du tust jetzt genau das, was ich dir sage, hast du verstanden? Nicht mehr und nicht weniger. Vielleicht, aber nur ganz

vielleicht, lasse ich dich dann sogar am Leben.«
Tom wusste, dass ihm der letzte Satz nur Hoffnung geben sollte, damit er gehorchte, aber er tat dennoch wie ihm geheißen, als sie ihn anwies, aufzustehen.
Er schüttelte seine eingeschlafenen Arme und Beine aus und streckte die müden Glieder.
Zum ersten Mal seit einiger Zeit hatte er die Möglichkeit, seine Umgebung genauer zu erkunden. Er drehte den Kopf und sah sich seiner Vermutung bestätigt: Um sie herum befanden sich tatsächlich nur Bäume, Sträucher und Blätter. Sie waren mitten in einem Wald, weit und breit keine Anzeichen von einer Siedlung oder gar anderen Menschen.
»Los, komm jetzt!« Lena wurde ungeduldig.
Er sprang hinter ihr von der Pritsche und folgte ihr in den Wald hinein, den sie nun nicht mehr mit dem Auto weiter befahren konnten, da der Waldweg an dieser Stelle abrupt endete.
»Was hast du mit mir vor?«, versuchte er es noch einmal, doch er erhielt wieder nur ein ekelhaftes Grinsen als Antwort.
»Wirst du schon sehen. Es wird Spaß machen«, lachte sie höhnisch, »Nun ja, zumindest einer von uns beiden wird Spaß haben.«
Tom verstummte.
Gemeinsam schritten sie nun durch den immer dichter werdenden Wald. Die Bäume standen zunehmend enger beieinander, das Unterholz wurde immer mehr; ständig stachen ihm Zweige ins Gesicht, die er nicht abwehren konnte, da ihm dazu buchstäblich die Hän-

de gebunden waren.
Tom versuchte sich so viele Details wie möglich einzuprägen, sich irgendwelche markanten Punkte zu merken, die ihm als Orientierung dienen konnten, falls ihm doch irgendwie, irgendwann die Flucht gelingen sollte.
Doch da war nichts. Keine besonderen Pflanzen, die hervorstachen, keine mit Farbe markierten Bäume, die abgeholzt werden sollten, kein kleiner Teich oder ein Bach, Nichts. Es schien, als würde dieser Wald nie betreten werden. Nicht einmal Tiere ließen sich blicken.
Er wollte schon protestieren, was diese Rumlatscherei denn solle, gäbe es doch in diesem Wald offensichtlich nichts, wo man hingehen könnte, außer Bäume, als sich vor ihnen eine Lichtung auftat. Die Bäume wurden weniger, bis sie schließlich eine freie Fläche preisgaben, auf der ein einsames, verlassenes Holzhaus stand.
Wie im Horrorfilm, schoss es Tom, dem nur noch Regen und Gewitter fehlte, um die Atmosphäre perfekt zu machen, durch den Kopf.
Das Haus wirkte hier völlig fehl am Platz, sah der Wald doch so aus, als hätte ihn noch nie eine Menschenseele betreten. Das Gebäude spiegelte das komplette Gegenteil wider, es schien gut gepflegt, kein Moos bedeckte das Dach, kein Brett hing irgendwo lose. Unter anderen Umständen hätte Tom es als gemütliches Urlaubsdomizil empfunden.
Sie betraten die Veranda, die sogar mit modernen

Möbeln geschmackvoll ausgestattet war, über drei breite Treppenstufen, und Lena kramte einen silbernen Schlüsselbund aus ihrer Jackentasche.
Sie schloss die weiß gestrichene Tür auf, die beim Aufschwingen sogar nur ganz wenig quietschte.
Einladend wies sie in den Flur.
»Willkommen in deinem neuen Zuhause.«

12

Das Innere des Holzhauses stand dem äußeren Zustand in nichts nach und könnte gut und gerne als Werbeobjekt für Reisekataloge dienen.
Der Flur, den Tom nun vorsichtigen Schrittes betrat, war zwar dunkel, da er innen lag und keine Fenster enthielt, jedoch hübsch dekoriert mit schönen Wandgemälden in altertümlichen Rahmen. Direkt links vom Eingang befand sich eine Küche, die in einem weißen Landhausstil gehalten war und sehr sauber und gepflegt wirkte. Sie beinhaltete alles, was das Herz begehrte; Geschirr schien ausreichend vorhanden, wie Tom feststellte, als er die Vitrinen voller Teller und Gläser erblickte, sogar einen Geschirrspüler gab es.
An der rechten Wand des Flures führte eine Treppe in das obere Geschoss, links gab es noch ein Badezimmer, sowie ein großes, geräumiges Wohnzimmer mit schweren, teuer aussehenden Möbeln.
Lena führte ihn jedoch am Treppengeländer vorbei und blieb vor einer fast unsichtbaren Tür stehen, hinter der sich eine Art Abstellraum verbergen musste, wie Tom zunächst vermutete, denn sie bildete den Zugang zu dem mit dunklem Holz verkleideten Verschlag unter den Treppenstufen.
Seine Stiefmutter fummelte erneut an ihrem Schlüsselbund herum und schloss dann die Tür auf, die

nicht wie erwartet in einen Abstellraum, sondern offensichtlich in den Keller führte, denn es führten steile Stufen hinab in die Tiefe.
Lena betätigte einen Lichtschalter an der Wand und eine nackte Glühbirne erleuchtete die Dunkelheit.
»Los, runter mit dir!«, ordnete sie an.
Schicksalsergeben setzte Tom einen Fuß auf die erste Stufe, und sobald er ein paar Schritte gegangen war, hatte er eigentlich erwartet, dass Lena die Tür hinter ihm zuknallen würde, doch stattdessen setzte sie sich nun ebenfalls in Bewegung, um ihn zu folgen. Die Treppe machte eine neunzig Grad Rechtskurve und mündete dann in einen kurzen Flur, von dem einige Türen abgingen. Dieser war komplett, vom Boden über die Wände bis zur Decke, weiß gestrichen und wurde von hellen Neonröhren ausgeleuchtet.
Auch hier zeigte sich der gute Zustand des Hauses, denn obwohl es sich hier um den Keller handelte, war die Farbe keinesfalls ausgeblichen oder blätterte bereits von den Wänden. Nichtmal ein Spinnennetz zierte die Leuchtstoffröhren.
Inzwischen war Lena hinter ihm angekommen und schubste ihn vorwärts bis zur letzten Tür am Ende des Korridors. Sie schloss diese auf und stieß ihn hinein.
Tom stolperte und wäre fast hingefallen, so unerwartet kräftig war der Stoß seiner Stiefmutter gewesen.
Wieder mit einem fiesen Grinsen im Gesicht stand Lena nun im Türrahmen und betätigte einen Lichtschalter an der Wand, woraufhin eine an einem Kabel von der Decke baumelnde Glühbirne, der am obigen Trep-

penabsatz nicht ganz unähnlich, aufflackerte.
»Es tut mir leid, dass dein Schlafgemach nicht ganz so modern und gut erhalten ist wie der Rest des Hauses, aber das macht dir doch nichts aus, oder?«, säuselte sie, »naja wie auch immer, ich muss mich ein wenig ausruhen und nachdenken, was ich nun genau mit dir anstelle. Und du solltest dich auch ein wenig hinlegen, du musst fit sein für morgen.«
Endlich war ihre ekelhafte Stimme verklungen, nachdem sie die Stahltür hinter sich zugezogen hatte.
Tom sah sich zum ersten Mal in seinem neuen ‚Zuhause', wie Lena es nannte, um.
Dieser Raum hatte tatsächlich nichts mehr gemein mit dem schmucken und modernen Rest des Holzhauses. Schon der Flur, der zu diesem Raum führte, hatte ihn an eine Industriefabrik erinnert, kalt, weiß, leblos, nicht wohnlich. Und dieser Raum hier schien dann so eine Art Lager in der Fabrik zu sein. Die Wände waren komplett mit Regalen aus Metall zugestellt, die vor Gerümpel fast überquillten und unter der Last fast zusammenzubrechen schienen.
Dort standen zusammengerollte Teppiche, alte Lampen, zerbrochene Vasen, rostige Sammelobjekte, Kisten mit allerhand Plunder, Werkzeug, kaputte Kleinmöbel und vieles mehr. Alles reif für den Sperrmüll, soweit Tom unter dem diffusen Schein der einzigen Lichtquelle feststellen konnte.
Wobei, die einzige Lichtquelle war es nicht, wie er jetzt erst bemerkte, denn am anderen Ende des Raumes, etwa vier Meter entfernt, befand sich ein kleines,

rechteckiges Kellerfenster, durch das ein wenig Licht hereindrang, was aber nur wenig hilfreich war, denn das dichte Blätterwerk verschluckte ohnehin die meisten Sonnenstrahlen. Schon der Wald hatte dunkel und düster gewirkt, obwohl es eigentlich noch relativ hell sein musste.

Tom sah sich weiter um, hatte er doch gehofft, wenigstens eine alte Matratze und eine Decke zu finden, worauf er schlafen konnte, doch auf dem Boden lag nur weiteres Gerümpel. Außerdem spürte er seinen Magen knurren. Er merkte erst jetzt, wie hungrig und durstig er war. Seine Kehle war wie ausgetrocknet.

Er wollte sich gerade ein paar der Teppiche aus den Regalen zerren, um wenigstens nicht auf dem kalten, nackten Steinboden schlafen zu müssen, als er hörte, wie ein Schlüssel in das Schloss der Tür gesteckt wurde.

Tom fürchtete schon das Schlimmste, als sich die Tür knarzend öffnete, und Lena wie eine Herrscherin auf der Schwelle stand, doch sie trug nur ein Tablett in den Händen, auf dem sich eine Wasserflasche und ein Teller mit Fleisch und Kartoffeln befand. Auf ihren Unterarmen balancierte sie eine Wolldecke und ein Federkissen.

»Du bist schließlich mein Gast, also sollst du dich hier auch wohlfühlen. Nicht, dass du mir hier noch ver hungerst.«

Sie stellte das Tablett vor ihm ab und warf das zweckmäßige Bettzeug auf den Boden. Danach verließ sie den Raum wieder.

Tom horchte noch eine Weile in die Stille hinein und besah sich dann skeptisch das Essen. Er hatte sich eigentlich vorgenommen, sich strikt zu weigern, Essen, was ihm seine Stiefmutter noch vorsetzte, zu verspeisen. Jedoch hing sein Magen allmählich auf der Höhe seiner Knie, und wenn sein Kreislauf weiterhin funktionieren sollte, musste er bald etwas Nahrung zu sich nehmen. Außerdem ergäbe es keinen Sinn, dass Lena ihm etwas in das Essen mischen sollte. Wenn sie ihn auf diese Art hätte umbringen wollen, hätte sie ihm schon Zuhause ein tödliches Mittel ins Essen geben können und ihn nicht zu entführen brauchen.
Und da er nun außer Gefecht in diesem Keller eingesperrt war und es keine Möglichkeit gab, zu entkommen, war es auch nicht notwendig, ihn wieder, wie bei der Entführung, zu betäuben.
Er probierte vorsichtig ein winziges Stück des Steaks und trank einen ganz kleinen Schluck Wasser. Dann wartete er ab.
Keine Begleiterscheinungen, kein Schwindel, keine Kreislaufprobleme, keine Krämpfe. Das Essen war in Ordnung. Gierig machte er sich über die Mahlzeit her und trank fast in einem Zug die halbe Wasserflasche leer.
Als er satt war, suchte er sich aus dem ganzen Gerümpel den flauschigsten Teppich heraus, der einigermaßen sauber aussah, und hoffte inständig, dass in ihm nicht zu viel Ungeziefer wohnte. Er hatte eine Hausstaubmilbenallergie und dieser Ort hier bot der Allergie die perfekten Bedingungen, sich auszuleben.

Er spürte schon das bekannte Kribbeln in der Nase. Normalerweise stellte dieses Handicap im Alltag keine Probleme dar, da er Tabletten dagegen nahm, die die Allergie im Zaum hielten. Tom glaubte allerdings nicht, dass dieses Haus seine Medikamente vorrätig haben würde.
Er breitete den Teppich als Unterlage aus und machte es sich in seinem improvisierten Lager einigermaßen bequem. Die Decke und das Kissen rochen zumindest frisch gewaschen, also sollte er die Nacht überleben, ohne an einer allergischen Reaktion zu verrecken.
Jedoch lag er noch lange wach. Die Gedanken ließen ihn nicht einschlafen, aber damit hatte er schon gerechnet. Er kannte das aus dem Schulalltag, aber nun war da noch ein anderes Gefühl, das sich unter die Gedanken gemischt hatte, ein Gefühl, mit dem er sonst nicht allzu oft konfrontiert wurde: Angst.
Genauer gesagt, Todesangst. Ihm war inzwischen völlig klar, dass Lena ihn nicht wieder gehen lassen würde. Er musste auf ein Wunder hoffen, dass ihn hier jemand fand, der nach ihm suchte und ihn hier rausholte.
Doch dafür musste man ihn erst einmal vermissen. War sein Verschwinden überhaupt schon bemerkt worden?
Er dachte an seinen Vater. Mittlerweile war dieser sicherlich längst von der Arbeit zurückgekehrt und hatte ein leeres Haus vorgefunden. Bestimmt hatte er bereits Lena angerufen, wo sie beide denn seien, das gab ihm Hoffnung.

Doch andererseits konnte seine Stiefmutter auch einfach behaupten, dass Tom ihr gesagt hätte, er wäre noch mit Freunden unterwegs und käme erst später, oder gar erst am nächsten Tag nach der Schule, nach Hause, und dass er bei einem Freund übernachten würde.
Ein anderer, noch viel erschreckenderer Gedanke, kam ihm: Was, wenn sein Vater in der ganzen Sache mit drin steckte? Das würde auch erklären, warum er angeblich später von der Arbeit käme. Hatte er womöglich irgendwelche Vorbereitungen für die Entführung getroffen?
Tom wusste nicht mehr, wem er vertrauen sollte. Dass das Verhältnis zwischen Vater und Sohn nicht mehr das Beste war, lag schließlich an Lena, und Tom wusste, dass sein Vater alles für diese Frau tun würde, so blind wie er vor Liebe war.
Sein Gedankenfluss brachte ihn weiter zu Darina. Sie würde sich vermutlich wundern, dass er am nächsten Tag nicht in der Schule wäre und er sich nicht bei ihr meldete, doch Tom wusste, dass Lena wahrscheinlich auch dafür Vorkehrungen getroffen hatte. Sie war ein psychopathisches Monster, aber nicht dumm.
Und genau das machte sie so gefährlich und unberechenbar.
Sicherlich hatte sie sein Handy mitgenommen und schrieb Darina in seinem Namen, dass alles okay sei und sie sich keine Sorgen machen müsse. Er würde krankheitsbedingt für einige Tage Zuhause bleiben müssen. Dasselbe konnte sie auch der Schule ange-

ben.
Niemand würde nach ihm suchen, niemand würde vermuten, dass ihm etwas zugestoßen sei. Und wenn doch, dann erst, wenn es bereits zu spät war.
Der Gedanke daran, seine beste Freundin wahrscheinlich nie wieder zu sehen, schmerzte ihn am meisten. Er wusste, wie sensibel das Mädchen war, und wie sehr sie ihn brauchte. Seinen Tod würde sie nie verkraften.

Ein lautes Pochen weckte ihn aus einem unruhigen und traumlosen Schlaf. Er hörte die Schritte auf dem Flur und kurz danach den Schlüssel, der sich im Schloss herumdrehte.
Sie stand in der Tür, grinste boshaft von oben auf ihn herab, sah ihn an wie einen Hummer in einem Restaurant, der nun frisch gekocht werden sollte.
»Guten Morgen Tom, ich hoffe du hast gut geschlafen«, schleimte sie ihm entgegen. Ihre Stimme triefte ekelhaft vor Sarkasmus. Tom konnte ihr nicht ins Gesicht sehen, zu sehr hasste er diese Frau.
Er blinzelte ein paarmal und rieb sich die Augen, um den Schlaf loszuwerden, der sich bei den Lidern angesammelt hatte.
Er hasste es, unsanft aus dem Schlaf gerissen zu werden. Noch etwas benommen sah er sich in seinem Gefängnis um. In dem Raum war es tatsächlich schon ein wenig hell, denn durch das kleine Kellerfenster drang ein wenig Licht hinein. Er musste also tatsächlich geschlafen haben. Allerdings nicht besonders lan-

ge und nicht besonders tief, das spürte er.
Zudem schmerzten seine Glieder, als er aufstand. Ein alter, verschlissener Teppich war wahrlich nicht die beste Unterlage zum Schlafen. Eine Erkenntnis, auf die er nur zu gerne verzichtet hätte, genau wie auf den Strick, mit dem Lena ihm nun die Hände hinter dem Rücken fesselte.
Sie war übertrieben vorsichtig und ging wohl kein Risiko ein, fast schon paranoid. Tom merkte sich diese Eigenart, so wie er auf möglichst jedes Detail achtete. Jede Information konnte unter Umständen hilfreich sein und dazu musste er aufmerksam bleiben. Vor allem aufmerksamer als in der Schule.
Denn eigentlich ergab es gar keinen Sinn, dass er gefesselt wurde, er käme doch ohnehin nicht weit bei einer Flucht. Lena war bewaffnet, kannte sich in dem Wald sicherlich gut aus, und er hatte noch nicht einmal die leiseste Ahnung, wo er sich überhaupt befand, geschweige denn, wohin er laufen musste, um auf Zivilisation, und damit auf Hilfe, zu treffen.
Seufzend beugte er sich also seinem Schicksal und leistete keinen Widerstand, während sie ihm die Hände zusammenband und anschließend aus dem Keller wieder hoch in das Erdgeschoss führte, durch den Flur und hinein in die – Küche?
Tom hatte mit allem gerechnet, aber nicht damit, dass ihn ein reichlich gedeckter Frühstückstisch erwartete. Er dachte zunächst an einen Scherz oder eine boshafte Foltermethode (Hunger haben und dabei zusehen, wie jemand anderes sich satt isst, konnte sehr qualvoll

sein!), doch seine Stiefmutter geleitete ihn tatsächlich zu einem der Stühle und ordnete ihn an, sich hinzusetzen.
Sie löste ihm die Fesseln, was Tom doch recht verwunderlich fand, bückte sich dann aber, um nun seine Fußgelenke zusammenzubinden.
»Ernsthaft?? Ich hau schon nicht ab. Schon mal darüber nachgedacht, dass ich keinen Schimmer habe, wo ich überhaupt lang laufen müsste? Die Dinger hier kannst du dir echt sparen!«, versuchte Tom, sie dazu zu bewegen, mit den Fesseln in Zukunft etwas lockerer umzugehen.
»Spar du dir dein Gerede, Tommilein. Ich weiß schon, was ich tue. Und Sicherheit geht nun einmal vor. Aber schön, dass du erkannt hast, dass es für dich hier keinen Ausweg gibt.« Sie zwinkerte ihm zu.
‚Tommilein‘?! So hatte ihn seine Oma früher genannt, als er noch ganz klein war. Er hasste diesen Spitznamen, vor allem, weil seine Großmutter ihn einmal so gerufen hatte, als sie ihn aus dem Kindergarten abgeholt hatte. Danach wurde er in seiner Gruppe nur noch mit diesem bescheuerten Namen angesprochen und die anderen Kinder hatten sich nur noch über ihn lustig gemacht.
War es Zufall, dass sie ausgerechnet diese Anrede gerade benutzt hatte, oder kannte sie dieses unangenehme Detail aus seiner Kindheit? Er fragte sich ohnehin schon länger, wie viel Lena eigentlich über ihn wusste. Vermutlich mehr als ihm lieb war. Und das war etwas, was ihm Angst machte.

Ein kalter Schauder durchzuckte seinen Körper und er schüttelte sich kurz.
Lena setzte sich ihm gegenüber, strategisch günstig, wie Tom bemerkte, denn er saß mit dem Rücken zur Wand und musste an ihr vorbei, um zur Küchentür zu gelangen.
»Lass es dir schmecken«, rief sie ihm fröhlich zu und für einen kurzen Augenblick kam sich Tom vor wie in einem Familienurlaub aus längst vergangenen, schönen Zeiten, wo er mit seinen Eltern die Ferien in einer Holzhütte in Österreich verbracht hatte.
Er schüttelte diese Erinnerung ab, bevor er deswegen sentimental wurde und womöglich noch in Tränen ausbrach, hatte er sich doch vorgenommen, keine Schwäche vor seinem Gegenüber zu zeigen.
Lena hatte sich indessen ein Brötchen aus dem Korb gegriffen und schmierte sich nun offensichtlich selbst gemachte Pfirsichmarmelade drauf. Marmelade die genauso eklig war wie die Frau selbst, fand Tom.
Sie biss herzhaft in das frische Brötchen hinein und beobachtete Tom mit einem gelangweilten Gesichtsausdruck, während sie aß.
Dieser saß immer noch unschlüssig da und hatte noch keine Anstalten gemacht, sich etwas zum Frühstück zu nehmen. Wenngleich die Auswahl ziemlich gut war und die Sachen alle ziemlich lecker aussahen, wie er zugeben musste.
Lena hatte sich anscheinend viel Mühe damit gegeben. Zu viel Mühe für eine Entführung.
»Warum isst du nichts? Na los, ich hab mir nicht Um-

sonst soviel Arbeit gemacht, du undankbares Kind.«
Tom grinste sie nur schief an. »Mir ist bei deinem Anblick leider der Appetit vergangen«, konterte er, »außerdem gefallen mir deine speziellen Zutaten im Essen nicht. Ich scheine das nicht besonders gut zu vertragen …« Mit dem letzten Satz warf er ihr noch einen bösen Blick zu.
Sie verstand, worauf er hinaus wollte. »Beruhige dich, da ist kein Gift oder sowas drin. Dieses Mal nicht.« Wieder ein Zwinkern. »Ich brauche dich heute gestärkt und mit deinen vollen Kräften. Und jetzt iss!«
Die letzten Worte hatte sie so scharf ausgesprochen, und angesichts des finsteren Blickes, den sie ihm dabei zuwarf, nahm er sich nun doch eine Scheibe Vollkornbrot und aß sich dann in den folgenden Minuten erst einmal so richtig satt.
Schon lange hatte er nicht mehr so gut gefrühstückt, das musste er zugeben. Auch wenn er inzwischen wusste, welchen Zweck dieses Fünf-Sterne-Frühstück wahrscheinlich erfüllen sollte. Er sollte sich hier wohlfühlen, sollte vergessen, dass er eigentlich entführt worden war, und sollte Sympathien zu seiner Kidnapperin aufbauen.
Stockholm-Syndrom, kam ihm das psychologische Fachwort dafür in den Sinn.
Genau wie sie es schon mal geschafft hatte, als sie ihm vorgestern Abend sein Lieblingsessen gekocht hatte, um ihn zu betäuben. Oder war es schon vor drei Tagen?
Tom hatte jegliches Zeitgefühl verloren, beschloss

aber, sich von Lenas Taktik nicht noch einmal verführen zu lassen.
Nachdem er sich satt gegessen hatte, band Lena ihn los und knotete dann das Seil wieder an seinen Handgelenken zusammen. Dann führte sie ihn hinaus, schloss die Tür hinter sich und stieß ihn vorwärts.
»Na, welche verrückte Idee hat sich dein krankes Hirn denn diesmal ausgedacht?«, fragte Tom, und versuchte, dabei möglichst gelangweilt und gleichgültig zu klingen, um somit seine innere Anspannung zu überspielen.
»Du brauchst gar nicht so frech zu sein. Weißt du eigentlich, was du angerichtet hast, und was für mich auf dem Spiel steht? Du hast alles kaputt gemacht durch deine elende Neugier. Dabei war alles so sorgfältig geplant. Ich musste deinetwegen alles umorganisieren.«
»Das tut mir aber leid, mein Fehler, wird nicht mehr vorkommen«, sagte er sarkastisch und unterdrückte ein Grinsen. Er musste die Oberhand behalten, das war jetzt das Wichtigste. Sich bloß nicht unterkriegen lassen.
»Genau, es wird nicht mehr vorkommen. Was glaubst du, warum du hier bist?«
»Du wirst es mir sicherlich noch sagen. Ich kann's schon kaum erwarten.«
Ihr Weg führte sie zurück zum Auto, das noch genauso verlassen da stand, wie vor vielen Stunden, als sie es verlassen hatten.
Lena stieg auf die Pritsche, ließ Tom jedoch keine Se-

kunde aus den Augen, die Hand an ihrer Hüfte, jederzeit bereit, die Pistole aus dem Halfter zu ziehen.
Sie bückte sich und holte unter der Plane eine Tasche hervor, die etwa die Ausmaße einer herkömmlichen Reisetasche hatte. Sie schien ziemlich schwer zu sein, so wie sie sich damit abmühte.
Tom wunderte sich zunächst, warum sie die Sachen einfach so über Nacht hier draußen liegen gelassen hatte.
Die Antwort war simpel und beunruhigend zugleich, wie ihm Sekunden später bewusst wurde. Sie hatte gar nicht zu befürchten, dass ein Mensch hierherkam, den Wagen entdeckte und womöglich etwas mitgehen ließ. Weil sie genau wusste, dass keine Menschen in der Nähe waren und sich auch nie jemand hierher verirren würde.
Tom schluckte.
Gemeinsam marschierten sie wieder zurück in den Wald, gingen an dem Holzhaus jedoch vorbei, noch tiefer hinein ins Ungewisse.
Je weiter sie gingen, desto mehr realisierte er, wie leblos ihm der Wald vorkam. Nicht der Hauch von Leben war zu sehen. Nur alte Blätter auf dem Boden, selbst die meisten Bäume waren bereits tot. Kein Vogelgezwitscher, kein Kuckuck, dessen Rufe durch die Luft hallten, kein Reh, das aufgeschreckt wegsprang.
Gerade als Tom sich schon darüber Gedanken machte, ob Lena ihn einfach zu Tode laufen lassen wollte, oder ihn hier draußen buchstäblich aussetzte (Er hatte längst die Orientierung verloren, da ihr Weg kreuz

und quer verlaufen war), blieb diese unvermittelt stehen.
Er schätzte, dass sie in etwa eine halbe Stunde unterwegs gewesen sein mussten und ein paar Kilometer zurückgelegt hatten. Die Luft war schwül geworden und staute sich unter dem Geäst der Bäume, sodass ihm längst der Schweiß auf der Stirn stand. Außerdem hatte er Durst.
Sie stellte die Tasche, die sie die ganze Zeit mit sich herumgetragen hatte, auf den Boden, und wies ihn an, sich nicht von der Stelle zu rühren.
Sie öffnete den Reißverschluss und Tom riskierte einen Blick in das Innere.
Was er da sah, verschlug ihm die Sprache.

13

Eine Bombe. In der Kiste befand sich tatsächlich eine Bombe. Schwer, klobig, professionell gebaut, soweit er das beurteilen konnte, und mit einer Zeituhr ausgestattet.

Sein Puls beschleunigte sich und ihm wurde heiß, als ihm bewusst wurde, wem dieser undurchsichtige Haufen Draht gleich umgeschnallt werden sollte.

»Wir spielen jetzt ein kleines Spiel«, begann Lena zu erklären, als hätte sie seine Gedanken erraten.

»Wie du vielleicht schon festgestellt hast, ist das hier«, sie wies auf die klobige Gerätschaft zu ihren Füßen, »ein Sprengsatz. Nicht riesig, aber hochexplosiv. Wir werden dir das Teil gleich um die Hüfte schnallen, und dann wirst du eine kleine Aufgabe erfüllen. Wenn du es schaffst, und rechtzeitig wieder hier bist, kann ich die Bombe deaktivieren. Wenn nicht ...«, sie machte eine vielsagende Geste, »... nun, dann wäre es Jammerschade, dass unser kleiner, gemütlicher Urlaub hier schon so schnell wieder vorbei ist.«

»Und wenn ich mich einfach weigere? Wer sagt mir überhaupt, dass das Ding echt ist, und du mich nicht nur verarschen willst. So wie du Papa all die Jahre verarscht hast.«

Den letzten Satz lies er jedoch lieber unausgesprochen und behielt ihn in seinen Gedanken.

»Die Garantie gibt dir keiner. Aber willst du es riskieren?«, grinste sie ihm schelmisch-provokant entgegen. »Es ist dein Leben, was davon abhängt. Aber es wäre schon schade, wenn du mir einfach so den Spaß verderben willst, Tommi.«
»Oh nein, das will ich doch nicht, dir den Spaß verderben, wie könnte ich nur.«
Allmählich kam sich Tom unglaublich lächerlich vor. Er nahm die Situation fast schon selber nicht mehr ernst, wehrte sich aber auch nicht, als Lena ihm den Bombengürtel umlegte.
Sie wollte spielen? Nun gut, das sollte sie haben. Er würde ihr schon zeigen, dass man mit ihm nicht spielte. Und was blieb ihm auch anderes übrig, als zu tun, was sie wollte, wenn er eine Chance haben wollte, heil aus der ganzen Sache wieder herauszukommen?
Dass seine Stiefmutter hier mit einem echten Sprengsatz spielte, traute er ihr sofort zu.
»Was sind denn deine tollen Spielregeln? Krieg ich als Belohnung eine ‚Du-kommst-aus-dem-Gefängnis-frei‘ -Karte, so wie bei Monopoly?«
Er versuchte es mit Scherzen, um sich seiner Coolness zu bewahren und keine Angst zu zeigen. Tatsächlich lachte Lena kurz auf.
»Du gefällst mir Tommi, ich wusste doch, wir beide würden eine Menge Spaß zusammen haben. Schade, dass du Papa davon nichts mehr erzählen kannst.«
Bumm.
Der hatte gesessen.
Mit dem letzten Satz hatte sie ihm den kompletten

Lebensmut auf einen Schlag geraubt.
Sein gesamter Kampfeswille war mit einem Male verloren gegangen. Er fühlte sich plötzlich unglaublich leer, ausgesaugt, nur noch eine Hülle seiner selbst.
Schade, dass du Papa davon nichts mehr erzählen kannst.
Was wollte sie damit sagen? Hatte sie ihn etwa ... ? Tom wagte es gar nicht, den Gedanken zu Ende zu führen, aber es würde alles erklären. Warum sein Vater nicht nach Hause gekommen war zum Beispiel.
Oder wollte sie damit andeuten, dass es für ihn nie mehr zurück nach Hause gehen würde, und er für immer in ihrer Gewalt bleiben sollte?
So oder so, sie hatte bei ihm genau den Nerv getroffen, den sie treffen wollte. Das konnte Tom diesmal nicht mit seiner Coolness und seinen Sprüchen überspielen.
Mutlosigkeit. Verzweiflung. Angst.
All das floss gerade in einer sehr seltsamen Mischung durch seine Venen und verbreitete sich so im ganzen Körper.
Und wenn ich mich einfach weigere?, schoss ihm der Gedanke von gerade eben durch den Kopf. Sollte ihn dieses blöde Teil um seine Hüften doch in tausend Stücke zerfetzen. Dann müsste er sich all das hier nicht antun, müsste nicht die Qualen erleiden, die ihn in den nächsten Stunden, Tage oder gar Wochen erwarten würden.
Von denen ein selbstgebastelter Sprengsatz wohl noch zu den Harmloseren zählen dürfte, dessen war er sich

absolut sicher.
Er spürte eine starke Depression in sich aufsteigen. Er wollte das alles nicht. Er wollte kämpfen, wollte dieser Schlampe zeigen, dass sie nicht mit ihm machen konnte, was sie wollte, allein um ihr diesen Gesichtsausdruck der Überlegenheit und Genugtuung aus dem Gesicht zu schlagen.
Hatte er doch noch so viele Jahre vor sich, so viele Dinge, die er noch erleben wollte, so viele Pläne, die es umzusetzen galt.
Und nun war er gefangen in den Händen einer durchgeknallten Psychopathin, die vermutlich seinen Vater umgebracht hatte und nun mit ihm noch viel Schlimmeres vor hatte.
Die Mathe-Klausur, die ihn die letzten Tage immer so gewurmt und wegen der er sich so geärgert hatte, kam ihm auf einmal unglaublich lächerlich und banal vor.
Er sah hoch zu den Baumkronen, wohinter sich der Himmel befinden musste. Das Gesicht seiner Mutter tauchte vor seinem geistigen Auge auf. Sie sah ihn an, lächelte ihm zu, ein vertrauter Anblick.
Und plötzlich wusste Tom, wofür, oder besser für wen, er kämpfen musste, auch wenn diese Person bereits seit einigen Jahren nicht mehr lebte. Aber er war es ihr auf eine gewisse Art schuldig, war sie doch der Mensch gewesen, der er eine schöne Kindheit mit noch schöneren Erinnerungen verdankte.
Er sah Lena fest entschlossen in die Augen. »Was ist meine Aufgabe? Was soll ich tun?«
»Das ist doch schon eine viel bessere Frage. Deine

Aufgabe ist ganz einfach.«
Sie reichte ihm eine kleine Digitalkamera, die sie während seines Gedankenvorgangs gerade eben aus der Tasche geholt haben musste.
»Du musst nur ein Foto von einem Vogel schießen. Das ist alles. Und versuch nicht, mich hereinzulegen. An dem Teil ist ein Chip befestigt, mit dem ich genau lokalisieren kann, wo du dich gerade befindest. Also versuch gar nicht erst, in großem Bogen einfach an mir vorbeizulaufen. Zudem ist der Wald ringsherum eingezäunt. Und selbst wenn es dir gelingen würde, abzuhauen ...«, sie lachte dreckig, »nun, wie dir vielleicht aufgefallen sein dürfte, sind hier nicht besonders viele Menschen in der näheren Umgebung. Ich wünsche dir viel Glück.« Dabei betonte sie die letzten Worte so, dass sehr schnell deutlich wurde, dass sie ironisch gemeint waren.
»Alles klar, logisch, ein Vogel, was denn auch sonst. Und wie soll ich zu dir zurückfinden, vorausgesetzt, du bleibst an Ort und Stelle hier stehen und veränderst nicht absichtlich deinen Standort, sodass ich die Aufgabe gar nicht erfüllen *kann*?«
Ein Vogel. Natürlich. Ein hysterisches Lachen machte sich in ihm breit, hatte er doch bisher noch nicht einen einzigen Tierlaut in diesem buchstäblich toten Wald vernommen. Die Aufgabe war unmöglich.
»Verlass dich auf deinen Orientierungssinn. Und du musst mir eben vertrauen, dass ich hier bleibe.«
Das Wort ‚*Vertrauen*' entlockte Tom ein gequältes Grinsen, obwohl seine Stiefmutter den Satz vollkom-

men ernst und kein bisschen sarkastisch ausgesprochen hatte.
Er nahm die Digitalkamera entgegen, während Lena sich an der Zeitschaltuhr zu schaffen machte.
Eine Stunde.
Ihm würden sechzig Minuten Zeit bleiben. Sechzig Minuten von denen sein Leben jetzt abhing. Sechzig Minuten, die über alles entscheiden würden.
»Bereit?« Er spürte sichtlich die Freude in ihrer Stimme.
»Worauf du Gift nehmen kannst«, antwortete er grimmig.
Sie drückte einen Knopf und die roten Leuchtziffern der Bombe begannen, den Countdown hinunter zu zählen. Tom atmete einmal tief durch und sprintete los, erst einmal weg von Lena, weg von der Frau, die ihm nun das Leben noch mehr zur Hölle machte, als sie es die letzten Jahre ohnehin schon getan hatte.
Er versuchte gar nicht erst, sich markante Punkte zur Orientierung für den Rückweg zu merken. Das würde nur seine kostbare Zeit vergeuden, Zeit, die er nicht hatte.
Ganz abgesehen davon, dass dieser Wald absolut nichts bot, woran man sich orientieren konnte. Es war, als hätte man einen Baum in einen 3D-Drucker eingescannt, ihn tausendfach dupliziert, und die ganzen Klone dann in diese Landschaft hier gesetzt. Noch ein wenig Laub auf den Boden gelegt und schon war die größte Herausforderung eines jeden Orientierungssinns fertiggestellt.

Egal.
Weiter.
Als er sich das erste Mal umdrehte, war Lena nicht mehr zu sehen.
Gut so.
Während des Laufens hatte er sich bereits einige Gedanken zu der Quest gemacht. Natürlich war es durchaus möglich, dass Tiere diesen Wald bewohnten.
Wenn Lena sich hier tatsächlich so gut auskannte, wie sie behauptete, dann musste sie auch wissen, ob es hier Vögel gab oder nicht. So absurd die Aufgabe auch klang, sie musste fair gestellt sein. Sie wollte mit ihm spielen, also mussten ihre Aufträge auch erfüllbar sein. Wo bliebe sonst der Reiz für sie, wenn sie von vornherein wusste, dass Tom kein Foto von einem Vogel schießen würde, ganz einfach weil es in dem Wald überhaupt keine gab?
Sie wollte ihn testen, das spürte er. Wollte sehen, wie schlau er war und wie weit er um die Ecke denken konnte.
Er hatte bereits die Möglichkeit in Betracht gezogen, dass es gar nicht um ein Tier ging. Davon hatte sie auch nie gesprochen, wenn er ihren genauen Wortlaut richtig erinnerte. Vielleicht musste er nach Irgendetwas suchen, dass die Form eines Vogels hatte, eine durch Wind und Wetter verformte Baumkrone vielleicht, oder ein ausgetrockneter Busch.
Er warf einen Blick nach unten auf die Leuchtuhr der Bombe.

Noch 57 Minuten.
Tick Tack, Tick Tack, hallte es schon in seinem Kopf, obwohl die Zeit lautlos heruntergezählt wurde.
Lautlos, aber doch erschreckend schnell.
Weiter.
Tom beschloss, nicht zu schnell zu rennen, da er so möglicherweise das übersah, was er fotografieren musste. Wenn er denn wenigstens wüsste, wonach er Ausschau halten musste.
Auf welcher Höhe befand es sich? Musste er womöglich noch auf einen Baum klettern? Oder im Unterholz suchen? Nein, das konnte nicht sein, der komplette Boden war mit Laub bedeckt, das wäre die Suche nach der Nadel im Heuhaufen. Wie groß war das Zielobjekt?
War letzten Endes doch ein echtes Tier die richtige Lösung?
Er schüttelte sich, um die Gedanken loszuwerden, die ihm durch den Kopf gingen. Dadurch verlor er viel zu viel Zeit.
Er ging tiefer in den Wald hinein, versuchte, möglichst geradeaus zu gehen, um den Weg zurück zu Lena nachher leichter wiederzufinden.
Doch rechts und links von ihm war keine Begrenzung auszumachen. Der Wald musste riesig sein.
Wahrscheinlich war er inzwischen eine beachtliche Kurve gelaufen.
Plötzlich hielt er inne. Der Busch direkt neben ihm war seltsam. Er konnte auch nicht genau sagen, warum. Er war weder besonders groß, noch hatte er eine

merkwürdige oder ungewöhnliche Form.
Tom besah sich die Pflanze genauer, als ihm auf einmal bewusst wurde, weshalb ihm der Strauch so seltsam vorkam.
Auf halber Höhe besaß er nämlich eine kleine, unscheinbare Blüte. Das erste Lebenszeichen, das er bisher in diesem Wald wahrgenommen hatte.
Er beschloss, sich diesen Busch als Wegweiser für den Rückweg zu merken.
Immer noch ein wenig verwirrt von der unerwarteten Blüte schritt er weiter voran, als er plötzlich ein Geräusch hinter sich hörte. Ein Rascheln im Unterholz und knackende Äste. Ein Geräusch, das definitiv nicht vom Wind verursacht wurde.
Ganz langsam drehte Tom sich um, um die Ursache des Geräusches ausmachen zu können.
Als er sah, was sich dort hinter ihm befand, wurde ihm ganz kalt.
Zum zweiten Mal innerhalb kürzester Zeit zeigte der Wald, dass er sehr wohl Leben beherbergte.

14

Das Wildschwein starrte ihn aus etwa sechzig Metern Entfernung an. Seine Haltung war leicht geduckt, die riesigen, spitzen Hauer nach vorn gerichtet.
Es scharrte mit der Hufe und ließ ein wütendes Grunzen ertönen, das dunkelbraun-graue Fell war borstig gesträubt.
Tom schluckte und unterdrückte den Fluchtinstinkt, der ihn gerade dazu verleiten wollte, sich umzudrehen und loszurennen. Das hätte vermutlich sein Ende bedeutet, denn Wildschweine konnten trotz ihres massigen Körperbaus bis zu fünfzig Kilometer pro Stunde rennen, wie Tom aus dem Biologieunterricht wusste.
Er war selbst erschrocken, dass ihm dieser Fakt in genau diesem Moment einfiel, aber zum ersten Mal in seinem Leben war er dankbar für das Wissen aus der Schule, denn ansonsten wäre er instinktiv sofort los gerannt.
Das Verhalten des Tieres deutete darauf hin, dass es sich bedroht fühlte. Vermutlich war er dem Nest und damit auch den Jungtieren zu nahe gekommen, und das Wildschwein wollte nun sein Revier verteidigen und seine Familie vor dem potenziellen Angreifer beschützen.
Vorsichtig ging er einen Schritt zurück.
Ganz langsam.
Bloß keine hektischen Bewegungen.

Ruhig atmen.
Der Waldbewohner hatte seine Angriffsposition zwar nicht verändert, jedoch war er immerhin noch keinen Meter näher gekommen.
Noch ein Schritt.
Knack!
Verdammt! Er musste auf einen Ast getreten sein, der unter seinem Gewicht zerbrochen war.
Das Geräusch schreckte nicht nur ihn auf, sondern auch das Wildschwein. Er war durch das plötzliche, unerwartete Geräusch zusammengezuckt, was wiederum den Jagdinstinkt des Tieres geweckt haben musste, der auf hektische Bewegungen ganz besonder empfindlich reagierte.
Es schnaubte noch einmal und ließ einen ohrenbetäubenden, gutturalen Schrei durch den Wald hallen, bevor es mit der Vorderpfote ein letztes mal im Laub scharrte und anschließend auf Tom zutrabte.
Tom drehte sich sofort um und vergaß alle Sicherheitshinweise im Umgang mit jeglichen Wildtieren.
Sein Überlebensinstinkt hatte jetzt die volle Kontrolle übernommen und er rannte los.
Baum.
Er musste auf einen Baum klettern, das war seine einzige Chance, denn mit einem Blick über die Schulter stellte er fest, dass das Tier rasch aufholte, auch wenn es in dem dichten Laub und dem Unterholz so seine Schwierigkeiten zu haben schien, weshalb es nicht seine Höchstgeschwindigkeit aus sich herausholen konnte.

Aber es kam näher.
Noch etwa fünfzig Meter.
Und kein Baum in Sicht, dessen Äste tief genug hingen, dass man auf ihn heraufklettern konnte. Und die, die tief genug hingen, waren zu dünn und zu instabil, um Toms Gewicht tragen zu können.
Egal.
Weiter rennen!
Er wich einem tief hängenden Zweig, der ihm ansonsten mitten ins Gesicht geschlagen wäre, gerade noch rechtzeitig aus.
Doch das Ausweichmanöver hatte gravierende Folgen. Durch die plötzliche Gewichtsverlagerung kamen seine Beine aus dem Rhythmus, er verlor das Gleichgewicht, stolperte, und fiel der Länge nach auf den Boden.
Er wollte direkt wieder aufstehen und weiterlaufen, doch bevor er überhaupt wieder Geschwindigkeit aufbauen konnte, hatte ihn sein Verfolger schon eingeholt. Die wenigen Sekunden hatten ihm gereicht, um die ohnehin schon kurze Distanz zu seinem Opfer vollends aufzuholen.
Nun stand es drohend vor ihm, während Tom gerade im Begriff war, sich wieder aufzurappeln und loszusprinten.
Es zeigte ihm seine spitzen Zähne und machte drohend einen weiteren Schritt auf Tom zu, dem das Herz bis zum Hals schlug.
Er hob abwehrend die Hände und ging langsam einen Schritt zurück, bedacht darauf, das Tier nicht zu er-

schrecken oder es noch wütender zu machen.
Vielleicht würde es ja von seinem Angriff ablassen oder das Interesse an ihm verlieren.
Und tatsächlich, das Wildschwein machte keine weiteren Schritte mehr auf ihn zu. Es schnaubte noch einmal kurz und trabte dann zurück in die Richtung, aus der es gekommen war.
Zuerst war Tom verwirrt und konnte sein Glück kaum fassen. Doch dann dämmerte es ihm. Er hatte sich wahrscheinlich weit genug von dem Nest des Waldbewohners weg bewegt, sodass dieser in ihm nun keine Gefahr mehr für den eigenen Nachwuchs sah.
Einen Augenblick lang verweilte er noch an Ort und Stelle, bis das Grunzen und die Schritte des Wildschweins vollständig verklungen waren.
Dann erinnerte er sich daran, weswegen er überhaupt hier war und die Anspannung kehrte zurück.
Noch 45 Minuten.
Ein ganzes Viertel der Zeit war schon verstrichen!
Tom ging noch tiefer in den Wald hinein, drehte sich aber immer wieder nervös um.
Noch einmal wollte er sich nicht überrumpeln lassen.
Wer wusste schon, was für Bewohner dieser Wald noch alles beherbergte…
Nach etwa einhundert Metern stand Tom vor einem Problem. Die Bäume, Sträucher, Büsche und sonstige Pflanzen waren so dicht geworden, dass er nicht mehr weiter kam. Wie eine undurchdringbare Wand bauten sie sich vor ihm auf und verwehrten ihm den Weitermarsch.

War das die Begrenzung, von der Lena gesprochen hatte? Tom wusste es nicht, konnte aber auch keinen Zaun oder etwas Ähnliches ausfindig machen.
Umkehren kam nicht infrage, schon allein wegen des Wildschweins nicht. Rechts und links von ihm erstreckten sich schier unendlich erscheinend dieselben Dinge, die ihm in diesem Wald bis jetzt begegnet waren: Tote Bäume, altes Laub, vertrocknete Sträuer, abgefallene Äste, dichtes Unterholz.
Es gab keinen Zweifel, wenn er die – er warf einen Blick auf seine Hüftgegend – nächsten 42 Minuten überleben wollte, musste er sich durch diesen Dschungel hier kämpfen.
Er sah sich suchend um. Ein paar Metern neben ihm lag ein ziemlich stabil aussehender, dicker, aber dennoch handlicher Ast auf dem Boden. Er hob ihn auf und wog ihn in seinen Händen. Der perfekte Ersatz für einen Säbel, um sich den Weg freizumachen, und zudem im Notfall eine Waffe im Falle weiterer Angriffe.
Mit dem Ast in der Hand schlug er sich also durch das dichte Gebüsch, das sich aber Gott sei Dank nach wenigen Metern wieder lichtete.
Er spürte ein unangenehmes, plötzliches Brennen auf seinem Arm, das rasch in ein fieses Jucken überging.
Er betrachtete die entsprechende Körperstelle und sah, dass sie leicht rot anschwoll. Offenbar ein Insektenstich.
Eigentlich war Tom gegen Insekten nicht allergisch, doch dieser Stich hier schwoll beunruhigend stark an,

und das in sehr kurzer Zeit.
39 Minuten.
Er ging weiter, merkte aber, dass irgendetwas nicht stimmte. Ihm war schwindlig, sein Kreislauf funktionierte nicht mehr richtig. Die Sonne hatte zwar an Intensität zugenommen im Laufe des Vormittags, jedoch war er hier unter dem dichten Blätterdach, das ihm die ganze Zeit über Schatten spendete, vor den Sonnenstrahlen eigentlich geschützt.
Zudem hatte er beim Frühstück ausreichend getrunken und verspürte auch keinen Durst.
Er widerstand dem Drang, sich hinzusetzen oder gar hinzulegen, auch wenn das in diesem Augenblick sicher die richtige Entscheidung zugunsten seiner Gesundheit gewesen wäre.
Aber er musste weiter!
Stöhnend setzte er weiter einen Fuß vor den anderen, während die Welt um ihn herum zunehmend verschwamm. Das Gefühl kannte er. Es erinnerte ihn an die Situation in seinem Zimmer, als das Mittel, was ihm Lena unter das Essen gemischt hatte, zu wirken begann.
Eine Situation, an die er nicht gerne erinnert werden wollte.
Das Gefühl der Übelkeit machte sich jetzt auch noch in ihm breit, seine Beine begannen zu zittern und konnten sein Gewicht kaum mehr tragen.
Der Insektenstich!, fiel es ihm plötzlich ein. Vielleicht flog hier ja irgendeine exotische Kleintierart durch die Luft, gegen dessen Stiche sein Immunsystem keine

Abwehrkräfte zur Verfügung zu stellen wusste.
Er machte noch einen Schritt, fiel dann aber der Länge nach hin; er konnte sich gerade noch rechtzeitig mit den Armen abstützen.
Was war das bloß, was ihn da gestochen hatte? Das Licht schien plötzlich viel zu hell, er musste sich den Arm schützend vor die Augen halten.
Er hatte das Gefühl, er befände sich in einer überdimensionalen Waschmaschine, obwohl er reglos auf dem Boden lag, mit der Hoffnung, dass sich seine Körperfunktionen gleich wieder normalisieren würden; doch das Gefühl, dass sich alles drehte, wollte nicht aufhören.
Ihm blieb nichts anderes übrig, er musste diesen verdammten Vogel finden. Die Hälfte der Zeit war fast um, und er musste schließlich auch noch den ganzen Weg wieder zurückgehen.
Er wusste, es würde nichts bringen, aufzustehen, er würde ohnehin sofort wieder zusammenklappen, aber da es in diesem Moment zu allem Unglück auch noch anfing zu regnen, robbte er sich über den Waldboden, so schnell er es in seinem Zustand konnte.
In dem Kriechtempo kam er zwar nicht sonderlich schnell vorwärts, aber es war immer noch besser, als untätig auf dem Boden zu liegen und auf den Tod zu warten, zumal die Zeit drängte.
Als er an einem breiten Busch vorbei gekrochen war, sah er in einiger Entfernung etwas, das er mit seinem verschwommenen Sehvermögen nur mit Mühe als eine Höhle identifizieren konnte. Die Lösung für den

nun immer stärker werdenden Regen, zumindest für ein paar Minuten. Die Aussicht auf ein trockenes Plätzchen verlieh ihm neue Kräfte, zudem hatte das Schwindelgefühl in den letzten Sekunden ein wenig nachgelassen und sein Kreislauf war auch gerade dabei, sich wieder zu normalisieren.

So kam er schon nach kurzer Zeit bei dem riesengroßen Steinbrocken an, der an einer Seite eine Öffnung hatte und so tatsächlich eine Art Höhle darstellte.

Tom kroch hinein und lehnte sich mit dem Rücken an die raue Felswand. Dort atmete er erst einmal tief durch und blickte gedankenverloren nach draußen in das stürmische Unwetter.

Sollten das nun die letzten Minuten seines Daseins werden?

Er vergrub den Kopf in seinen Händen, während in seinem Kopf eine tickende Uhr nachhallte.

Tick, Tack. Tick, Tack.

Tom versuchte, das Geräusch abzuschütteln, doch es gelang ihm nicht. Seine Gedanken kreisten um die letzten Tage, die letzten Monate und schließlich auch um all die Jahre seines bisher noch viel zu kurzen Lebens.

All die Dinge, die er noch vor hatte, die Orte dieser Welt, die er noch sehen wollte. Das alles sollte in wenigen Minuten vorbei sein, alle Pläne zunichte gemacht.

Er spürte, wie sich die Verzweiflung und Hoffnungslosigkeit in seinem Körper ausbreiteten und nun vollständig die Kontrolle über seine Gedanken und seine

Stimmung hatten.
Aufgeben. Etwas, das für ihn eigentlich nie in Frage gekommen war, machte sich nun in ihm breit und gewann die Oberhand. Der prasselnde Regen vor seinem armseligen Unterschlupf untermalte seinen Gemütszustand noch.
Er dachte an all die Menschen, die ihn auf seinem Lebensweg, mal kürzer, mal länger, begleitet hatten und ihn zu dem gemacht hatten, was er heute war.
Er dachte an seine Familie, an Darina, und schließlich auch an seine Mutter. Sollte er sie schon so bald wiedersehen?
Tom hob den Kopf und wischte sich über die verheulten Augen. Draußen hatte der Regen nun etwas nachgelassen, und auch sein Körper spielte nicht mehr verrückt, wengleich ein leichtes Schwindelgefühl geblieben war. Was auch immer das für ein Insekt war, was ihn da gestochen hatte, sein Immunsystem kam mit dem Gift offenbar erstaunlich schnell zurecht.
Zum ersten Mal sah er sich nun in der Höhle um. An den Wänden entdeckte er merkwürdige Zeichnungen, die in den Stein eingeritzt waren, und kam sich augenblicklich vor wie ein Höhlenmensch. Er betrachtete sie näher, um die Geschichte verstehen zu können, die die Bilder erzählten.
Dort war ein Haus abgebildet, vor dem eine Gruppe von Männern (beziehungsweise vielmehr Strichmännchen) um ein Lagerfeuer herum stand. Es schien sich um ein Dorffest oder etwas Ähnliches zu handeln, denn neben der Szenerie befanden sich gedeckte Ti-

sche mit verschiedenen Speisen sowie eine beträchtliche Anzahl an Metkrügen. Zudem wurde über dem Lagerfeuer gerade ein Spanferkel gebraten.
»Auf Schweinesteak hätte ich jetzt auch Lust«, murmelte Tom und dachte grimmig an das Wildschwein, das ihn noch vor wenigen Minuten durch diesen Wald verfolgt hatte.
Neben der Ansammlung von Menschen befanden sich noch einige Bäume und die merkwürdig geschwungeen Kreise weiter oben sollten wohl Wolken darstellen.
Tom besah sich die Bäuume genauer, da sie nicht alle gleich aussahen, sondern, im Gegensatz zu allen anderen Darstellungen, aufwändig und sehr detailliert gemeißelt waren.
Wer immer daran gearbeitet hatte, musste Talent gehabt haben. Sogar ein paar Tiere gab es, wie ihm jetzt erst auffiel. Der kleine Hund, der bei den Männern am Lagerfeuer stand und sich über einen Knochen hermachte; das Eichhörnchen, das gerade einen der Bäume hochkletterte; der Vogel, der in einer Baumkrone saß; ein Schwarm Gänse, der hoch über den Wolken schwebte und doch starr in die Wand geritzt war …
Halt!
Tom brauchte einige Sekunden, bis er die Information richtig erfasst hatte. Bis er begriff, was er da gerade gesehen hatte. Was er fast übersehen hätte, da er zu sehr fasziniert von der Höhlenmalerei gewesen war.
Sein Blick ging zurück zu dem kunstvoll eingeritzten Vogel, der seinen Schnabel geöffnet hatte und offen-

sichtlich gerade ein Lied trällerte, denn direkt vor seinem Mund waren ein paar Noten eingeritzt worden.
Tom erkannte das Tier. Es war ein Neuntöter, eine Vogelart, über die er mal ein wenig recherchiert hatte, da ihm der auffällige Name so gefiel, und er die Bedeutung dahinter wissen wollte.
Tatsächlich war der Charakter dieses Vogels genauso bestialisch und hinterhältig gemein, wie es sein Name vermuten lies. Beutetiere pflegte er nämlich auf Dornen und spitzen Ästen aufzuspießen.
Er starrte die kleine, unscheinbare Zeichnung einige Sekunden lang mit offenem Mund an. Tom konnte es nicht fassen. Das musste die Lösung sein!
Mit zittrigen Händen fummelte er die Digitalkamera aus der kleinen Tasche, schaltete sie an und richtete sie auf den Vogel. Wegen der schlechten Lichtverhältnisse, und weil die Malerei wirklich winzig war, würde das Foto unscharf werden, das war ihm klar.
Hoffentlich konnte man das Objekt einigermaßen gut auf dem Display erkennen. Er knipste ein paar Aufnahmen und besah sich schnell die Ergebnisse. Die Bilder waren tatsächlich sehr verschwommen, doch der Vogel war noch gut erkennbar.
Freudig schaltete er den Apparat wieder aus und verstaute ihn wieder. Dann warf er einen Blick nach unten auf seine Hüfte.
Und erschrak.
Noch weniger als 24 Minuten.

15

Sofort wurde ihm abwechselnd heiß und kalt, und sein Herzschlag begann sich zu beschleunigen.
Fast zwei Drittel der Zeit waren schon abgelaufen!
Auch wenn Tom wusste, dass er durch die Flucht vor dem Wildschwein und dem Vorfall mit dem Insektenstich einige Zeit unnötig verloren hatte, war ihm ebenso klar, dass er keine Ahnung hatte, wie er genau laufen musste, um zurück zu Lena zu gelangen.
Er wusste nur, dass er sich beeilen musste und eine Menge Glück brauchte.
Zunächst einmal raus aus der Höhle! Inzwischen hatte es immerhin aufgehört zu regnen.
Tom trat aus seinem Unterschlupf und sah sich um. In einiger Entfernung sah er eine dichte Ansammlung von Büschen und Sträuchern. Ihm fiel das Gestrüpp wieder ein, durch das er sich vorhin durchgekämpft hatte und wo ihn, was auch immer es gewesen sein mochte, gestochen hatte.
Tom tat ein wenig Spucke auf die entsprechende Stelle, um die Wunde notdürftig zu desinfizieren, atmete noch einmal tief durch und sprintete zu der Hecke.
Bereits nach wenigen Sekunden hatte er sie erreicht und stapfte vorsichtig hindurch, diesmal aufmerksamer als auf dem Hinweg, denn er hatte nicht vor, sich noch einmal stechen zu lassen. Dank des Astes, mit dem er sich vorhin bereits den Weg frei geschlagen

hatte, kam er nun schneller voran und brauchte nicht einmal eine halbe Minute, bis er wieder auf der anderen Seite des Gebüschs angekommen war.
Und nun? Tom erinnerte sich, dass er nicht direkt von vorne, sondern von leicht schräg links auf die Wand aus Blättern und Ästen zugelaufen war. Er drehte seinen Körper also etwas nach rechts, zu der Richtung, aus der er gekommen war, und lief weiter.
Da er nun nicht mehr auf einen Vogel zu achten hatte, den er fotografieren musste, kam er nun deutlich schneller voran. Das gab ihm Hoffnung, blieben ihm nun doch bloß lediglich noch 18 Minuten.
Doch schon bald blieb er wieder stehen und sah sich hektisch um. Tom wusste, dass er nach dem Busch mit der einzelnen Blüte Ausschau halten musste, dem einzigen Orientierungspunkt, den er sich gemerkt hatte, weil es in diesem beschissenen Wald sonst keine markanten Punkte gab, die man sich einprägen konnte.
Jedoch war dieser Busch weit und breit nicht in Sicht und langsam dämmerte es Tom auch, warum. Bei seiner Flucht vor dem borstigen Waldbewohner war er im Zickzack-Kurs gelaufen, mit der Hoffnung, das Wildschwein irgendwie abschütteln zu können, was sich im Nachhinein als unfassbar dämlich erwies.
Sein Überlebensinstinkt hatte in dieser kurzen Zeit die volle Kontrolle übernommen, sodass er komplett vergessen hatte, sich den Weg oder wenigstens die ungefähre Richtung zu merken.
Nun stand er da, orientierungslos, verwirrt, am Ende.

Die letzten Stunden hatten an seinen Nerven gezerrt, er wollte sich einfach nur noch hinlegen und ausruhen.
Noch 15 Minuten.
Tom rannte weiter, das Adrenalin in seinem Blut trieb ihn zu sportlichen Höchstleistungen an. Er hielt sich nun wieder etwas weiter links, da er nicht das Risiko eingehen wollte, dem Wildschwein noch einmal über den Weg zu laufen. Zwischendurch blieb er immer wieder kurz stehen und horchte nach einem verdächtigen Knacken oder raschelndem Laub.
Doch der Waldbewohner ließ sich nicht blicken, wie auch sonst kein anderes Tier. Ebenso wenig wie der charakteristische Busch.
Tom rannte und rannte, ohne auf den Untergrund zu achten. Das wurde ihm schließlich zum Verhängnis, denn so übersah er die dicke Baumwurzel im Unterholz. Er stolperte und fiel der Länge nach hin.
Schnell rappelte er sich jedoch wieder auf und betrachtete die schmerzenden Schürfwunden an seinen Händen, die er sich bei dem Versuch, den Sturz abzufangen, zugezogen hatte. Er fluchte, und sah sich nach allen Seiten um. Durch den Sturz und das unglückliche Fallen hatte er beinahe die Orientierung verloren.
Doch dann sah er ihn. Er hielt es zunächst für eine optische Täuschung, doch in einiger Entfernung war tatsächlich ein vertrockneter Strauch auszumachen, an dessen Zweig sich auf halber Höhe eine wunderschöne, große, weiße Blüte befand. Freudig lief er darauf zu, er war auf dem richtigen Weg.

Nun musste er eigentlich nur noch geradeaus gehen, erinnerte sich Tom, denn nichts anderes hatte er auf dem Hinweg auch gemacht.
Doch wie weit war er am Anfang von seinem Startpunkt aus gelaufen, bis er den Busch erreicht hatte?
Er hatte nicht auf die Uhr gesehen, deren Countdown sich bedrohlich schnell der Null näherte, als er die Pflanze auf dem Hinweg passiert hatte. Aber einige hundert Meter waren es sicherlich, mehr als ein halber Kilometer sogar, dessen war Tom sich sicher.
Und für diesen Weg hatte er jetzt noch ... er schluckte ... nicht einmal zehn Minuten Zeit.
»Shit!«, schimpfte er, und sprintete erneut los.
Er pfiff auf die Orientierungssuche und logisches Denken, und lief einfach drauf los. Je schneller er rannte, desto mehr Zeit hatte er, um möglichst viel Fläche abzulaufen, und desto größer war seine Chance, Lena rechtzeitig zu finden.
Er zwang sich, nicht nur nach vorne, sondern auch nach links und rechts zu schauen, um sein Blickfeld nicht zu sehr zu beschränken. Dadurch musste er aber auch langsamer laufen, damit er seine Umgebung wirklich gründlich erfasste und nichts übersah, und auch, um nicht versehentlich gegen einen Baum zu rennen.
Darina war das einmal passiert und er zog sie bis heute damit auf. Der Gedanke an seine beste Freundin brachte ihn kurz zum Lächeln, doch um nicht zu emotional zu werden, verdrängte er sie wieder aus seinem Kopf. Er musste sich voll und ganz konzentrieren.

5 Minuten.
Die Bäume flogen an ihm vorbei und Zweige peitschten ihm ins Gesicht, doch Tom ignorierte es, so gut er konnte.
Kurz stehen bleiben. Umsehen. Weiterlaufen.
Irgendwann musste sie doch auftauchen. Er musste sie jeden Augenblick sehen, soweit konnte die Strecke nicht gewesen sein, zumal er auf dem Hinweg nur gegangen war und nun rannte, als wäre der Teufel höchstpersönlich hinter ihm her.
Dabei erwartet er mich hier irgendwo, dachte Tom grimmig.
Und plötzlich kam ihm ein erschreckender Verdacht. Was, wenn Lena ihn tatsächlich verarschte und ihre Position verändert hatte, sodass er sie gar nicht wiederfinden *konnte*?!
Ein ungutes Gefühl machte sich wieder in ihm breit und ihm wurde übel.
Nein, das konnte nicht sein, wenn sie spielen wollte, würde sie ihn nicht so einfach sterben lassen, dann hätte sie ihn schon vor zig Stunden an Ort und Stelle umbringen können. Zeit und Gelegenheiten dazu hatte sie mehr als reichlich gehabt.
Da! Stand sie nicht dort drüben mit verschränkten Armen in knapp zweihundert Metern Entfernung? Tom blieb stehen und sah genauer hin, kniff die Augen zusammen, um seinen Blick zu fokussieren.
Doch, es war keine Sinnestäuschung, sie war es tatsächlich! Er erkannte ihre schwarze Jacke mit dem auffallend grellem Logo darauf, das ihm sogar aus

dieser Entfernung aufgefallen war.
2 Minuten und 35 Sekunden.
Das würde er locker schaffen! Er würde überleben!
Tom hätte nie gedacht, dass er einmal so froh sein würde, seine Stiefmutter zu sehen, dass sich sogar eine Art Glücksgefühl in ihm breitmachte.
Er wollte schon losrennen, als ihn eine starke Spannung am Fußgelenk daran hinderte.
Tom fiel der Länge nach hin. Überrascht von dem plötzlichen und unerwarteten Widerstand, drehte er sich um und sah auf seinen Schuh. Einer der Schnürsenkel hatte sich in einer offen liegenden Baumwurzel verheddert.
Tom richtete sich wieder auf und beugte sich nach vorne, um den Knoten zu lösen, doch dieser saß fest. Sehr fest. So sehr er auch daran zerrte, er wollte nicht frei kommen und zog stattdessen den Knoten noch fester.
»Verfluchter Mist!«, wütete er, beugte seinen Oberkörper noch weiter nach vorne, um die Schlaufe mit den Händen zu lösen. Es dauerte eine gefühlte Ewigkeit, bis sich die Schnürsenkel endlich wieder entknoteten. Tom hatte schon jede Sekunde damit gerechnet, von dem Gürtel um seinem Bauch in der Luft zerfetzt zu werden.
Er sah vor seinem inneren Auge bereits, wie tausende von Hautfetzen und Knochensplitter in die Luft flogen. Niemand würde ihn hier je finden.
Blitzschnell band sich Tom eine feste Schleife und war nun bereit für den Schlusssprint.

Das Ganze hatte nicht einmal dreißig Sekunden gedauert, doch ihm kam es vor wie Stunden.
Er richtete sich auf und mobilisierte seine letzten Kräfte, um rechtzeitig bei Lena anzukommen.
Er musste es trotz des Zwischenfalls noch rechtzeitig schaffen, er hatte noch mehr als genug Zeit.
Doch je näher er seiner Stiefmutter kam, desto mehr fiel ihm auf, dass etwas nicht stimmte. Er kam nicht sofort darauf, was ihn störte, doch dann bemerkte er es: Das Gesicht von ihr war nahezu ausdruckslos. Sie hatte weder ihr typisches, fieses Grinsen aufgelegt, noch zeigte sie Ausdruck von Erstaunen darüber, dass er die Aufgabe tatsächlich zu bewältigt haben schien.
Sie blickte einfach nur mit leeren Augen geradeaus.
Noch etwas mehr als einhundert Meter.
55 Sekunden.
Er hatte es geschafft. Wenn er jetzt nicht unbedingt stolperte und sich ein Bein brach, würde er in wenigen Sekunden bei Lena sein. Er konnte weiterleben!
Ihr Mundwinkel zuckte. Nur ganz leicht. Doch Tom hatte es sofort registriert. Der erste Anflug eines fiesen Grinsens, mit dem sie ihm nun direkt in die Augen sah. Ihr Arm bewegte sich Richtung Hüftgegend.
In Sekundenbruchteilen hatte sie die Kleinkaliber aus dem Holster geholt und richtete die Waffe nun auf Tom.
Ein letztes Zwinkern.
Dann drückte sie ab, ein paar Meter, kurz bevor Tom bei ihr eintraf.

16

Wie in Zeitlupe nahm er den lauten Knall war, mit dem die Kugel aus dem Lauf gefeuert wurde. Es kam ihm sogar so vor, als sähe er das Projektil auf sich zufliegen, obwohl das angesichts der Geschwindigkeit eines Geschosses natürlich vollkommen unmöglich war.

Dann spürte er den Einschlag.

Und unmittelbar darauf den stechendsten Schmerz, den er je erlebt hatte. Er taumelte mitten in der Laufbewegung und fiel hin, Lena fast direkt auf die Füße, deren ekelhaftes Grinsen er nun nur noch schemenhaft wahrnahm.

Tom merkte, wie seine Stiefmutter langsam auf ihn zukam und neben ihm stehen blieb. Sie steckte die Waffe wieder weg und beugte sich zu ihm hinunter.

»Das passiert, wenn du mich länger warten lässt als nötig«, hauchte sie ihm mit ihrem eiskalten Atem ins Ohr.

Dann drehte sie ihn auf den Rücken, um die Schusswunde besser betrachten zu können. Es war nur ein Streifschuss, wie Tom erleichtert feststellte. Keine lebensgefährliche Verletzung.

Doch im selben Moment fragte er sich, warum sie auf ihn geschossen hatte. Er war doch rechtzeitig wieder zurück gewesen, und die Aufgabe hatte er auch erfüllt. War es wieder nur eines ihrer Psycho-Spielchen? Sie musste absichtlich auf eine Stelle geschossen haben, von der sie wusste, dass ihn dort ein Schuss nicht töten oder lebensgefährlich verletzen würde. Ansonsten hätte sie auch einfach auf seine Stirn zielen können. Auf diese Entfernung hätte sie ihn ganz sicher nicht verfehlt.

»Aber ich hatte doch noch fast eine Minute Zeit. Ich habe sogar den Vogel fotografiert«, brabbelte Tom, der wie betäubt war von den Schmerzen, und reichte ihr die Digitalkamera.

Doch Lena nahm sie nicht entgegen. Sie schüttelte nur mitleidig den Kopf.

»Falsch, Tommi. Du warst länger als eine Stunde unterwegs. Ich habe die Zeituhr nämlich absichtlich so programmiert, dass sie etwas langsamer runterlaulaufen wird. Ich habe nie gesagt, dass du innerhalb *dieser* Zeit die Aufgabe zu erfüllen hast, nur, dass du rechtzeitig wieder hier sein sollst. Wann ‚rechtzeitig' ist, hast du ja nie gefragt. Schlau gemacht, nicht?«

Tom stöhnte und legte sich wieder auf den feuchten Waldboden. Er konnte es nicht fassen.

»Ernsthaft jetzt? Ernsthaft?? Spielen psychopathische Verbrecher sonst nicht immer mit fairen Regeln?«

»Wieso nicht fair? Du hast die Aufgabe doch erfüllt, wie ich gerade sehe.«

Sie hatte inzwischen die Kamera angeschaltet und besah sich nun die Schnappschüsse, die Tom vor einigen Minuten geknipst hatte.

„Du bist ein cleverer Junge, das muss man dir ja lassen. Das ist gut. So macht die ganze Angelegenheit

doch viel mehr Spaß«, lächelte sie hinterhältig und steckte den Fotoapparat in ihre Jackentasche.
»Los, steh auf! Deine Schusswunde braucht einen Verband, bevor sie sich entzündet, und das geht hier auf dem Waldboden schneller, als du denkst.«
»Wenn sie sich nicht entzünden soll, warum hast du dann erst geschossen, du Intelligenzbestie?«, fragte Tom mit einer Mischung aus Genervtheit und Wut in der Stimme, und stand ächzend auf.
»Aber, aber! Wo bliebe denn da der Spaß?!«, zwinkerte Lena.
Darauf konnte Tom nichts erwidern. Er dachte viel zu logisch, um sich in den Kopf eines solch geisteskranken Menschen hineinversetzen zu können. Also hielt er es für besser, den Mund zu halten.
»Und weil du dich so gut geschlagen hast, bekommst du Zuhause gleich auch ein schönes Mittagessen aufgetischt. Fleiß soll schließlich belohnt werden.«
Gemeinsam gingen sie zurück zum Holzhaus, während Tom sich nach wie vor Gedanken machte, was diese Spielchen hier eigentlich sollten. Die Gewissheit, dass sein Leben jederzeit im nächsten Moment vorbei sein konnte, bereitete ihm enormen psychischen Druck und er hatte keine Ahnung, wie lange er das noch durchstehen würde, ohne wahnsinnig zu werden. Aber wahrscheinlich war genau das das Ziel von Lena.
Ihn verrückt zu machen.
Hätte er doch bloß nie diese Tür geöffnet …

17

Zurück in der Blockhütte versorgte seine Stiefmutter erstaunlich professionell die Schusswunde, die sich Gott sei Dank bis jetzt nicht entzündet hatte und auch gar nicht so schlimm aussah.
Auch die stechenden Schmerzen hatten inzwischen etwas nachgelassen, und nachdem Desinfektionsmittel und ein Verband drauf waren, spürte Tom schon fast gar nichts mehr.
Während das Mittagessen kochte, musste er natürlich zurück in sein ‚neues Zuhause' im Keller.
Während er dort auf seinem improvisierten Nachtlager saß und wartete, fiel sein Blick auf eines der zahlreichen Regale vor ihm.
Er stand auf und näherte sich dem Objekt auf der mittleren Regalschiene, das ihm soeben ins Auge gesprungen war.
Es war ein eingerahmtes Foto von ihm und seinem Vater. Eine ältere Aufnahme, er musste dort etwa fünf Jahre alt gewesen sein; Also eine Zeit, wo sogar seine Mutter noch gelebt hatte.
Oh Dad, wo bist du nur?, dachte Tom versonnen und ihm kamen die Tränen. War sein Vater überhaupt noch am Leben? Suchte man bereits nach ihm?
Er wusste es nicht. Aber er war sich sicher, dass Lena das Bild absichtlich hier platziert hatte, um ihn psychisch noch mehr zu quälen. Es war sicher Teil ihres

Plans, ein Plan, den sich nur ein so geisteskrankes Gehirn wie das ihre ausdenken konnte.
Tom nahm den Rahmen in seine Hand und strich über das verstaubte Glas. Sein Vater und er standen auf dem Bild Arm in Arm in schicker Kleidung auf einer Wiese und grinsten in die Kamera. Das Foto musste irgendwann auf einer Geburtstagsfeier entstanden sein, wie es aussah. Auf einem runden Geburtstag seiner Tante, wenn er sich richtig erinnerte.
Sofort kam ihm das leckere Buffet und das Fußballmatch, das er sich damals mit seinen Onkeln und Cousins geliefert hatte, wieder in den Sinn.
Er erinnerte sich noch gut an den Tag, ein Tag, an dem er noch ein unschuldiger kleiner Junge war, der einfach seine Kindheit genießen konnte und noch keinerlei ernsthafte Probleme gehabt hatte.
Er lächelte versonnen, schüttelte die Gedanken aber schnell wieder ab, um nicht zu sehr in der Vergangenheit zu schwelgen. Er wusste, dass das nicht gut war und es ihn nur wieder depressiv werden ließ.
Er hatte das Foto gerade wieder an seinen Platz zurückgestellt, als ihn ein lautes Geräusch zusammenzucken ließ. Der Schlüssel, der im Schloss rumorte, wie ihm sogleich auffiel. Das Mittag war offensichtlich fertig, was Tom gerade recht war, denn sein Magen beklagte sich seit einigen Minuten mit einem sehr unzufriedenen Grummeln und signalisierte ihm, dass er gefüttert werden wollte.
Die Tür ging auf und Lena stand auf der Schwelle.
»Na los, das Essen ist fertig. Du sollst schließlich bei

Kräften bleiben.«
Widerwillig gehorchte er den Worten seiner Stiefmutter und stand auf.
Seine Hände hatte sie natürlich sofort bei der Ankunft im Holzhaus wieder gefesselt. Tom kannte das Prozedere schon, und hatte sich beinahe bereits daran gewöhnt, obwohl er noch nicht einmal besonders lange hier drinnen gefangen gehalten wurde. Ihm kam es jedoch vor, als wäre er schon Wochen hier.
Tatsächlich schmeckte das Essen fast so gut wie das auf dem Geburtstag seiner Tante, von dem er eben noch das Erinnerungsfoto betrachtet hatte.
Lena hatte sich wirklich größte Mühe gegeben (er fühlte sich schon fast geehrt) und saftige Hähnchenbrust, Kartoffeln, frisch gekochtes Gemüse und Reis aufgetischt.
Gierig schaufelte er es in sich hinein und sparte es sich, skeptisch zu sein, ob die Mahlzeit nicht wieder vergiftet war. Er würde es ohnehin nur rauskriegen, wenn er davon aß, und sein Hunger war im Moment größer als seine Zweifel.
Ebenso fragte er nicht nach dem Wieso der ganzen Aktion. Lena würde ihm eh nichts verraten, was nicht für ihn bestimmt war, außerdem spürte er gerade so etwas wie einen kleinen Sieg, einen Triumph, denn man merkte ihr deutlich an, dass sie nicht damit gerechnet hatte, dass er die Aufgabe tatsächlich bewältigen konnte.
Nachdem er sich satt gegessen hatte, eröffnete Lena ihm, dass er sich nun ausruhen solle, denn am Nach-

mittag würde das nächste ‚Spiel', wie sie es nannte, stattfinden.
Unten in seinem Verließ konnte Tom natürlich überhaupt nicht schlafen, einerseits weil er noch viel zu aufgekratzt von dem Wettlauf gegen die Zeit vorhin war, andererseits weil ihn die Ungewissheit vor der neuen Aufgabe in Aufregung versetzte.
Natürlich machte er sich Gedanken darüber, und wenn er sich Gedanken machte, konnte er nicht entspannen, geschweige denn ein Nickerchen halten.
Lena wusste viel über ihn. Mehr als ihm überhaupt lieb war. Und sie würde seine Schwächen und Ängste schamlos ausnutzen, um ihn damit in ihren ‚Spielen' zu konfrontieren.
Inzwischen war er davon überzeugt, dass Lena ihn nie wirklich in die Luft gesprengt hätte, wenn er die Aufgabe nicht hätte lösen können. Sie hätte höchstens Verzweiflung in seinem Gesicht gefunden. Aber sie wollte seine Angst sehen, wollte ihn leiden sehen. Und mit diesem Such-Spiel, das fast schon einem Geocaching glich, konnte sie ihm keine Angst einjagen. Im Gegenteil, Tom musste sich eingestehen, dass ihm das Spiel unter normalen Umständen, ohne einer Bombe um der Hüfte und ohne einem aggressiven Wildschwein, sogar Spaß gemacht hätte.
Er konnte sich bereits denken, dass Lena die Aufgaben immer schwieriger beziehungsweise unlösbarer gestalten würde. Und was schien da besser zu funktionieren, als ihn vor seine Ängste zu stellen?
Und in diesem Moment wünschte er sich mehr denn

je, Zuhause zu sein und in seinem sicheren Zimmer an einem blöden Essay für Englisch zu schreiben.
Denn Lena lebte seit Jahren in ihrem Haus, kannte jedes Familienfotoalbum, kannte die Bilder, auf denen er als kleines Kind geschrien hatte, weil er vor etwas Angst hatte oder sich unwohl fühlte, und kannte vor allem die Geschichten dahinter. Ganz zu schweigen von all den Anekdoten über ihn, die sein Vater ständig zum Besten gab, wie es Eltern nunmal auf fast jeder Familienfeier taten.
Kurzum, es gab wenige Personen auf der Welt, die über seine Ängste und Abneigungen so gut Bescheid wussten wie seine Stiefmutter. Und dieser Umstand machte ihm *wirklich* Angst.
Und so verann die Zeit, ohne dass Tom einen erholsamen Schlaf finden konnte.

17

Ein Rascheln und Knarzen ließen ihn schließlich hochschrecken. Er musste wohl doch kurz eingenickt sein, denn seine Augen brannten und klebten ein wenig.
Inzwischen hatte sich die Tür zu seinem Gefängnis mit ihrem mittlerweile vertrauten aber dennoch grässlichen Quietschen geöffnet.
»Los, Aufstehen!«, befahl Lena, »Das nächste Spiel steht bevor.«
»Na hoffentlich wird es Monopoly sein«, knurrte Tom. Der Anblick seiner Stiefmutter bereitete ihm augenblicklich schlechte Laune. Was ziemlich ironisch war, angesichts der Tatsache, dass schlechte Laune im Moment zu seinen kleinsten Sorgen zählen dürfte.
Er stand auf und folgte Lena aus dem kleinen Kellerraum. Doch sie ging nicht wie erwartet zur Treppe am anderen Ende des Ganges, sondern blieb etwa auf der Mitte der Strecke vor einer weiteren grauen Tür stehen.
Sie sperrte diese auf und ließ ihn eintreten, dann schaltete sie das Deckenlicht an, das wieder nur aus einer nackten Glühbirne bestand.
Er sah sich um. Der Raum war größer als sein Verließ nebenan, wenn auch nicht wesentlich. Der Eindruck konnte jedoch auch dadurch entstehen, dass er nicht so voller Gerümpel und Krimskrams war. Genau ge-

nommen war er so gut wie leer. Sogar seine Schritte hallten von den Steinwänden wider.
Das Zimmer enthielt zwar ebenfalls ein paar instabile Regale, wie er sie von drüben schon kannte, jedoch waren diese hier komplett leer. Es gab keine Türen, bis auf die, durch die sie eben hineingekommen waren, und, was Tom noch mehr verwunderte, es gab keine Fenster, obwohl der Raum sicher an die zwanzig Quadratmeter groß sein musste.
Was ihn jedoch noch mehr verwirrte, war der klobige, gepolsterte Ledersessel, der mitten im Raum stand. Vor der Sitzgelegenheit stand ein niedriges Podest, auf dem ein großer Breitbildfernseher thronte. Neben dem Sessel befand sich ein kleiner Beistelltisch mit Getränken, einem Glas und Snacks.
Verstört drehte Tom sich zu seiner Stiefmutter um.
»Wird das jetzt ein Filmeabend, oder was? Ich hätte Bock auf ‚Die Tribute von Panem'«, scherzte er und hatte bewusst diesen Filmtitel gewählt, fühlte er sich doch wie ein Tribut, der in einer Arena um sein Leben kämpfen musste. Außerdem war die Rolle von President Snow perfekt auf Lena zugeschnitten, wie er fand.
»So ähnlich«, antwortete seine Stiefmutter zu seiner Überraschung. »Nimm doch erst einmal Platz, dann erkläre ich dir die Regeln.«
In ihrer Stimme schwang schon wieder etwas Aufgeregtes mit, genauso wie vor ein paar Stunden, als sie ihm das erste Spiel erläutert hatte. Ihr schien die ganze Sache wirklich Freude zu bereiten.

Tom ging zögernd zu dem Sessel und ließ sich in das weiche Polster fallen, der Bildschirm vor ihm starrte ihn stumm an.
»Deine nächste Aufgabe«, begann Lena ihre Verkündung, »besteht darin, in diesem Sessel so lange sitzen zu bleiben, bis ich zurückkomme und dich wieder abhole.«
Tom wartete, bis sie weiter sprach, doch als dies nicht geschah, fragte er nach einigen Sekunden: »Das ist aber bestimmt nicht alles, oder?«
»Schlauer Junge!«, lächelte sie. »Wie du dir bestimmt schon denken kannst, steht der Fernseher dort drüben nicht umsonst. Ich werde dir gleich einen Film einlegen, den du dir dann ansehen darfst. Oder besser musst.« Den letzten Satz hatte sie kichernd hinzugefügt.
Also doch ein Filmeabend, dachte Tom genervt.
»Und damit das Ganze nicht nur ein entspannter Kinobesuch wird«, fuhr sie fort, als hätte sie seine Gedanken erraten, »ist eine Regel des Spiels, dass du den Blick niemals von dem Bildschirm abwenden darfst, nicht einmal dann, wenn du dir etwas zu Trinken einschenkst.“«
Sie deutete auf den Beistelltisch.
»Aber Blinzeln darf ich schon noch, oder?«, erlaubte sich Tom einen Scherz, den er besser nicht gemacht hätte, denn bei seiner Stiefmutter weckte er damit die Wut.
»Spar die deine Sprüche, ich glaube du nimmst das Ganze hier nicht besonders ernst. Das hier ist kein

Spaß!«, schrie sie ihn an.
Er verstummte.
Er musste aufpassen, dass er es mit seinen sarkastischen Sprüchen nicht zu weit trieb, wusste er doch, dass Lena zu allem fähig war.
»Und glaube mir, ich würde es mitkriegen, wenn du meine Anweisungen nicht befolgst und nicht auf den Schirm schaust.«
»Und was passiert, wenn ich diese Regel breche?«, fragte er, bemüht, seiner Stimme einen ernsthaften Ton zu verleihen, glaubte er Lena doch sofort, dass sie jede seiner Bewegungen mitkriegen würde, selbst, wenn sie sich nicht im selben Raum befand wie er.
»Das, mein Lieber, willst du lieber gar nicht wissen«, zwinkerte sie als Antwort.
Tom nickte stumm und schwor sich, diese Regel unter keinen Umständen zu missachten.
Anscheinend war dies die einzige Vorschrift für die anstehende Aufgabe, denn Lena ging ohne weitere Erläuterungen zu dem ziemlich teuer aussehenden Flachbildschirm und bückte sich.
Erst jetzt erkannte er, dass auf einem Regalboden des Unterschranks ein DVD-Player lag, den sie nun anschaltete. Sie drückte einen Knopf, woraufhin das Laufwerk geöffnet wurde. Dann holte sie eine silberne, unbeschriftete DVD aus einer Tasche, und legte den Silberling in den Player.
Anschließend wurde der Fernseher angeschaltet und ein Auswahlmenü erschien. Sie entschied sich bei der Sprachauswahl für Deutsch, und nachdem einige Si-

cherheitshinweise und Nutzungsbestimmungen über den ansonsten schwarzen Bildschirm gelaufen waren, startete der Film.

18

Es schien sich um einen Amateur-Film zu handeln, angesichts der eher wackligen Kameraführung und der Bild- und Tonqualität. Das würde auch erklären, warum auf der CD nicht wie bei einem professionellen Film noch einmal das Cover abgebildet war.
Der Bildschirm zeigte ein Wohnviertel von oben, dann ging die Kamera langsam näher an eines der Häuser heran. Fröhliche Klaviermusik setzte ein, und die Kamera zoomte in das Wohnzimmerfenster hinein.
Dort war eine typische Familie gerade dabei, zu Abend zu essen; die Mutter kam soeben aus der Küche und trug einen großen Topf hinein, der Vater zog sich seine Krawatte zurecht und wartete nach einem anstrengenden Arbeitstag geduldig auf das Essen, während es den beiden Kindern wohl zu lange dauerte, denn sie konnten nicht still sitzen und alberten herum.
Durch die dicke Glasscheibe drang dumpf die Musik, die drinnen gespielt wurde.
Die Frau stellte den Topf auf den Tisch und setzte sich zu ihrer Familie. Alle fassten sich an den Händen und sprachen ein Gebet.
Ein Handschuh wurde plötzlich auf die Fensterscheibe gelegt. Dann wurde die Musik langsamer, tiefer, und die Stimmung somit depressiver.
Erst jetzt erkannte Tom, dass die Szenerie offenbar

die ganze Zeit aus dem Blickwinkel eines Menschen gefilmt wurde. Der Person, die gerade ihre Hand gegen das Fenster gedrückt hatte, und sich nun langsam zu entfernen schien.
Die Familie drinnen schien nichts von dem heimlichen Beobachter mitbekommen zu haben, denn alle saßen nach wie vor friedlich beim Abendessen.
Es gab einen Schnitt und die Kamera filmte wieder aus der Vogelperspektive. Sie blickte jetzt auf einen jungen Mann (aufgrund der Handschuhe offensichtlich dieselbe Person, die eben noch in das Esszimmer eines fremden Hauses geschaut hatte), der den Bürgersteig entlang ging. Er schien traurig zu sein, dafür sprach neben der Filmmusik seine krumme Haltung und der gesenkte Kopf, sodass man das Gesicht nicht erkennen konnte. Um den Eindruck noch zu verstärken, setzte nun auch noch ein Regenschauer ein.
Die Person ging noch einige Blocks weiter, bis sie schließlich vor einem etwas heruntergekommenen Einfamilienhaus stehen blieb.
Erneut wechselte die Perspektive und die Kamera filmte nun nach einem Schwenk den Mann von vorne, sodass der Zuschauer erstmals dessen Gesicht sehen konnte.
Was Tom dort sah, ließ ihn das Blut in den Adern gefrieren.

19

Es war unmöglich. Das konnte nicht sein. Die Gesichtszüge, die Augen, die blonden Haare, die Tatsache, dass Tom der Gang des jungen Mannes so bekannt vorkam; alles passte.
Aber er konnte keine Erklärung dafür finden, warum die Person in dem Film, den er sich gerade ansah, genauso aussah wie er.
Nein, nicht wie ich aussieht, korrigierte er sich, *Die Person dort BIN ich.*
Entweder träumte er seit geraumer Zeit einen ziemlich schlechten und makabren Albtraum, oder Lena hatte jemanden gefunden, der ein Meister in Sachen Filmbearbeitung und Photoshop war.
Tom wollte schon die Augen schließen, um sich zu beruhigen und besser nachdenken zu können, als ihm die wichtigste und einzige Regel des Spiels wieder in den Sinn kam. Verwirrt starrte er deshalb wieder gebannt auf den Fernseher.
Der junge Mann hatte sich inzwischen der Eingangstür des Hauses genähert und war nun im Begriff, diese aufzuschließen. Die Kamera war wieder hinter ihn getreten, sodass der Zuschauer jetzt das Innere des Hauses sehen konnte.
Eine Tatsache, die Tom erneut mehr als nur verunsicherte. Die Inneneinrichtung sah nämlich haargenau so aus, wie er sie von seinem eigenen Zuhause kannte.

Die Tapete, der kleine Sekretär neben der Haustür, ja sogar der unscheinbare Riss in der Wand schräg über der Garderobe. Das Haus jedoch war von außen nicht dasselbe. Der heruntergekommene Zustand passte zwar, aber der Schnitt und die Anordnung der Fenster waren nicht identisch.
Tom, oder besser gesagt sein Pendant in dem Film, wollte gerade die Treppe hoch in den ersten Stock gehen, als ein lautes Gebrüll aus einem der Zimmer im Erdgeschoss drang.
Das Gebrüll war offensichtlich betrunken und trug die Stimme von – inzwischen überraschte Tom diese neue Erkenntnis auch nicht mehr – seinem Vater Gerald.
»Was bis'n so spät Suhause?«, lallte dieser und zog seinen Sohn an den Schultern zurück.
»War noch unterwegs. Bitte nicht sauer sein, Dad.«
»Wir hatten abgemacht, dasss du um Sechss Suhause sein solls!«
Mit diesen Worten verpasste der Mann seinem Sohn ein paar kräftige Ohrfeigen.
Das Klatschen ließ Tom in dem zugegebenermaßen ziemlich gemütlichen Sessel zusammenzucken. Unwillkürlich musste er an Darina denken, die so etwas beinahe täglich durchmachen musste.
»Geh auf dein Simmer, los! Isch will disch hier nich mehr seh'n!«
Das ließ sich Toms Kopie nicht zweimal sagen und sprintete nach oben, wo er sich augenblicklich in sein Zimmer einschloss, das, wie sollte es auch anders

sein, exakt so aussah, wie der Raum, in dem Tom vor ganz vielen Stunden noch mit einer Vergiftung kollabiert war.

Erneut setzte die traurige Musik ein und man sah den Protagonisten des Films, der inzwischen mit hängendem Kopf auf seinem Bett saß, wieder von schräg oben.

Eine Träne kullerte seine Wange herunter, und um den Effekt der Szene noch zu verstärken, hatte man sich im Nachhinein der Farbbearbeitung bedient und einen leichten Schwarzweiß-Effekt hinzugefügt.

Langsam kam sich Tom ein wenig bescheuert vor. Die Tatsache, dass er sich selbst gerade als Hauptfigur in einem Low-Budget-Film wiederfand, war zwar schon etwas verstörend, aber die Aufgabe konnte doch nicht nur darin bestehen, sich ein klischeehaftes Familiendrama im Fernsehen anzusehen?!

Seine Schauspieler-Version jedenfalls schien im Moment fieberhaft nachzudenken. Die Kamera war in den Close-Up Modus gewechselt, sodass der Zuschauer jede Regung in seinem Gesicht, jede Mimik, erkennen konnte. Seine Augen zuckten leicht von links nach rechts und er bewegte kaum merklich die Lippen, so als würde er seine Gedanken im Kopf formulieren, um sie besser ordnen zu können.

Auch seine Stimmung schien sich verändert zu haben. Tom konnte es nicht genau bestimmen, meinte aber, dass sie sich von Verzweiflung und Angst in Wut und Entschlossenheit geändert hatte. Und er sollte Recht behalten.

Der junge Mann stand nämlich jetzt wie in Zeitlupe von seinem Bett auf und sah in eine Ecke des Zimmers. Die Kamera folgte seinem Blick und fing einen Schreibtisch ein, auf dem ... *ein Messer lag??*
Tom war sich erst nicht sicher, ob er den länglichen Gegenstand richtig erkannt hatte (Warum sollte ein Jugendlicher auch ein Messer, noch dazu solch ein Großes, auf dem Schreibtisch in seinem Zimmer liegen haben?), doch als der Tisch mehr und mehr in den Bildausschnitt gerückt wurde, wurde seine Vermutung bestätigt.
Der Fokus war für den Zuschauer nun vollständig auf das Messer gerichtet worden, das jetzt von einer Hand berührt und aufgehoben wurde. Die Hand, die vor wenigen Augenblicken noch in einem Handschuh steckend auf der Fensterscheibe eines fremden Wohnhauses geruht hatte.
Sobald die Kamera das Küchenwerkzeug erfasst hatte, wurde die Musik düster und dramatischer.
Die Hand umschloss fest den Griff des Messers, sodass am Handgelenk deutlich die verkrampften Muskeln und Adern hervortraten. Für den Zuschauer war es nun völlig klar, dass die Person nicht einfach nur vor hatte, das Messer zurück in seine Schublade in der Küche zu legen.
Die Kamera nach wie vor auf die Klinge und einen Teil der Hand gerichtet, sah man nun, dass sich der junge Mann in Bewegung gesetzt hatte. Schnell kam die Zimmertür in Sicht, deren silberfarbene Klinke jetzt heruntergedrückt wurde. Die Tür wurde mit Vor-

sicht aufgezogen und ein Schatten huschte hindurch.
Nun war der Bildausschnitt nicht mehr bloß auf das Messer beschränkt, sondern zeigte jetzt auch den Treppenabsatz, auf den der Mann zusteuerte.
Aus dem Erdgeschoss drangen gedämpft die üblichen Geräusche einer billigen Talkshow: Schlechte Witze, unechtes Lachen und langweilige Themen.
Auf seinem Sessel beobachtete Tom gebannt, wie die Person auf der Mattscheibe nun eine Stufe nach der anderen die Treppe hinunter stieg, darauf bedacht, möglichst keine Geräusche zu machen. Trotzdem knarrten einige Treppenstufen ein wenig, sobald er sein Gewicht darauf verlagerte.
Ungläubig schüttelte Tom den Kopf. Er hatte schon fast vergessen zu blinzeln, ahnte er doch den weiteren Verlauf des Films. Er musste schlucken, angesichts der Tatsache, dass er nun gleich seinen eigenen Vater umbringen würde, wenn auch nur in einem Film. Und diese Tatsache war nicht annähernd so verstörend wie die Ungewissheit, wie zur Hölle die Schauspieler in diesem Amateur-Streifen so aussehen konnten wie sein Vater und er selbst.

20

Währenddessen hatte Toms Film-Pendant den unteren Treppenabsatz erreicht. Die Fernsehgeräusche waren nun deutlicher zu vernehmen. Sie schienen aus der angelehnten Tür am Ende des dunklen Korridors zu dringen, aus der ein schmaler Lichtstreifen fiel. Gerade hell genug, um den Flur in ein düsteres Schummerlicht zu tauchen.

Die Person blieb kurz am Ende der Treppe stehen, so als überlegte sie, umzukehren und die Treppen wieder hochzulaufen, oder das Messer doch an seinen Bestimmungsort in der Küche zurückzubringen.

Die Kamera hatte erneut die Perspektive gewechselt und zeigte nun das Gesicht und einen Teil des Oberkörpers direkt von vorn.

Man sah, dass der Puls des jungen Mannes sich beschleunigt hatte. Sein Brustkorb hob und senkte sich deutlich schneller als es üblich war, zumal er sich zuvor nicht sportlich betätigt hatte. Schweißtropfen rannen ihm über die Stirn und verliehen seinem Gesicht einen schmierigen Glanz.

Zum ersten Mal konnte Tom nun länger eingehend das Gesicht des Schauspielers betrachten. Und er staunte nicht schlecht. Wer auch immer für die Maske verantwortlich war, hatte eine Auszeichnung verdient. Jede Falte, jede Pore stimmte mit ihm überein, die dünnen Härrchen auf der Oberlippe, ja sogar die feine

Narbe am Kinn war vorhanden, die Tom sich als kleiner Junge bei einem Sturz mit dem Fahrrad zugezogen hatte.
Sein Double atmete noch einmal tief ein und aus, wohl um sich zu beruhigen, und setzte dann einen Fuß auf den schweren Läufer, der den Fußboden des Flures schmückte. Das Messer in seiner Hand zitterte ein wenig.
Noch knapp vier Meter bis zur Tür des Wohnzimmers. Die Atmung des jungen Mannes war wieder schneller geworden, diesmal jedoch war Aufregung nicht die Ursache dafür. Wenn man genau hinhörte, bemerkte man das nur mühsam unterdrückte Wutschnauben.
Welche Gedanken dem Jungen in diesem Augenblick wohl durch den Kopf gehen mussten, vermochte man als Zuschauer nur zu erahnen. Aber eines konnte man sehr deutlich sehen: Die grimmige Entschlossenheit in seinen Augen.
Noch drei Meter.
Unauffällig waren leise, aber dennoch schrille Streicher in den Hintergrund getreten, um den Spannungsaufbau zu verdeutlichen.
Der junge Mann blieb neben einer antiken Holzkommode stehen, auf der sich etliche Bilderrahmen befanden. Er betrachtete eines davon genauer und auch die Kamera lies den Zuschauer einen Blick auf das entsprechende Foto gewähren.
Es zeigte Tom und seinen Vater, als sie vor vielen Jahren gemeinsam beim Fotografen waren. Tom erkannte das Bild sofort. Es stand in genau demselben Rah-

men in einem Regal in seinem Zimmer. Sie hatten das Bild damals gemacht, um ein professionelles Foto für das Grab seiner Mutter zu haben.
Sein namenloses Double wandte den Blick wieder ab und näherte sich seinem Ziel.
Noch zwei Meter.
Er streckte bereits die Hand nach der Tür zum Wohnzimmer aus.
Der silberne Türgriff war nur noch Zentimeter von seiner freien linken Hand entfernt. Er setzte den Fuß noch ein kleines Stück nach vorne und umschloss dann das kühle Metall mit einem zunächst sanften, dann immer festeren Griff. Mit einem leichten Druck stieß er die Tür nach vorne.
Sein Vater musste die Anwesenheit eines Menschen wohl bemerkt haben.
»Komm her, Tom, sieh dir das an!«, sagte er, ohne sich dabei umzudrehen, »das is summ schrein komischh, was die da ersähln.«
Er war immer noch betrunken.
Und er hatte seinen Sohn mit ‚Tom' angesprochen!!
Fast lautlos ging ‚Tom' auf seinen Vater zu und stand mit zwei schnellen Schritten hinter dem Sessel, in dem dieser gerade lümmelte.
Genau derselbe Sessel, in dem ich auch gerade sitze!, realisierte Tom in diesem Augenblick.
Und dann geschah es. Der Junge, der eben noch mit ‚Tom' angesprochen wurde, lehnte sich nach vorn, packte den Kopf seines Vaters und nahm ihn in den Schwitzkasten.

Durch den Alkohol betäubt bemerkte der Mann gar nicht, wie ihm geschah und hatte auch keine Chance, sich zu wehren.
Tom hielt ihm nun das Messer an die Kehle und verharrte ein paar Sekunden in dieser Position. So gut es ihm möglich war, versuchte er mit der anderen Hand, mit deren Arm er seinen Vater nach wie vor fixierte, ihm den Mund zuzuhalten.
Dann setzte er die Klinge an.
Tom realisierte vor dem Bildschirm, dass er seinen Vater nicht einfach töten wollte. Er wollte ihn quälen und leiden sehen, so wie es ihm (scheinbar) sein ganzes Leben lang ergangen war.
Langsam schnitt der junge Mann in die Kehle seines Vaters. Nicht besonders tief, nicht lebensbedrohlich, aber doch so stark, dass augenblicklich Blut aus der Wunde sickerte.
Der Mann wollte schreien, konnte dies aber aufgrund der Hand vor seinem Mund nicht tun. Als Zuschauer konnte man die Schmerzen, die er empfinden musste, jedoch anhand der Tränen erahnen, die ihm nur aufgrund der Panik aus den Augenwinkeln liefen.
Ein weiterer Schnitt quer über den Hals, genau spiegelverkehrt zum ersten Schnitt.
Die Kamera filmte kurz auf das Gesicht des Jungen. Ein diabolisches Grinsen umspielte seine Lippen und es lag ein freudiges Glitzern in seinen Augen. Man sah, wie er den Moment richtiggehend zu genießen schien.
Er ließ seinen Vater noch einige Minuten lang den

qualvollen Schmerz spüren, bevor er ihm die Kehle durchschnitt. Ein einziger, tiefer und langer Schnitt genügte, um das Leben seines Vaters vollends auszulöschen. Sein Kopf sackte zur Seite und die Augen verdrehten sich, sodass nur noch das Weiße, die Lederhaut, zu sehen war.
Einen Augenblick später kippte der Oberkörper auf die Sessellehne. Das Blut sickerte noch pulsierend aus der Wunde, direkt aus der Halsschlagader.
Tom ging um den Sessel herum und beugte sich hinunter.
Und dann verstand der echte Tom vor dem Bildschirm, warum seine Stiefmutter ihm diesen Film als Teil ihres perversen Spiel zeigte.
Vor einigen Jahren war er einmal mit seinem Vater unterwegs gewesen, als vor ihnen auf der Landstraße plötzlich ein Hase auf die Fahrbahn gehoppelt kam. Dieser erstarrte in dem Scheinwerferlicht und sein Vater hatte keine Chance, rechtzeitig zu bremsen oder irgendwie auszuweichen.
Sie hatten das Tier mit vollem Tempo erwischt. Natürlich hatten sie direkt angehalten, um nachzusehen, ob der Hase vielleicht noch lebte und noch etwas zu retten wäre. Vergeblich.
Der Anblick, der sich ihnen geboten hatte, war nicht gerade angenehm. Der Arme war im wahrsten Sinne des Wortes unter die Räder gekommen und platt gewalzt worden.
Der Aufprall hatte ihn vollends zerfetzt. Auf der Straße lagen verstreut die Organe und sonstige, nicht ge-

nauer definierbare Innereien. Einige davon pulsierten sogar noch, die letzten Zuckungen des Lebens.
Tom erinnerte sich noch sehr gut an den Tag. Er meinte sogar, ein Auge auf der Straße liegen gesehen zu haben. Ein Blick in die leeren Höhlen des Gesichts des Hases hatte ihm diese Vermutung damals bestätigt. Natürlich hatten sie sofort das zuständige Forstamt alarmiert.
Doch dieses Ereignis war nicht annähernd so ekelerregend, gruselig und grauenvoll, wie der Anblick, der sich Tom jetzt auf der Mattscheibe des Breitbildfernsehers bot.
Sein Film-Double legte nun erneut buchstäblich Hand an, und führte das Messer an die Wunde. Er lies es tief in den Hals eindringen, um die Wunde zu vergrößern. Er stocherte mit dem Messer darin herum wie ein kleines Kind in seinem Kartoffelbrei.
Als er schließlich gefunden hatte, wonach er gesucht hatte, zog er die Pulsader aus der Wunde heraus und riss seinem Vater damit symbolisch das Leben aus dem Leib.

21

Draußen war es kühl und inzwischen auch dunkel geworden. Der Himmel war fast sternenklar, nur ein paar Wolken tummelten sich noch am Firmament und verdeckten halb die Sicht auf einen wunderschönen, großen Vollmond.
Tom hatte gesehen, wie der junge Mann zunächst in die Küche gegangen war, um das Messer, welches er immer noch in seiner rechten Hand hielt, gründlich zu säubern.
Der Geruch von eisenhaltigem Blut schien sich im Wohnzimmer ausgebreitet zu haben, denn er hatte die Terrassentür aufgemacht, um frische Luft schnappen zu können.
Nun beobachtete Tom, wie er gedankenverloren gen Himmel blickte. Die Kamera hatte einen Schwenk gemacht und zeigte nun den Schauspieler von vorne. Die Erleichterung konnte man ihm im Gesicht ablesen.
Es war nun vorbei. Er musste nicht mehr leiden; nach all den Jahren, die er zusammen mit diesem gewalttätigen Alkoholiker verbracht hatte. Dabei schien er keineswegs erschrocken oder reuevoll über seine Tat zu sein, die vielmehr eine Kurzschlusshandlung war, als ein sorgfältig geplanter Mord.
Er hatte einfach das Messer dort liegen sehen. War hinunter gegangen. Und hatte zugestochen.

Es war so einfach gewesen.
Der junge Mann ging wieder zurück in das Haus und steuerte den Sessel an, wo die Leiche seines Vaters nach wie vor unverändert lag. Er griff dem leblosen Körper unter die Achseln und zerrte ihn, sichtbar mit mühevoller Anstrengung, da er nicht der Kräftigste und sein Vater nicht der Schlankste war, von dem Möbelstück herunter.
Dann schliff er ihn über den Fußboden und über die Schwelle hinaus auf die Terrasse, wo er die Leiche zunächst einmal ablegte, um zu verschnaufen. Er stand dort, vornübergebeugt, die Hände auf die Knie abgestützt, und atmete schwer.
Dabei hatte er sicherlich noch einige Meter vor sich, wie sich Tom, der sich inzwischen einige Schlucke Wasser genehmigt hatte, da seine Zunge von dem ständigen, aufgeregten Schlucken schon am Gaumen geklebt hatte, vor dem Fernseher dachte.
In der Tat ging sein Film-Double jetzt wieder zurück in das Haus und schaltete zunächst die automatisch aktivierte Außenbeleuchtung aus, falls die Nachbarn zufällig aus dem Fenster sahen.
Dann ging er in den Flur und von da aus in eine Art Hauswirtschaftsraum. Er griff sich einen Wischmopp und den dazugehörigen Eimer, den er mit Wasser füllte.
Damit im Schlepptau kehrte er ins Wohnzimmer zurück und wischte gründlich den Laminat-Fußboden, der mit einigen Blutspuren verschmiert war.
Als er mit dem Ergebnis zufrieden zu sein schien, be-

gab er sich ins Badezimmer, um den Mopp sowie den Eimer gründlich in der Badewanne auszuspülen. Anschließend stellte er beides wieder zurück in den Hauswirtschaftsraum, wohl um keine Gegenstände verräterisch umzustellen oder verschwinden zu lassen, sollten in den nächsten Tagen irgendwelche Verwandte mit der Polizei in das Haus kommen und alles auf den Kopf stellen.
Danach trat er zurück nach draußen auf die Terrasse, griff dem toten Mann erneut unter die Achseln und zerrte ihn über die Steinfliesen und den daran angrenzenden Rasen quer durch den unbeleuchteten Garten.
Nach etwa zehn Minuten und offensichtlich höchster Anstrengung (der junge Mann schien enorm zu schwitzen und hatte zwischendurch wieder eine Pause einlegen müssen), hatte Tom sein Ziel erreicht: Die alte, knorrige Eiche in der hintersten Ecke des Gartens.
Er legte seinen Vater direkt neben dem Stamm ab und ging dann in eine andere Ecke des Gartens, wo sich ein kleiner Geräteschuppen befand.
Nach wenigen Augenblicken trat er wieder hinaus und hatte nun ein Seil sowie eine Leiter in den Händen, womit er zurück zu der Leiche ging.
Er knotete in das eine Ende des Seils eine Schlinge, die er um den Hals seines Vaters legte. Er stellte die Leiter so dicht wie möglich an den Baum, nahm dann das andere Ende des Seils und stieg damit die Leiter hinauf.
Die oberste Stufe war gerade so eben hoch genug, dass er den Strang über den untersten, ziemlich stabi-

len Ast schwingen konnte. Dann stieg er die Stufen wieder hinunter, nahm den vom Geäst baumelnden Strick und zog mithilfe dieses Gewindes den leblosen Körper Schritt für Schritt, Zug um Zug, in die Höhe, bis er etwa zwei Meter hoch in der Luft baumelte.
Das andere Ende des Seils wickelte er ein paar mal fest um den Ast, nachdem er erneut auf die Leiter geklettert war, und machte zwei dicke Knoten hinein.
Die Konstruktion schien zu halten.

Tom musste bei dem Anblick der folgenden Szene hart schlucken und wollte am liebsten wegsehen, zwang sich dann aber doch, weiter auf den Bildschirm zu starren, als ihm einfiel, dass seine Stiefmutter diesen Raum höchstwahrscheinlich gründlich überwachte und ihn genauestens beobachtete.
Ihm durchfuhr ein Zittern der Abscheu, als er sah, wie der Junge in dem Film in diesem Moment seine Hand hob und …
… einen Finger tief in offene Wunde in den Hals der Leiche steckte?!
Er drehte ihn ein wenig in dem Einschnitt hin und her, was passenderweise von einem nicht gerade appetitlichen Schmatzgeräusch akustisch untermalt wurde.
Als er ihn wieder herauszog, klebte er voller Blut.
Nachdem er seinem Vater das Hemd aufgeknöpft hatte, drückte er nun den Finger auf dessen Brust. Und zog ihn ein kurzes Stück nach unten, sodass ein roter Strich entstand.

Er benutzt das Blut als Farbe, um eine Botschaft aus Buchstaben oder Symbolen zu hinterlassen!, realisierte Tom in diesem Augenblick.
Der junge Mann hatte inzwischen neben dem Strich einen Halbkreis gebildet, und daneben wiederum zwei Striche gesetzt, die er mit einem Querbalken verband.
‚*Ich*' stand dort nun geschrieben.
Toms Double tauchte seinen Zeigefinger erneut in die Schnittwunde, da ihm die ‚Farbe' am ‚Pinsel' wohl auszugehen schien.
Jetzt mit einigem Abstand zu dem *h* ein weiterer, senkrechter Strich, daran unten angeschlossen ein Kreis. Ein zweiter Strich. Und ein dritter Strich mit einem geschwungenen Haken daran.
Bin.
Ich bin.
Wieder frisches Blut auf den Finger. Ein Querstrich, von dessen rechtem Ende ein Halbkreis nach oben bis zum linken Ende führte und dann weiter nach unten verlief, sodass es fast einen erneuten Halbkreis gab.
Noch ein Strich. Und wieder dasselbe, ein wenig seltsam geschwungene *n*, wie man es schon im letzten Wort gesehen hatte.
Ich bin ein … stand nun in im wahrsten Sinne des Wortes blutroter Schrift auf der nackten Haut der Leiche.
Ein weiteres Mal sah man, wie der junge Mann seinen Finger in den mittlerweile blutverschmierten Hals drückte, um weitere Buchstaben auf den Oberkörper des Toten malen zu können.

Zuerst ein senkrechter Strich, von dessen Mitte aus zwei weitere Striche abgingen, einer schräg nach oben, der andere schräg nach unten. Daneben wieder ein Strich. Noch einmal das bekannte *n*.
Dann ein Strich mit einem Halbkreis auf der linken Seite unten daran.
Kind.
Wenige Sekunden später wurde aus dem Singular dieses Wortes der Plural. Es folgten eine kurvige Schlangenlinie; ein Halbkreis, der zur rechten Seite offen war; ein Strich mit einem ähnlich geschwungenen Bogen daran wie beim *n*, nur weiter unten; eine ausgesprochen seltsame Art eines *ä*, wie Tom erst nach mehrmaligem Hinschauen erkannte; nun drei Buchstaben, die der Zuschauer in den vorigen Worten bereits zu Gesicht bekommen hatte; und zum Schluss wieder ein senkrechter Strich mit einem kleinen Haken, der nach oben rechts wegführte.
'Ich bin ein Kinderschänder' stand dort nun geschrieben.
Tom musste sich in seinem Sessel gehörig zusammenreißen. Er hatte es nicht zugeben wollen, aber musste sich dennoch mittlerweile eingestehen, dass der Film mehr an seinen Nerven zerrte, als er es sich vorgestellt hatte.
Er wollte wegsehen, wollte nur noch, dass es endlich aufhörte. Schließlich hatte er gerade beobachtet, wie ein junger Mann, der aussah wie er selbst - *Nein, nicht aussieht wie ich, das BIN ich gewesen!* - seinen eigenen Vater getötet hatte. Seinen Vater, von dem er

nicht wusste, ob dieser tatsächlich noch am Leben war. Noch dazu in einem Haus, das seinem eigenen Zuhause bis auf die letzte Tapetenfaser glich.
Tom wollte wegsehen, wollte sich abwenden von dem Bildschirm, konnte nicht mehr ertragen, was er dort sehen musste. Hatte er doch zu sehr Angst davor, dass dieser Film irgendwo die Realität widerspiegelte, obwohl er insgeheim natürlich wusste, dass das gar nicht sein konnte.
Er merkte, wie er an seinem Verstand zweifelte, und nicht mehr mit hundertprozentiger Wahrscheinlichkeit sagen konnte, was Wirklichkeit war und was nicht. Ihm wurde bewusst, dass das höchstwahrscheinlich genau das war, was seine Stiefmutter erreichen wollte, und er musste sich eingestehen, dass ihr dies ziemlich gut gelang.
Und doch war er sich sicher, dass dies nicht das Ende des Films sein konnte. Die Leuchtziffern des DVD-Players zeigten eine abgelaufene Spielzeit von etwa fünfundzwanzig Minuten an.

Man konnte nun beobachten, wie der junge Mann von der Leiter hinabstieg und sich vor sein Werk stellte, um es in seiner vollen Pracht betrachten zu können.
Er hatte die Fäuste in die Hüfte gestemmt und blickte regelrecht stolz zu dem empor, was er gerade geschaffen hatte. Dann klappte er die Leiter zusammen und wollte sich gerade umdrehen, um sie zurück in den Geräteschuppen zu stellen.
Dabei viel sein Blick auf die Terasse, aus deren Rich-

tung ein schwacher Lichtschein drang. Er hatte zwar die Außenbeleuchtung abgestellt, jedoch vergessen, das Deckenlicht im Wohnzimmer auszuschalten.
Deshalb konnte er trotz der schummrigen Umgebung ziemlich gut erkennen, dass dort ein Mensch war.
Direkt neben den Gartenmöbeln stand Darina und blickte geschockt in seine Richtung.

22

Keine Sekunde, nachdem Tom sie erblickt hatte, drehte sie sich um und rannte davon.
Tom, der *Echte*, hatte dieser kleine Augenblick jedoch vollkommen ausgereicht. Er würde nie den Gesichtsausdruck seiner besten Freundin – oder vielmehr ihrem Double – vergessen. Er würde sich für immer in seinen Kopf einbrennen.
Die weit aufgerissenen Augen, die Panik, der Schock, die Fassungslosigkeit, die darin lagen. Der leicht geöffnete Mund, der unfähig war, auch nur ein Wort zu dem zu sagen, was die Augen mit ansehen mussten.
Das Zittern ihrer Nasenflügel, das die Aufregung und den damit verbundenen Stress signalisierte.
Tom kannte dieses Zittern.
Aus der Realität!
Sein Zwilling im Film brauchte indes einen kurzen Moment, um zu verarbeiten, was gerade geschehen war, und wie er nun darauf zu handeln hatte.
Schließlich war sie eine Zeugin, die offenbar beobachtet hatte, was er vor wenigen Augenblicken getan hatte, und egal wie lange sie dort schon stand, den leblosen Körper, der von dem Ast hinter ihm baumelte, musste sie auf jeden Fall gesehen haben.
Tom zögerte nicht länger und sprintete los, durch die offene Terassentür hinein in das Wohnzimmer, durch den Flur in die Küche. Dort nahm er das Messer und

rannte damit zur Haustür. Die drei Stufen auf einmal nehmend, lief er durch den verwahrlosten Vorgarten, öffnete die Gartenpforte und trat hinaus auf die Straße.
Hektisch blickte er nach links und rechts und brauchte offenbar ein paar Sekunden, um sich zu orientieren. Denn aufgrund der Dunkelheit konnte er das Mädchen, das in etwa einhundert Metern Entfernung über die Straße rannte, nur schwer erkennen, obwohl es von der Kamera längst erfasst wurde.
Als er sie schließlich doch in seinem Blickfeld hatte, setzte er sofort wieder zum Sprint an, und rannte ihr hinterher.
Da der Tom, der eben noch seinen Vater umgebracht hatte, offenbar dem echten Tom, der in diesem Moment angstvoll auf seinem Sessel saß und die Szenerie über einen Bildschirm beobachtete – beobachten *musste* – eins zu eins nachempfunden war, wusste Letzterer, dass es nur eine Frage der Zeit sein würde, bis Darina eingeholt werden würde. Denn Sprinten konnte Tom ziemlich gut.
Das war auch in dem Film zu beobachten. Die Kamera filmte nun von sehr weit oben (wahrscheinlich wurden die Aufnahmen mit einer Drohne gemacht), sodass man nun beide Personen in einem Bildausschnitt sehen konnte; und sehr gut beobachten konnte, wie sich der Abstand zwischen ihnen langsam aber sicher immer mehr verringerte.
Die Kamera war nun wieder auf Tom gerichtet, keine Umgebungsgeräusche waren zu hören, außer sein

schneller Atem.
Die Häuser und Grundstücke flogen nur so an ihm vorbei, und in seinem Blickfeld wurde Darina immer größer und größer. Die Entfernung betrug inzwischen noch etwa fünfundsiebzig Meter. Und mit jeder Sekunde wurden es weniger.
Das Messer in Toms Händen schwang dabei bedrohlich hin und her.
Passenderweise war auf der Straße kein Verkehr mehr unterwegs, und keine Passanten gingen auf dem Bürgersteig spazieren. Nichtmal ein Jogger begegnete ihnen, und in den meisten Häusern war es bereits dunkel hinter den Fenstern geworden.
Es war niemand da, der dem kleinen Mädchen helfen konnte, dass in dieser Sekunde von einem Mörder mit einem Messer durch die Straßen gejagt wurde. Der Mörder, der eigentlich ihr bester Freund und immer für sie da gewesen war.
Noch knapp fünfzig Meter.
Die Kamera zeigte nun den Shot exakt aus der Perspektive des jungen Mannes und wippte sogar im Takt der Laufschritte mit.
Mittlerweile konnte man von der Flüchtigen die einzelnen Haarsträhnen ausmachen, die im Wind hin und her flatterten, und zudem deutlich das Geräusch ihrer Schritte vernehmen.
Plötzlich bog das Mädchen von der Straße nach rechts ab und lief in den angrenzenden Wald hinein, sodass sie aus dem Kamerafeld verschwand.
Tom bog an der Stelle, an der er vermutete, dass Dari-

na dort in den Wald gelaufen war, ebenfalls von der Straße ab und sprang über einen kleinen Graben in das feuchte Gebüsch. Mit dem Messer schlug er ein paar Äste und Zweige, die ihm ins Gesicht pieksten, zur Seite. Vor sich erkannte er die schemenhafte Gestalt, die zwischen den Bäumen hin und her huschte, sehr deutlich.

»Bleib stehen!«, brüllte er drohend, erhielt jedoch logischerweise keine Antwort. Darina rannte einfach weiter und folgte blind ihrem Fluchtinstinkt.

Sie *musste* eliminiert werden. Er hatte sich gerade erst ein Leben in Freiheit geschaffen, und das wollte er sich von Nichts und Niemandem jetzt noch kaputt machen lassen.

Er würde niemals in den Knast gehen. Er hatte ja genau genommen nichts Unrechtes getan. Nur Gerechtigkeit ausgeübt. Etwas, das ihm nie widerfahren war, also musste er schließlich selbst dafür sorgen, oder etwa nicht?

War es denn wirklich moralisch so verwerflich, was er getan hatte? Nach alldem, was ihm sein alkoholkranker Vater in der Vergangenheit angetan hatte?

Er wusste, dass sein Vater im Suff auch dazu fähig gewesen wäre, ihn zu töten. Er war ihm lediglich zuvorgekommen. Genau genommen war es also Notwehr, oder nicht? Ob ein Gericht so entscheiden würde, das bezweifelte er. Die Gesetze waren selten mit dem Gerechtigkeitssinn eines Menschen vereinbar.

Ein Mensch, der Jahrelang unschuldig im Gefängnis gesessen hatte, bekam ein paar Tausend Euro als Ent-

schädigung. So legt es das Gericht fest, welches nach dem Gesetz handelt. Dass das gerecht ist, würden wohl die wenigsten Menschen behaupten.
Und sein Vater? Der würde höchstens eine Ermahnung vom Jugendamt bekommen. Vor Gericht würde er wahrscheinlich noch freigesprochen werden, aus Mangel an Beweisen. Oder eine Bewährungsstrafe kriegen, nach deren Ablauf er seinen Sohn wieder krankenhausreif prügeln konnte. Es musste ja immer erst etwas passieren, bevor die Zuständigen etwas dagegen unternahmen.
Aber nicht mit ihm!
Er hatte das einzig Richtige in seiner Situation getan: Sich gewehrt! Und darauf war er stolz. Diesen Stolz konnte ihm auch kein Richter nehmen, ganz egal wie sehr sie ihn als geisteskranken Mörder darstellen würden.
Er wusste, für alle würde er nur der Psycho sein, der seinen Vater kaltblütig ermordet hatte. Man würde ihm eine Therapie verordnen, oder ihn gleich in die Klapse stecken. Dabei war er kerngesund, physisch wie psychisch.
Nun konnte er endlich frei sein, endlich ein gewalt- und verletzungsfreies Leben leben, ohne blaue Flecken, ohne Hämatome, ohne Knochenbrüche, ohne die Tränen der Angst und Verzweiflung.
Doch damit das auch so blieb, musste noch ein letzter Schritt erledigt werden. Und der lief momentan noch etwa vierzig Meter vor ihm.
Man sah deutlich, wie Darina die Puste ausging. Sie

war längst nicht so trainiert wie Tom, ihre Schritte wurden immer kürzer, immer behäbiger, immer kraftloser. Das Einzige, was sie noch anzutrieben schien, war die Angst.
Todesangst.
Und der damit verbundene natürliche Überlebenstrieb des Menschen.
Auch Tom pumpte mittlerweile hörbar, längst aber nicht so sehr wie das Mädchen vor ihm. Es war nur noch eine Frage der Zeit ...

Doch plötzlich änderte Darina ihre Laufrichtung. Sie schlug einen abrupten Haken nach links, und Tom, der sie beinahe eingeholt hatte, schaffte es nicht, diesem Kurs rechtzeitig zu folgen.
Seine Geschwindigkeit war einfach zu hoch, und so geriet er bei dem Versuch, die Laufrichtung von Darina beizubehalten, ins Straucheln, und stolperte beim Abbiegen über seine eigenen Füße. Er fiel der Länge nach hin und kam mit der Seite genau auf einem auf dem Boden liegenden Ast auf.
Ein starker Schmerz durchfuhr seinen Körper und breitete sich wie eine Welle in ihm aus. Tom wusste sofort, dass mindestens eine Rippe gebrochen war.
Doch sein Wille war stärker. Jetzt hatte er begonnen für sich und seine Zukunft zu kämpfen, und jetzt musste er es auch zu Ende bringen. Es gab ohnehin kein Zurück mehr.
Er rappelte sich wieder hoch und hoffte, dass er die wenigen Sekunden Zeitverlust schnell wieder aufho-

len konnte. Doch zunächst musste er sie erst einmal wiederfinden!

Das stellte sich als ziemlich schwierig heraus, denn in dem Wald war es stockduster und der kurze Zwischenfall hatte ausgereicht, dass sie zumindest einen so großen Vorsprung hatte, dass Tom sie nicht mehr sehen konnte.

Aber dafür hören!

Ganz leise waren ihre Schritte zu vernehmen. Der Waldboden war gut mit Laub bedeckt, sodass es unvermeidlich war, einen Menschen in der unmittelbaren Umgebung zu überhören.

Tom musste sich nur beeilen, denn die Schmerzen auf seiner rechten Seite waren beinahe unerträglich beim Laufen, und er wusste nicht, wie lange er das noch durchhalten würde.

Aber er *musste* sie finden!

Das Glück schien jedoch auf seiner Seite zu sein. Darina schien wohl langsam wirklich die Puste auszugehen, denn schon nach kurzer Zeit konnte er nicht nur ihre Schritte, sondern auch ihren keuchenden Atem hören, zuerst nur ganz leise, dann aber immer deutlicher und stärker.

Und tatsächlich glaubte er nach wenigen Minuten, die Umrisse eines Menschen vor ihm erkennen zu können. Ein Umriss der sich zwar bewegte, dem er sich jedoch trotz seiner Verletzung stetig näherte.

Deutlich schneller als noch eben gerade auf der Straße.

Die Umrisse wurden immer deutlicher erkennbar, bis

Tom schließlich so dicht an Darina dran war, dass man immer mehr Einzelheiten erkennen konnte, einzelne Haarsträhnen, die im Wind flatterten, oder auch das Perlenarmband, das sie um das linke Handgelenk trug.
Er kam ihr immer näher.
Konnte mittlerweile sogar den Duft ihres Parfums riechen, der ihm entgegen wehte.
Nur noch zehn Meter.
Und dann passierte es. Sie hatte die Unebenheit auf dem Waldboden nicht sehen können, es war dunkel und der Boden vollständig von Laub bedeckt. Vielleicht war es ein Stein, ein heruntergefallener Ast, oder eine Baumwurzel, die sich ihren Weg an die Oberfläche gesucht hatte.
Was auch immer es war, Darina stolperte darüber und fiel der Länge nach hin.
Keine zwei Sekunden später war Tom bei ihr und drückte sie fest auf den Boden, sodass sie sich nicht mehr rühren konnte.
Ihre Augen spiegelten im Mondlicht pure Verständnislosigkeit und Todesangst wider. Wie hatte sie sich in einem Menschen nur so sehr täuschen können?
»Bitte! Lass mich …«, versuchte sie es, doch ihr Mund wurde sofort von Toms Hand zugehalten.
Eine Handlung, die gar nicht notwendig war. So tief drinnen im Wald würde ihre Hilfeschreie ohnehin niemand hören, um diese Uhrzeit schon gar nicht.
Ihnen war ja schon auf der Straße keine Menschenseele begegnet …

Sie lag nun rücklings auf dem Boden, wehrlos, machtlos. Mit einer Hand hielt Tom ihr den Mund zu, mit der anderen fixierte er ihre Handgelenke über ihrem Kopf. Seinen Kopf hatte er direkt über ihren gebeugt, nahm nun die Hand von ihrem Mund und strich ihr über die Wange.

In seinen Augen lag etwas Schweres, Trauriges.

Darina atmete schwer, brachte aber dennoch kein Wort über die Lippen.

Die Ohrfeige kam so unerwartet, dass sogar Tom vor dem Fernseher zusammenzuckte.

Hatte er da gerade mit angesehen, wie er seine beste Freundin, einer der wichtigsten Menschen in seinem Leben, geschlagen hatte?? Etwas, das er in der Realität nie tun könnte!

Oder doch?!

Er wollte schon auf seine eigenen Handflächen schauen, um zu kontrollieren, ob sie nicht rot von der Ohrfeige waren, erinnerte sich jedoch in letzter Sekunde daran, dass er die Augen nicht von dem Bildschirm abwenden durfte.

Nun zweifelte er schon an seinem eigenen Verstand und hatte tatsächlich für einen Moment lang geglaubt, er hätte irgendetwas mit den Szenen dieses Films zu tun, hätte Darina geschlagen, mit seinen eigenen Händen.

Andererseits wusste er langsam nicht mehr, was er wirklich noch glauben sollte.

»Du blöde Kuh, warum musstest du ausgerechnet zu diesem Zeitpunkt bei mir Zuhause aufkreuzen? Hät-

test du nicht vorher anrufen können oder sowas??«, schnauzte Tom in dieser Sekunde.
»I-ich ... ich wollte ...«, stammelte Darina, unfähig, auch nur einen klaren Satz zustande zu bringen.
Zweite Ohrfeige.
»Klappe jetzt!«
Und dann veränderte sich sein Gesichtsausdruck.
Tom hatte diese Mimik noch nie zuvor bei sich selber erlebt, aber er kannte diesen Ausdruck. Die Augen blickten nun nicht mehr traurig und melancholisch drein, sondern blitzten jetzt verschwörerisch.
Die Falten auf der Stirn verschwanden. Die Nasenflügel zuckten leicht. Und der Mund verwandelte sich zu einem diabolischen Grinsen.
Diesen Gesichtsausdruck hatte er so nur bei einer Person bisher gesehen: Bei seiner Stiefmutter.
Und nun wusste Tom, dass er Recht damit gehabt hatte, dass der Film noch schlimmer werden würde.
Denn die folgenden Szenen würden sich für den Rest seines Lebens in seinen Kopf brennen und ihn nie wieder loslassen. Der schon verstörende Mord an seinen Vater war nichts gegen das, was jetzt passieren würde.
Tom hatte nun aufgehört, Darina zu ohrfeigen und bewegte seine Hand jetzt vom Gesicht abwärts weiter nach unten. Streichelte sanft ihre Brüste, fuhr ihr über den Bauch bis hin zu ihrer Jeans und begann, ihr den Gürtel zu öffnen, den Blick die ganze Zeit über in ihre vor Schreck geweiteten Augen gerichtet.
»Nein«, hauchte sie, »Nein Tom, bitte nicht! Bitte al-

les, nur das nicht!«
Es war nicht mehr als ein leises Flüstern gewesen. Kaum wahrnehmbar. Darina schien am Ende ihrer Kräfte zu sein. Sie konnte nicht mehr. Ihr Atem ging nur noch stoßweise und viel zu schnell, jetzt nur nicht mehr aufgrund des Laufens, sondern aus purer Angst vor dem, was nun passieren würde.
»Du geile Schlampe!«, zischte Tom, als er den Knopf ihrer Jeans öffnete und ihr anschließend die Hose herunterzog. Nachdem er noch ihre Sneaker aufgeschnürt und von den Füßen förmlich gerissen hatte, streifte er ihr die Hose komplett von den Beinen.
Darinas Atem ging immer schneller und war kurz davor, in ein Hyperventilieren überzugehen. Ihre Augenlider flatterten, sie blinzelte viel zu oft.
Tom beugte sich wieder über sie, ging mit der Hand unter ihr T-Shirt, streichelte ihren Bauch, küsste sanft ihre Wange.
Wobei das Adjektiv ‚sanft' wahrscheinlich noch nie so sehr in den Dreck gezogen wurde wie in dieser Situation.
Dann griff er nach dem Reißverschluss ihrer graublauen Sweatshirtjacke und zog ihn in einem Ruck nach unten. Ohne Mühe und vor allem ohne Gegenwehr der mittlerweile wie betäubt wirkenden Darina konnte er sie von dem Zipper befreien.
Anschließend zog Tom ihr Shirt nach oben, befahl Darina ihre Arme zu strecken, was sie auch sofort und ohne zu zögern tat, damit er es ihr vom Oberkörper streifen konnte.

Sie lag jetzt nur noch in Unterwäsche auf dem kalten Waldboden, den Mund leicht geöffnet, jedoch unfähig, auch nur einen Ton herauszubringen oder gar um Hilfe zu schreien.
Sie hatte eine starke Gänsehaut bekommen und zitterte am ganzen Leib, wofür die kalte Luft sicherlich nicht die einzige Ursache war.
Man sagt, im Angesicht des Todes sei man unfähig, zu handeln oder zu sprechen. Lediglich die lebensnotwendigen Körperfunktionen reagierten noch.
Das konnte Darina nun bestätigen, denn dem Tod, dem blickte sie in dieser Sekunde direkt in die Augen.
Der Tod, ihr Untergang, ihre Vernichtung, ihr bester Freund.
Sie war schön, das konnte man nicht abstreiten. Auch Tom erkannte das. Ihr flacher Bauch, die perfekte Bikinifigur, die schmale Taille, ihre langen Beine, die großen Brüste. Ein echtes Traummädchen, das gleich ihr schreckliches Schicksal ereilen sollte...
Tom drehte sie auf die Seite und griff nach dem Verschluss ihres BHs, den er innerhalb von Sekunden mit nur einer Hand aufschnappen lies. Darina zeigte nach wie vor nicht den Hauch von Gegenwehr. Sie war wie paralysiert, in Schockstarre eingefroren, selbst als Tom den BH von ihr herunternahm und anfing, ihre Brüste zu massieren. Sie lies es über sich ergehen, atmete nur noch, die Augen waren bereits tot; der Glanz darin erloschen.

23

Tom lies seinen eiskalten Blick ununterbrochen auf dem nackten, gebrochenen Mädchen unter ihm ruhen, als er sich sein eigenes T-Shirt über den Kopf zog. Er war wie im Tunnel. Dachte überhaupt nicht mehr nach. Handelte, ohne zu überlegen. Folgte nur seinen Trieben.

Und würde sich nun das holen, worauf er so lange gewartet hatte. Was hatte er schon zu verlieren? Er war ohnehin schon ein Mörder, zumindest in den Augen der Gesellschaft und in denen des Richters. Da konnte er sich doch wenigstens noch etwas Spaß gönnen.

Das Shirt lag auf dem Boden, nun löste er die Schleife an seinen Schuhen und kickte sie von sich. Danach machte er den Knopf seiner Hose auf und zog sie herunter. Er stand jetzt nur noch in Boxershorts da, unter der sich bereits eine dicke Beule abzeichnete.

Er kniete sich wieder zu Darina, die zum ersten Mal seit einigen Minuten, abgesehen von dem Heben und Senken ihres Brustkorbs, ein Lebenszeichen von sich gab: Eine Träne rollte über ihre rechte Wange.

Tränen der Angst und des Todes.

»Baby, nicht weinen, gleich werden wir beide noch ein bisschen Spaß miteinander haben. Du willst es doch auch, gib es zu!«, tröstete Tom sie und wischte ihr mit einer Hand die Träne weg.

Zog ihr unmittelbar danach den Slip von der Hüfte.

Und entledigte sich danach seiner eigenen Unterhose.
»Du bist so heiß!«, flüsterte er ihr ins Ohr, als er mit seinem Penis hart in sie eindrang.
Darina zuckte zusammen.
Lies ein Stöhnen entweichen.
Ein Stöhnen voller Schmerz.
Tom begann sie zu küssen, erst zart den Mund, dann etwas fester am Hals, massierte ihre harten Brustwarzen, während er mit harten Hüftbewegungen seinen Trieben nachging.
Aus den Winkeln von Darinas Augen kullerten nun immer wieder einzelne Tränen, ohne dass das Mädchen ein Schluchzen oder Wimmern vernehmen lies.
Sie lies die Vergewaltigung über sich ergehen.
Kommentarlos.
Einfach so.
Psychisch war sie ohnehin schon nicht mehr am Leben.
Tom begann erneut, ihre Brüste zu massieren, saugte an ihren Nippeln, während seine Bewegungen immer schneller und lustvoller wurden. Er spürte das Blut durch seinen ganzen Körper rauschen, spürte den Druck in seinem Penis, sein Atem ging schneller.
Auch Darinas Puls war wieder schneller geworden, ihr Atmen lauter. Tom hatte anscheinend buchstäblich den richtigen Punkt gefunden und lächelte teuflisch, als sie zu stöhnen begann.
»Ja, das gefällt dir, nicht wahr? Du hattest es ziemlich nötig, hmm? Aber dafür bin ich ja jetzt da«, sagte er.
Seine Stöße wurden immer heftiger, schneller, Darina

stöhnte immer lauter, ein Stöhnen voller Verzweiflung, das Stöhnen eines gebrochenen Mädchens.
Dann war es endlich vorbei.
Als Tom sein Glied herauszog, lag sie wimmernd auf dem Boden. Die Schmerzen, die sie spüren musste, mochte man anhand ihres verzerrten Gesichts nur erahnen.
Er beugte sich zu ihr herunter.
»Du bist so schön«, flüsterte er ihr abermals ins Ohr.
Darinas Mimik zeigte nur ein Gefühl: Ekel.
Mittlerweile war sie jedoch unfähig, ihre Gefühle in Worte auszudrücken. Oder überhaupt etwas zu sagen. Sie war komplett traumatisiert. Sogar jetzt, als Tom sich wieder seine Klamotten anzog und sie gar nicht beachtete, nutzte sie den Moment nicht, um zu fliehen. Sie blieb einfach liegen.
Tot.
Und doch noch am Atmen.
Tom hatte sich inzwischen wieder vollständig angekleidet und war nun im Begriff, die Sache zu Ende zu bringen. Er schaute sich um. Sah den dicken, stabilen Ast zwei Meter weiter auf dem Boden liegen. Griff danach ...
Sie wehrte sich nicht, als er das Stück Holz auf ihren Kopf niedersausen ließ. Das darauffolgende Knacken und Bersten musste man noch in einem Kilometer Entfernung gehört haben.
Ob es jedoch vom Holz oder von Darinas Schädeldecke verursacht wurde, war nicht mit Sicherheit zu sagen. Sie schien jedoch noch am Leben zu sein, trotz

der immensen Platzwunde auf ihrer Stirn.
Beim zweiten Schlag brach der Ast entzwei. Er schien wohl schon etwas morsch gewesen zu sein.
»Ach verdammt!«, fluchte Tom. Dann erst bemerkte er den Gegenstand in seiner Hosentasche.
Das Messer. Er hatte völlig vergessen, dass er es noch eingesteckt hatte.
Er nahm es heraus und umschloss den Griff mit seiner Faust. Wie gut es sich doch anfühlte. Die angenehme Wärme, die es ausstrahlte. Die Sicherheit, die es bot.
Und zugleich ein tödliches Werkzeug, das Darinas tragisches Schicksal nun endgültig besiegelte.

24

Tom saß wie erstarrt in seinem Sessel und starrte auf den Bildschirm, wo in dieser Sekunde der Abspann des Films lief.
Sein Herz raste, er schwitzte, und doch lief ihm ein eiskalter Schauer den Rücken hinunter.
Was zum Teufel hatte er sich da gerade angesehen??
Ihm war völlig klar, dass er gerade nur einen Film gesehen hatte, eine reine Inszenierung seiner Stiefmutter, die nur dazu diente, ihn fertig zu machen.
Er wusste es. Und doch zweifelte er keine Sekunde daran, dass dieser Film real war. Es konnte gar nicht anders sein. Die Schauspieler sahen ihm, seinem Vater und Darina nicht nur ähnlich, die Personen auf dem Bildschirm, das *sind* sie gewesen! Nicht nur das äußere Erscheinungsbild, auch die Gangart, die Mimik, die Gestik, die Art zu sprechen, es hatte alles gepasst. Selbst das Haus, das war keine Nachbildung der einzelnen Räumlichkeiten, das war definitiv *sein* Haus, *sein* Zimmer und *sein* Garten!
Tom dachte an seinen Vater. Die Bilder gingen ihm nicht aus dem Kopf. Wie er dort in dem Sessel lag mit aufgeschlitzter Kehle. Wie er an dem Baum hing, leblos. Diese Botschaft auf seiner Brust, die *er* geschrieben hatte. Das Messer. Das ganze Blut.
Dann Darina. Ihre Augen, die die Panik förmlich ausgestrahlt hatten, ihre verzweifelten und doch chan-

cenlosen Versuche, um ihr Leben zu rennen. Ihr nackter Körper, der tot aber dennoch atmend auf dem Waldboden lag.
Er würde ihr nie wieder in die Augen sehen können, sollte er hier jemals lebend wieder rauskommen, das wusste er.
Falls Darina in der Realität überhaupt noch lebte. Oder sein Vater. Oder irgendjemand, der ihm wichtig war.
Tom schüttelte langsam und ungläubig den Kopf, als er endlich aufzuhören begann, wie paralysiert den flimmernden Bildschirm anzustarren. Er würde Darina nie etwas tun. *Nie!* Sie musste Zuhause bereits genug unter häuslicher Gewalt leiden, wogegen Tom machtlos war, was ihn innerlich sehr frustrierte. Er tat bereits alles, dass ihr sonst niemand etwas tat und beschützte sie, als wäre sie seine kleine Schwester.
Er könnte es sich nie verzeihen, wenn er daran Schuld sein würde, dass ihr etwas zugestoßen wäre.
Und doch fand er keine Erklärung für das, was er sich gerade anschauen musste. Außer, dass reale Handlungen in der Vergangenheit mit Kamera aufgenommen sein mussten.
Er kam nicht dazu, noch weiter darüber zu grübeln. Denn in diesem Moment wurde der Fernseher schwarz und gleichzeitig ging in dem Raum das Licht an.
Lena trat herein.
»Und, wie fandest du ihn? Ich dachte, nach der sportlichen Anstrengung vorhin wäre ein Film genau das

Richtige. Du magst doch so gerne Thriller, oder? Der hier müsste genau nach deinem Geschmack gewesen sein.«

Die sarkastische Betonung in dem letzten Satz war nicht zu überhören. Tom ignorierte sie und starrte weiter an die Wand vor sich. Er wollte seine Stiefmutter, die in diesem Augenblick direkt hinter dem Sessel stand, einfach nicht sehen.

Er bemühte sich, ruhig zu bleiben und sich nichts anmerken zu lassen, stellte jedoch fest, dass ihre bloße Anwesenheit dafür sorgte, dass sein Atem schneller ging. Wut stieg in ihm auf, die sich nur mit Mühe unter Kontrolle bringen lies.

»War‘s das jetzt? Kann ich schlafen gehen? Ich bin müde«, sagte er stattdessen, um bloß nichts über seine wahren Gefühle preiszugeben. Lena sollte auf keinen Fall merken, dass sie mit dem Film genau das erreicht hatte, was sie erreichen wollte: Ihn zu zermürben, ihn fertig zu machen.

»Deine Spiele werden langsam langweilig. Wie wäre es mit einer Partie ‚Mensch-ärgere-dich-nicht‘? Und der Film war ganz okay. Hab aber schon bessere gesehen.«

Mit einem Schritt war Lena bei ihm und packte ihn grob an den Schultern.

»Dir wird das Lachen schon noch vergehen, Dreckskerl. Aber dir wird langweilig, sagst du? Nun, dann wollen wir doch mal dafür sorgen, dass sich das in Zukunft ändert. Und bis dahin ...«

Sie fing an, ihn zu würgen. So unerwartet, so plötzlich,

dass Tom keine Chance hatte, noch rechtzeitig zu reagieren und sich zu wehren. Ihre Hände waren wie ihr Herz: Eiskalt. Ihr Griff von erstaunlicher Intensität. Der Druck auf seiner Kehle wurde stärker und stärker. Er spürte, wie ihm schwindlig wurde.

Dann brach er zusammen und blieb bewusstlos auf dem kalten Betonboden liegen.

»... schlaf gut!«, beendete Lena ihren Satz.

25

Als Tom wieder zu sich kam, war er von tiefer Dunkelheit umgeben. Er setzte sich auf, sah sich um und bemerkte, dass er sich wieder in seinem Verließ befinden musste. Jedenfalls ließ das kleine Kellerfenster schräg über seinem Kopf, durch das ein klein wenig silbriges Mondlicht schimmerte, diesen Schluss zu. Lena hatte ihn also wieder hier herein geschleppt, nachdem sie ihn bewusstlos gewürgt hatte.

Er stand auf, um seine von der mehr schlecht als rechten Unterlage, mit der er sich sein Lager errichtet hatte, verspannten Muskeln zu lockern.

Doch beim Strecken durchfuhr ihn ein stechender Schmerz. Seine Liegeposition schien nicht besonders vorteilhaft für den Körper gewesen zu sein. Er war komplett verspannt. Auch bemerkte er in diesem Moment, dass ihm das Atmen noch ein klein wenig schwer fiel und das Schlucken schmerzte. Wahrscheinlich war sein Hals voller blauer Flecken und Striemen.

Er setzte sich wieder hin und suchte sich eine halbwegs bequeme Position, in der es sich aushalten ließ, ohne dass er Schmerzen verspürte.

Plötzlich fiel ihm auf, dass er komplett von Stille umgeben war. Nicht, dass das etwas Ungewöhnliches in einem Kellerraum war, aber sonst hatte er immer, wenn auch weit entfernt und auch nur, wenn er ganz

leise war, Lena gehört, wie sie an irgendetwas herumhantierte, ihre Schritte auf den knarrenden Dielen, oder zumindest eine zuschlagende Tür.
Aber jetzt hörte er, auch wenn er sich noch so sehr konzentrierte, absolut gar nichts. Eine beunruhigende Stille. Es kam ihm vor, als könne er sein eigenes Blut rauschen hören, wenn er sich stark genug darauf konzentrierte. Das war wahrscheinlich nur Einbildung, aber Tom wusste bald ohnehin nicht mehr, was von dem, was er in der letzten Zeit alles durchgemacht hatte, noch Realität und was bereits Einbildung war.
Er dachte nach. Was hatte Lena zuletzt gesagt, bevor sie ihn ins Reich der Träume geschickt hatte?
‚Dir ist langweilig? Dann wollen wir das doch mal ändern‘, oder so ähnlich? Was hatte sie damit gemeint? Ihm war, als hätte sie ihm mit seinen Aussagen davor auf eine eher spontane Idee gebracht.
Bereitete sie etwa ein neues Spiel vor? War sie in die nächste Stadt gefahren (Wo auch immer die sein mochte?) und besorgte neue Lebensmittel?
Tom kam nicht dazu, irgendeine der Thesen logisch zu begründen. Er war immer noch müde. Das Adrenalin der letzten Stunden hatte ihm viel Kraft geraubt und der Film steckte ihm nach wie vor in den Knochen, brachte ihn zum Grübeln und hielt ihn vom Schlafen ab.
Zwischendurch horchte er immer wieder, ob seine Stiefmutter eventuell wiedergekommen war, doch er vernahm keinerlei Geräusche. Igendwann schlief er vor Erschöpfung dann doch wieder ein.

Ein lautes Poltern ließ Tom aus seinem Schlaf hochschrecken. Er konnte nicht genau sagen, woher es kam, meinte aber, auch das Knarzen der Treppenstufen vor der Veranda vernommen zu haben.
Allerdings...lauter als sonst und in viel kürzeren Abständen. So als würden *zwei* Menschen die Stufen empor steigen.
Er blickte verwirrt um sich. Die Lichtverhältnisse um ihn herum hatten sich nicht geändert, draußen schien es immer noch dunkel zu sein, bis auf das fahle Mondlicht. Lange geschlafen hatte er also nicht.
Tom hörte die beiden Personen miteinander reden, oder vielmehr hörte er, wie sie sich anschrien. Durch das Poltern ihrer Schuhe konnte er allerdings nicht ausmachen, wem die zweite Stimme gehörte, vorausgesetzt, bei der anderen Person handelte es sich überhaupt um Lena.
Das Quietschen der Kellertür erklang, und nun konnte Tom die Geräusche deutlicher vernehmen. Allerdings schwieg die zweite Person nun. Wahrscheinlich wurde sie, genau wie Tom, mit einer Pistole von Lena bedroht, deren Stimme er nun dank ihrer knappen Befehle - »*Da runter!*« - eindeutig identifizieren konnte.
Die Schritte kamen näher, bis sie schließlich stehen blieben. Vor seiner Tür. Lena steckte den Schlüssel in das Loch und drückte die Tür auf. Schlagartig kam Licht vom Flur in den bis dahin völlig dunklen Raum, sodass Tom, völlig geblendet vor der plötzlichen Helligkeit, die Augen mit den Händen abschirmen musste.

Als sich seine Augen nach ein paar Sekunden einigermaßen an die Lichtverhältnisse gewöhnt hatten, blieb ihm buchstäblich der Mund offen stehen, als er sah, wer dort vor seiner Stiefmutter im Türrahmen stand.
In diesem Augenblick wusste er nicht, ob er geschockt und niedergeschlagen sein sollte, weil diese Person nun hier mit ihm gefangen war, oder eher froh, dass sie überhaupt noch lebte.
Darina hatte die Augen gesenkt und wehrte sich nicht, als Lena sie von hinten in den Kellerraum stieß und die Tür wieder zuschloss.
»Tut mir leid, dass du damit reingezogen wirst«, murmelte Tom zur Begrüßung. Etwas Besseres fiel ihm momentan nicht ein.
Darina zuckte erschrocken zusammen und riss die Augen auf. Sie hatte gar nicht bemerkt, dass sich noch eine weitere Person in diesem Raum befand.
»Tom?! Aber ... was ...?«, stammelte sie und bekam vor lauter Stress keinen vernünftigen Satz heraus.
»Ich dachte, sie hätte dich schon längst umgebracht!«, schluchzte sie und warf sich Tom in die Arme.
Dankbar, nun endlich Gewissheit darüber zu haben, dass zumindest dieser Teil des abscheulichen Films nicht echt gewesen war, erwiderte er die Umarmung.
»Geht es dir gut? Hat sie irgendetwas angetan?«
»Nein, alles in Ordnung. Wirklich. Sie stand plötzlich auf einmal hinter mir. Ich hatte gerade einen Spaziergang gemacht, als ich plötzlich etwas Hartes in meinem Rücken spürte. Wahrscheinlich den Lauf einer

Pistole. Dann beugte sie sich zu mir vor und flüsterte mir ins Ohr, ich solle keine Dummheiten machen, bloß die Klappe halten und mit ihr mitkommen. Sonst ... sonst würde sie mich erschießen. Ich hab getan was sie verlangt hat. Ich hatte einfach nur eine scheiß Angst. Sie hat mich dann zu irgendeinem verlassenen Parkplatz gebracht, mich gefesselt und mir so ein dreckiges Tuch in den Mund gestopft. Dann musste ich mich auf die Pritsche hinten ...«

» ...von einem Geländewagen legen und wurdest mit einer großen Plane bedeckt«, vollendete Tom ihren Satz.

»Ja genau! Woher weißt du das? Naja egal, die Fahrt dauerte eine gefühlte Ewigkeit und als wir angehalten haben und sie mich von den Fesseln losgemacht hat, waren wir hier in diesem Wald, ein paar hundert Meter von dem Haus hier entfernt. Da hörte dann die Straße auf. Die blöde Kuh hat mich dann gezwungen, mitzukommen und mich hier in den Keller gescheucht. Tja, und jetzt bin ich hier. Hast du vielleicht eine Ahnung, was das ganze hier soll?«

Tom schüttelte den Kopf. »Nein, ich weiß auch nicht, was Lena mit mir ... mit uns ... vorhat. Aber so wie es aussieht, hat sie irgendwie mitbekommen, dass ich ihre geheime Folterkammer entdeckt habe, deren Existenz mir ja *jemand ...*«, er warf Darina einen vorwufsvollen Blick zu, » ...nicht glauben wollte.«

Sie senkte den Kopf. »Es tut mir leid. Aber ... aber was hat sie denn jetzt vor? Wenn sie dich loswerden will, weil du etwas gesehen hast, was du nicht sehen solltest; Warum ... warum erschießt sie dich dann nicht einfach? Und warum entführt sie *mich*?? Ich hab doch die ganze Zeit über geglaubt, du würdest dir da nur etwas zusammenreimen.«

»Was du hier machst, weiß ich auch nicht. Aber du kennst doch meine Stiefmutter. Ich glaube, sie will mich leiden sehen, mich bestrafen. Für sie ist das alles ein Spiel. Ich wusste ja, dass sie ein Psycho ist, aber dass sie so krank ist ...«

Und dann erzählte er Darina von seiner ersten Aufgabe im Wald, von dem Wildschwein, wie die Zeit immer knapper wurde, wie es plötzlich anfing zu regnen, er in die Höhle flüchtete und schon fast aufgegeben hatte. Wie er dann die Vogelzeichnung an der Steinwand entdeckt hatte, und dass Lena ihn reingelegt hatte mit der Zeit. Dabei deutete er auf seine Wunde, die der Streifschuss verursacht hatte.

»Ach du ... Diese Frau ist doch krank!«

»Gut beobachtet«, entgegnete Tom trocken.

Eine Weile lang schwiegen sie. Jeder hing seinen Gedanken nach und starrte in das dunkle Nichts des Kellerraums.

»Was glaubst du, was sie mit uns noch vor hat?«, brach Darina nach einiger Zeit das Schweigen.

»Ich habe absolut keine Ahnung. Wir müssen irgendwie versuchen ... stärker zu sein als sie. Keine Angst zu zeigen. Denk daran, wenn sie uns hätte umbringen wollen, hätte sie es längst getan«, versuchte er, mehr sich selbst als Darina Mut zu machen.

»Aber wozu dieser Aufwand, wenn sie uns nicht töten

will? Damit riskiert sie doch, dass die Polizei ihr auf die Schliche kommt, wenn wir hier irgendwann wieder rauskommen und alles erzählen«, sprach sie das aus, was Tom bereits die ganze Zeit über gedacht hatte.

»Du, sag mal ...«, wandte er sich nun direkt an das Mädchen und blickte ihr direkt in die Augen, »glaubst du, ich könnte eine Bedrohung für dich sein und dir etwas antun?«

Irritiert von dieser Frage legte Darina die Stirn in Falten und sah ihn verdutz an.

»Was?! Nein. Niemals! Spinnst du? Was soll die Frage?«

Tom mied ihren durchbohrenden Blick und wich mit einem »Ach nichts, war nur so ein Gedanke« aus.

Er würde ihr vorerst nichts von dem Film erzählen. Er konnte es einfach nicht, er wusste selbst nicht warum.

Leicht verwirrt schüttelte Darina den Kopf. »Ohne dich hätte ich mich doch wahrscheinlich schon längst aufgegeben«, murmelte sie und versuchte, die Tränen zu kaschieren, die ihr bei diesen Worten über die Wange rollten.

Doch Tom hatte die leichte Vibration in ihrer Stimme gemerkt, beugte sich vor und strich ihr sanft über die feuchte Wange, um die Tränen wegzuwischen.

»Wir sollten uns jetzt ausruhen. Damit wir bereit sind für ... was auch immer uns da morgen erwarten wird.«

Mit diesen Worten legte er sich auf sein provisorisches Lager und machte es sich, so gut es die Unterlage eben zuließ, bequem, und schloss die Augen.

Nach ein paar Minuten merkte er, dass sie sich neben ihn gelegt hatte. Er drehte sich um und sah in der Dunkelheit die Umrisse ihres Körpers, sah, dass sie leicht zitterte.

Da Lena keine Bettdecke und kein Kissen für Darina gebracht hatte und er sich auch nicht erinnerte, in diesem Raum sonst etwas Brauchbares zum Schlafen gefunden zu haben, robbte er zu ihr hinüber, legte die Hälfte seiner Decke über sie und nahm sie ganz fest in den Arm.

»Ich lass nicht zu, dass dir hier etwas passiert«, flüsterte er leise in ihr Ohr.

Sie erwiderte nichts, umschloss aber seine Hand mit ihrer und zitterte jetzt nicht mehr ganz so stark.

Und in diesem Moment wusste Tom, warum er nicht aufgeben durfte, warum er sich seiner Stiefmutter nicht einfach unterwerfen und klein beigeben sollte, und warum er darauf hoffen musste, irgendwie diesem Monster zu entkommen.

Und der Grund dafür lag direkt neben ihm.

26

Sie wurden von einem lauten Scheppern und Klirren geweckt. Tom nahm an, dass Lena vermutlich den Frühstückstisch deckte (eine absurde, lächerliche Aktion, wenn man bedachte, dass sie sie entführt hatte), und sowohl sein knurrender Magen als auch ein Blick zum Kellerfenster, durch das ein paar Sonnenstrahlen hindurchdrangen, verriet ihm, dass es Zeit für eine Mahlzeit war.
Seine Vorahnung bestätigte sich, als wenige Minuten später die Tür zu ihnen aufgesperrt wurde.
»Frühstück ist fertig. Esst euch satt, es wird ein langer Tag heute werden«, zwinkerte sie. »Aber vorher«, rümpfte sie die Nase, »gönnt ihr euch mal eine Dusche. Ihr stinkt ja schlimmer als ein Pavianhegehe.«
Normalerweise hätte Tom über so einen Vergleich gelacht, aber im Moment war ihm danach nicht wirklich zumute.
Sie folgten Lena die Treppe hoch ins Erdgeschoss, wo sie ihnen das Bad zeigte, ein erstaunlich modern und hell eingerichteter Raum für ein Holzhaus mitten im Wald, fernab der Zivilisation.
Die Dusche tat wirklich gut. Sie befreite Tom ein wenig, so als würde das Wasser ihm die Sorgen einfach vom Körper wegspülen. Wenn es doch nur so einfach wäre ...
Als er sich mit einem Handtuch abtrocknete, bemerk-

te er, dass Lena ihm sogar frische Klamotten hingelegt hatte. Erstaunlicherweise passten sie wie angegossen.
In der Küche erwartete sie ein reichlich gedeckter Tisch, der so gut und gern als Werbefoto in einen Hotelkatalog gepasst hätte.
Lena wies sie an, sich zu setzen und setzte sich selbst ihnen gegenüber auf die Seite, die der Tür näher war, sodass die beiden keine Chance hatten, zu flüchten.
Als sie nichts sagte und sie nur ansah, griff sich Tom eines der Brötchen, schnitt es mit dem Messer auf und goss sich anschließend ein Glas Orangensaft ein.
Darina hingegen war noch unentschlossen, berührte seinen Arm und sah ihn mit flehendem, fragendem Blick an. Er nickte ihr aufmunternd zu, um ihr zu signalisieren, dass auch sie etwas essen sollte, woraufhin auch sie schließlich zögerlich in den Brötchenkorb griff.
Lena jedoch aß nichts und sah ihnen nur stillschweigend beim Kauen zu. Vermutlich hatte sie schon vorher gegessen, um die Situation nun ohne Ablenkung voll unter Kontrolle zu haben, so Toms Überlegungen.
Das Frühstück schmeckte tatsächlich genauso gut wie am Vortag, musste er zugeben.
Jedoch kam ihm irgendetwas seltsam vor. Etwas war anders als sonst, aber er kam einfach nicht darauf, was ihn da so störte. Vielleicht bildete er sich das auch nur ein. Sein Gehirn spuckte manchmal merkwürdige Gedankengänge aus, was sich in den letzten Stunden und Tagen angesichts der Umstände noch einmal um einiges gesteigert hatte.

Er sah hinüber zu Darina. Sie war etwas blass geworden und sehr still, außerdem zitterte sie wieder leicht, so als wäre ihr nicht gut. Er schaute zu Lena, aber der schien Darinas Verhalten nicht aufgefallen zu sein oder sie ignorierte es bewusst, jedenfalls starrte sie völlig ausdruckslos, fast schon gelangweilt, zu ihnen herüber.

Mit wachsender Beunruhigung aß Tom weiter, merkte jedoch auch nach einigen Bissen ein leichtes Unwohlsein in der Magengegend. Darina hatte inzwischen aufgehört zu essen, wie er aus den Augenwinkeln wahrnahm, und saß nur noch angespannt da. Außerdem atmete sie zu schnell.

Auch er merkte, wie sein Puls dabei war, sich zu beschleunigen. Er sah zu Lena herüber, deren Mundwinkel nun ein leichtes Zucken umspielte. Und da wusste er plötzlich, was ihn gestört hatte, und zeitgleich wusste er auch, dass ihm dies zu spät eingefallen war.

Die Fesseln.

Lena hatte nicht wie sonst seine Fußgelenke zusammengebunden, damit er nicht abhauen konnte. Dabei wäre dies gerade jetzt sinnvoll gewesen, wo nun auch noch Darina dabei war. Sie hatte es nicht getan, weil sie wusste, dass dies überflüssig sein würde. Weil ihre beiden Gefangenen ohnehin keine Chance zu flüchten gehabt hätten, nachdem sie ein paar Bissen zu sich genommen hatten. Fast schon genervt verdrehte Tom die Augen, als er realisierte, dass er innerhalb kürzester Zeit mehrmals von seiner Stiefmutter mit K.O.-

Tropfen außer Gefecht gesetzt wurde, die sie ihm ins Essen gemischt hatte.

War es der Orangensaft oder doch eine der Marmeladen, überlegte er noch, während es sich um ihn herum zu drehen begann. Das Bild seiner Stiefmutter vor ihm verzerrte sich, das Unwohlsein im Bauch wurde stärker.

Darina war neben ihm inzwischen schon zusammengesunken, wie er gerade noch feststellen konnte, bevor sich die Welt um ihn herum auch schon in ein dunkles, schwarzes Nichts verwandelte und ihm das Bewusstsein raubte.

27

Als Tom wieder zu sich kam, wusste er sofort, dass etwas anders war.
Er saß nicht mehr mit Darina am Frühstückstisch in der Küche, ganz abgesehen davon, dass er nicht mehr saß, sondern auf dem Boden lag. Auf einem sandigen, harten Boden.
Erde.
Kalte Erde.
Benommen setzte er sich auf, um zu schauen, wo er sich befand. Wo zur Hölle war er? Er konnte sich kaum auf die Umgebung konzentrieren, da er höllische Kopfschmerzen hatte. Wahrscheinlich hatte Lena ihn und Darina irgendwohin transportiert, auf der unbequemen Pritsche des Geländewagens. Das würde auch seine schmerzenden Glieder erklären.
Moment ... Darina?? Rasch drehte er den Kopf auf die Seite, stellte aber erleichtert fest, dass sie neben ihm lag und von den K.o. Tropfen – oder was auch immer Lena ihnen diesmal in das Essen getan hatte – noch nicht wieder aufgewacht war.
Tom beugte sich zu ihr herüber und rüttelte sie solange an der Schulter, bis sie endlich die Augen öffnete.
»Was ist ... Wo sind wir?«, fragte sie schlaftrunken und rieb sich die Augen, um erst einmal richtig wach zu werden.
»Ich habe absolut keine Ahnung«, gestand ihr bester

Freund und besah sich nun zum ersten Mal die neue Umgebung.
Er konnte nicht genau sagen, welche Tageszeit es aktuell war, es war jedoch noch hell, wie er mit einem Blick in den grauen, diesigen Himmel feststellte. Er schätzte, dass es gerade nachmittag sein musste, sie waren also einige Stunden unterwegs gewesen.
Sein allererster Eindruck hatte ihn zudem nicht getäuscht, sie lagen tatsächlich auf einem Weg, dessen Untergrund aus Sand und Erde bestand.
Als er sich umsah, bemerkte er, dass dieser etwa drei Meter breite Weg beidseitig von ebenso hohen Hecken gesäumt war. Er schaute nach links und rechts, konnte aber keine Unterbrechung in der Hecke ausmachen. Somit war dies auch schon alles, was er über ihren derzeitigen Aufenthaltsort in Erfahrung bringen konnte.
»Hey, komm mal her!«, rief ihm Darina zu, als er gerade aufgestanden war, um die meterhohe Wegbepflanzung zu untersuchen.
»Was ist denn?«
»Ich hab hier was gefunden«, sagte sie und hielt ihm einen Zettel hin. »Als ich mich gerade aufgesetzt habe, lag das hier neben mir. Ich muss wohl drauf gelegen haben.«
Findet heraus.
Mehr als diese zwei Wörter standen dort nicht. Tom drehte ihn auf die Rückseite.
Nichts.
»Findet heraus? Was soll das bedeuten? Was sollen

wir herausfinden?«
So langsam wurde Tom wütend. Das war doch wieder nur irgend so ein bescheuertes Spiel! Was sollten sie denn mit dieser Nachricht anfangen? In ihr fehlte ein Objekt; das, was sie herauszufinden hatten. Eine Sache, ein Gegenstand.
Ein Rätsel? Eine Antwort? Doch was sollte das sein? Hier gab es nichts außer Sand, Erde, kleine Steinchen und Hecken.
Er wandte sich erneut Letzterer zu, um zu sehen, was sich auf der anderen Seite befand.
Keine Chance.
Die Äste und das Blätterwerk waren so dicht angepflanzt worden, dass es unmöglich war, sich hindurchzuquetschen. Nicht einmal hindurchgucken konnte man, dazu war die Hecke zu breit.
»Du sag mal ... Mir ist da glaube ich gerade eine Idee gekommen.«
Darina hatte sich neben ihn gestellt, ohne dass er es bemerkt hatte. Er sah sie fragend an.
»Was ist, wenn mit der Botschaft gar nicht gemeint ist, dass wir die Lösung zu einem Rätsel herausfinden sollen ... Sondern, dass wir *hier raus* finden sollen. Also quasi den Ausgang.«
»Du meinst ...?«, betrachtete Tom nachdenklich die Hecken.
»Genau. Es scheint, als befänden wir uns in einem Labyrinth oder sowas. Und aus dem müssen wir herausfinden.«
»Du könntest tatsächlich Recht haben. Aber was

jetzt? Dieser Weg hier erstreckt sich nach beiden Seiten unendlich lang, und ich sehe nirgends eine Abzweigung.«
»Das werden wir sicherlich nicht herausfinden, indem wir hier tatenlos rumstehen bleiben«, sagte Darina und schritt in eine Richtung davon.
Tom blieb nichts anderes übrig, als ihr zu folgen, zumal er zugeben musste, dass er auch keine bessere Idee gehabt hätte.
Doch seine Befürchtungen sollten nicht unberechtigt bleiben. Auch nach einer halben Stunde Fußmarsch war ihnen nicht eine einzige Gabelung begegnet.
Es war, als wären sie die ganze Zeit auf der Stelle gelaufen.
»Und was jetzt? Weitergehen oder es in der anderen Richtung probieren?«
»Weiter!«, entschied Darina. »Bis wir auf eine Abzweigung treffen oder uns die Hecke wie eine Wand den Weg versperren wird. Außerdem hast du doch selbst gesagt, dass deine Stiefmutter dir bis jetzt keine unlösbaren Aufgaben gegeben hat. Wenn sie uns töten wollen würde, hätte sie uns längst abgeknallt. Ich habe fast das Gefühl, sie *will,* dass wir hier lebend herauskommen.«
»Darüber habe ich noch nie nachgedacht, aber es könnte stimmen, wenn ich so an die letzten Stunden und Tage zurückdenke. Genug Waffen hat sie auf jeden Fall dabei, und ich kann dir bestätigen, dass sie einwandfrei funktionieren.«
Er deutete auf seine Schusswunde. »Sie hätte mich je-

derzeit umlegen können. Die Leiche hätte man doch sowieso nie gefunden, so fernab jeder Zivilisation. Aber da gibt es einen Haken: Wenn sie tatsächlich wollen würde, dass wir hier irgendwie lebend wieder rauskommen, warum dann überhaupt das ganze Theater? Dann hätte sie uns doch nie zu entführen brauchen.«

»Ich habe nicht die leiseste Ahnung, Tommi«, gestand Darina. »Vielleicht werden wir darauf irgendwann eine Antwort erhalten, aber wenn wir hier herumstehen, wird sie sicherlich nicht zu uns geflogen kommen. Also los.«

Und so verstrichen die Minuten weiterhin in einem endlosen Marsch geradeaus. Wie auf einer Landstraße, die sich tausende Kilometer weit zog wie eine Schlange, rechts und links davon nichts als Felder, mit Glück alle paar Stunden mal eine Tankstelle am Straßenrand als visuelle Abwechslung.

Mit dem Unterschied, dass sich ihnen zu der Hecke nicht die geringste Abwechslung bot. Sie waren gefangen in einem scheinbar unendlichen Labyrinth.

Doch ihre Mühe sollte nicht vergebens sein, nach über einer Stunde Fußmarsch standen sie endlich vor einer Gabelung. Beide Wege verliefen wieder scheinbar endlos weit.

»Und was nun?«

»Links!« antwortete Darina bestimmt, die sich wohl dazu entschieden hatte, die Führung zu übernehmen.

Tom vertraute ihr. Seine beste Freundin hatte einen guten Instinkt und ihr Bauchgefühl führte sie bei

wichtigen Entscheidungen meistens auf den richtigen Weg.
Er hoffte, dass diese Metapher auch buchstäblich galt und die linke Abzweigung die bessere Wahl war.
Tatsächlich brauchten sie diesmal nicht allzu lange zu laufen, bis sich auf der rechten Seite im dich- ten Gewirr der Äste eine Lücke auftat und eine Abbiegung freigab.
Sollten sie nun den Weg weiter geradeaus gehen oder sich rechts halten?
Darina sah Tom fragend an und er begriff, was sie von ihm wollte. Wenn sie hier heraus wollten, mussten sie zusammenarbeiten. Wenn nur einer allein die Entscheidungen traf, würden sie irgendwann scheitern oder sich in Diskussionen verrinnen. Oder beides.
Er atmete tief durch und wählte dann die Abzweigung. Diese zog sich immerhin nicht so linealgerade wie der bisherige Weg, sondern wand sich zwischendurch immer wieder kurvig wie eine Schlange.
Als sie erneut einige Minuten still nebeneinander her gegangen waren, brach Darina das Schweigen.
»Duu?«
»Hmmm..?«
»Ich hab gerade nachgedacht. Deine Stiefmutter wird uns hier doch sicherlich nicht hergeschickt haben, damit wir hier ein paar Kilometer laufen müssen und dann heil und unversehrt den Ausgang finden wie in einem Maislabyrinth. Ist dir aufgefallen, dass es allmählich dunkel wird? Der Wind hat auch zugenommen. Und ich weiß nicht wie es dir geht, aber ich krie-

ge langsam echt Durst. Ich habe wirklich kein Problem damit, stundenlang zu laufen, aber was machen wir in der Nacht? Ich weiß, ich sollte keine Panik verbreiten, aber ... irgendwie habe ich das Gefühl, dass wir hier nicht alleine sind.«

Tom blieb abrupt stehen legte seinen Kopf in den Nacken.

»Du hast Recht«, murmelte er nach einigen Sekunden, »es beginnt tatsächlich zu dämmern. Und ja, ich könnte langsam auch etwas zu Trinken vertragen.«

Er sah ihr in die Augen. »Aber denk daran, wenn Lena uns hätte töten wollen, hätte sie uns nicht hierhin geschickt, damit wir verdursten. Komm weiter! Irgendetwas sagt mir, dass es hier noch mehr zu sehen gibt, als einen Sandweg und kilometerlange Hecken.«

Und er sollte Recht behalten. Kurz darauf weiteten sich die Hecken und vor ihnen tat sich eine Art kleine Lichtung auf, in deren Mitte tatsächlich ein altertümlicher, beinahe schon kunstvoll verzierter Brunnen stand.

Als sie einen Blick hineinwarfen, stellten sie erfreut fest, dass er sogar Wasser beinhaltete. Einige Fische schwammen darin und aus der Umgebung hörte man immer wieder Froschquaken.

Es war eine fast schon idyllische Atmosphäre, wären die Umstände nicht so extrem bizarr.

Gierig beugten sie sich über den Rand und schöpften mit ihren Händen das Wasser, welches erstaunlich sauber und somit einigermaßen trinkbar war.

»Du, schau mal! Siehst du das dort?«, rief Darina auf

einmal und zeigte auf die große Statue, die inmitten des runden Brunnens thronte und aus der normalerweise das Wasser fontänenartig in die Höhe schoss.
Sie zeigte einen alten Mann mit einem langen Vollbart und einer kranzartigen Kopfbedeckung. Vermutlich irgendeine Gottheit, die jedoch keiner von ihnen beiden identifizieren konnte.
Die Pumpe des Brunnens war allerdings ausgestellt, sodass er nun lediglich als hübsche Verzierung diente.
»Was meinst du?«, fragte Tom.
»Siehst du das nicht? Da liegt doch etwas in seinem Arm. So ein kleines Säckchen.«
Er kniff die Augen zusammen, um in der längst angebrochenen Dämmerung besser sehen zu können.
Zunächst hielt er es für einen Wasserfleck, erkannte dann aber, dass es tatsächlich eine Art Jutebeutel war, den der alte Mann in seiner Armbeuge hielt.
»Tatsächlich, du hast Recht. So 'ne kleine Tasche hält der da. Wie die hier wohl hingekommen ist …«
Er sah Darina an, Darina sah ihn an.
Sie nickte herüber zu der Statue, die inmitten des Brunnens stand und blickte Tom dann direkt in die Augen. Legte den Kopf ein wenig schief und fing an, mit den Augen zu klimpern.
»Jaja, ist ja schon gut, hab‘s kapiert«, entgegnete Tom entnervt und machte sich schon mal daran, seine Hosenbeine hochzukrempeln, während er doch ein Grinsen unterdrücken musste.
Das Wasser war eiskalt aber Gott sei Dank nicht sehr tief. Es reichte ihm nicht einmal bis zu den Knien.

Dank der nicht gerade sommerlichen Temperaturen fing Tom jedoch schnell an zu zittern und beeilte sich, durch das Wasser zu waten.

Er entnahm der Statue - eventuell Zeus, wie er bei näherer Betrachtung vermutete, sicher war er sich jedoch nicht – den Stoffbeutel und legte die knapp zwei Meter zum Brunnenrand in Rekordzeit zurück.

Gemeinsam mit Darina öffnete er ihren Fund, der erstaunlich leicht war. Im ersten Moment dachten sie schon, er wäre leer, doch als sie ihn schüttelten, hörten sie ein leises Rascheln.

Tom drehte den Beutel um und schüttelte ihn, bis die darin enthaltenen Gegenstände herausfielen.

Als sie sahen, worum es sich dabei handelte, schauten sie sich verwirrt an. Ihre Mienen zeigten ein einziges Fragezeichen.

In der Tasche hatte sich nichts befunden außer einer Streichholzschachtel und einer Packung Papiertaschentücher.

Wie bei ‚Tribute von Panem', dachte Tom und erinnerte erneut sich an den berühmten Film, wo es bei den Hungerspielen auch Rucksäcke mit verschiedenen Items von unterschiedlichem Wert gab.

Anscheinend hatten sie gerade das nutzloseste Stück erhalten.

Tom erwartete schon, in der Ferne einen Kanonenschlag zu hören und wunderte sich im selben Augenblick über seinen makabren Sinn für Humor, da dieses Zeichen in den Hungerspielen das Signal dafür war, dass einer der Wettkämpfer eliminiert worden

war.
Nur wie sollten ihnen diese zwei Gegenstände in ihrer Situation in irgendeiner Art und Weise behilflich sein?
Sie kamen auf alle möglichen absurden Ideen, etwa darauf, dass sie die Taschentücher verbrennen lassen sollten, um mit dem daraus entstehenden Rauch auf sich aufmerksam zu machen. Was im Nachhinein betrachtet natürlich völliger Quatsch war.
Auch dachten sie, die einzelnen Zündhölzer dazu zu nutzen, ihren Weg irgendwie zu markieren, um eine bessere Orientierung zu haben, ähnlich wie Hänsel es in dem Märchen mit Brotkrumen getan hatte.
Der entscheidende Denkimpuls kam schließlich von Tom selbst, dessen Hunger sich zu Wort meldete, indem sein Bauch ein klägliches Grummeln vernehmen lies.
Sie sahen sich gegenseitig an und blickten fast gleichzeitig in den flachen Brunnen, in dem es von Fischen nur so wimmelte.
»Meinst du wir sollten …?«, setzte Tom an.
»Jepp, ich meine. Ich hab nämlich auch Hunger und zufällig schwimmt direkt vor uns eine sehr gute Eiweiß- und Proteinquelle.«
»Das seh ich auch, aber wie willst du dir da einen Fisch fangen? Mit einem der Streichhölzer oder was?«
Es war kein Scherz gewesen und Darina verdrehte auch nur die Augen, sah ihn mit einem vorwurfsvollen Blick an und deutete auf die Hecke hinter sich.
Tom begriff, was seine beste Freundin vor hatte und

suchte sich aus dem Buschwerk einen möglichst langen und stabil aussehenden Zweig aus, um diesen dann abbrechen zu können.
Nach einigem Hin- und Herbiegen, Drehen und Reißen hatte er endlich ein passables Exemplar in der Hand.
»Du kannst dich ja in der Zwischenzeit mal nützlich machen und Feuerholz sammeln, während ich uns das Abendessen fange«, entgegnete Darina, nachdem er ihr den Stock gereicht hatte, mit dessen spitzen Ende sie nun versuchte, zwei Fische für sie beide aufzuspießen.
Eine knappe halbe Stunde später waren genug Stöcker aus der Hecke herausgebrochen, um damit ein kleines Lagerfeuer machen zu können.
Darina hatte es mit viel Geduld und Fingerspitzengefühl tatsächlich geschafft, zwei der erstaunlich flinken Fische mit der provisorischen Angel aus dem Brunnen zu holen.
Gemeinsam nahmen sie den Tieren die Innereien aus, was erstaunlich gut klappte, und bedankten sich dabei bei ihrem Biologielehrer, der in den letzten Wochen dem Jahrgang das Sezieren nähergebracht hatte.
Die Taschentücher boten ihnen anschließend eine gute Grundlage, um ein Feuer entfachen zu können und tatsächlich fingen die ersten Zweige nach einigen Minuten an zu glühen.
Als sie ihre Fische schließlich über den Flammen brieten, brach die Dunkelheit und damit auch die Nacht über sie herein.

Sie suchten sich ihren Schlafplatz im Windschatten des Brunnens.
Nicht nur hatte das leise Plätschern des Wassers, das durch die Schwimmbewegungen der Fische verursacht wurde, eine beruhigende Wirkung, auch bot der große Steinkomplex einen einigermaßen guten Schutz gegen den immer stärker aufkommenden Wind, der durch die zugigen Gänge des Labyrinths heulte und der Szenerie eine beinahe schon gespenstische Atmosphäre verlieh.
Irgendwann schliefen sie trotz der kühlen Temperaturen ein, nichts ahnend, dass sie durch die dichten Sträucher schon lange beobachtet wurden.

28

»Wir sollten uns den Platz hier merken, damit wir immer hierher zurückkehren können, falls wir im Laufe des Tages nichts zu Essen finden.«
Die Nacht war ohne sonderbare Ereignisse verlaufen. Zwar hatte sie die Ungewissheit, was dort draußen noch alles auf sie wartete, noch einige Zeit wach gehalten, jedoch schliefen sie aufgrund des Stresses dann doch noch ein.
Übermüdet und mit schmerzenden Gelenken waren sie am nächsten Morgen mit dem Sonnenaufgang aufgewacht und hatten sich - was blieb ihnen auch anderes übrig? - erneut Fisch zum Frühstück gebraten.
Die restlichen Taschentücher und Streichhölzer hatten sie mitgenommen, wer wusste schon, wozu die noch einmal nützlich sein würden.
Dann hatten sie die Glut notdürftig mit Sand aus dem erdigen Boden gelöscht und sich dann auf den Weg gemacht, in die entgegengesetzte Richtung und damit weg von dem Brunnen, der einzige Orientierungspunkt in diesem Wirrwarr aus Pflanzen, der sich ihnen bis jetzt geboten hatte.
»Sehe ich auch so«, pflichtete Tom ihr bei, »hier haben wir wenigstens noch ein wenig Nahrung, die uns auch buchstäblich nicht weglaufen wird.«
Es würde ein anstrengender Tag werden. Der Wind war fast vollständig abgeklungen, somit schien die

Sonne heute ungewöhnlich heiß vom Himmel und schon nach kurzer Zeit gerieten sie ins Schwitzen.
Sie waren der Sonne schutzlos ausgeliefert. Keine schattigen Plätze, keine geschützten Zonen.
Nur die Ungewissheit, die vor ihnen lag, Ungewissheit und Angst. Die Angst vor etwas Unsichtbarem, etwas nicht Greifbarem. Angst um ihr Leben, obwohl sie keiner offensichtlichen Bedrohung ausgesetzt waren.
Jedenfalls für den Moment.
Nach ein paar Stunden, einigen Abzweigungen und Kreuzungen, und willkürlicher Wahl der Wege, hatten sie langsam genug.
Sie waren bisher nichts anderem begegnet außer grünem Busch- und Pflanzwerk.
Kein weiterer Brunnen, keine anderen Objekte, keine Beutel mit Gegenständen darin, gar nichts.
Tom hatte sogar probiert, sich mit aller Kraft und einigem Anlauf in die Hecke hineinzuwerfen, um sie eventuell doch zu durchdringen.
Aber außer etlichen Kratzern, Schrammen und blutigen Narben brachte dieses Unterfangen kein Ergebnis. Die Äste waren so dicht, dass sie die Wucht von Toms Körper auffingen und ihn wieder zurückprallen ließen.
Es war zwecklos. Statt mir roher Gewalt versuchte er es sogar, sich ganz vorsichtig hindurchzuquetschen, was aber nur dazu führte, dass er sich in den Zweigen komplett verfing und am Ende in der Hecke hing wie ein Insekt in einem Spinnennetz.
Eine Aktion, über die Darina sogar kurz lachen muss-

te, bis sie ihm schließlich mit einiger Mühe aus dem Geflecht befreite.
Diese Vorgehensweise war also sinnlos.
Tom nahm Darina dann sogar auf seine Schultern, damit sie über die Hecken hinweg sehen und auf diese Weise vielleicht eine Lichtung oder gar den Ausgang entdecken konnte.
Doch die Hecke war schlicht und ergreifend zu hoch, als dass Darina darüber hinwegsehen könnte. Und die Äste waren zu dünn und instabil, um an ihnen hinaufzuklettern zu können.
So blieb ihnen nichts anderes übrig, als durch die Gänge des Labyrinths zu irren, und darauf zu hoffen, dass sie bald den Ausgang oder wenigstens etwas Nahrung finden würde. Sie hatten schließlich seit Stunden weder gegessen noch getrunken.
Sie ahnten nicht, dass sie bald noch andere Dinge zu Gesicht kriegen würden, als nur die meterhohe Bepflanzung zu ihren Seiten.
Gegen Nachmittag machten sie dann die Entdeckung.
Sie hatten schon fast aufgegeben und sich schon über die Sinnlosigkeit ihres Unterfangens Gedanken gemacht.
Warum Kraft und Mühe verschwenden, wenn es sowieso keinen Ausweg gab?
Dann konnten sie auch einfach auf dem Boden liegen bleiben und verhungern und verdursten.
Eine qualvolle Vorstellung, angesichts dessen, dass dieser Sterbeprozess Stunden oder gar Tage dauern würde.

Diese Gewissheit hatte sie ein wenig mobilisert, auch wenn sie langsam dringend Flüssigkeit brauchten.
Von ihrer bisher einzigen Wasserquelle waren sie inzwischen mehrere Stunden entfernt.
Erste Anzeichen von Dehydrierung machten sich bereits breit. Schwindel, Kreislaufprobleme und Zittern waren da nur einige Merkmale. Sie mussten in immer kürzeren Abständen Pausen einlegen, sich setzen und die Beine hochlegen, um den Kreislauf zu stabilisieren.
Darina sah es dann als Erste. Zuerst dachte sie, es wäre nur eine Sinnestäuschung, eine Art Fata Morgana. Doch Tom sah es auch.
Sie hatten sich schon darüber gewundert, dass die Wege zunehmend breiter wurden, aber die kleine Lichtung, auf der sie nun zugingen, zeugte davon, dass sie sich nicht getäuscht hatten.
Das Haus war ein kleines, fast schon friedlich wirkendes Einfamilienhaus aus Holz. Nicht ganz in dem Stil gehalten wie die Holzhütte, in der Lena sie gefangen gehalten hatte.
Dieses hier wirkte wohnlicher, freundlicher. Was vermutlich daran lag, dass Teile der Fassade weiß gestrichen waren und sich in den Plastikbehältern vorne an den Fenstern frische Blumen befanden. Es war zudem auch nicht ganz so groß, besaß aber ebenso eine Veranda vor der Haustür und war zweigeschossig.
Langsam gingen sie auf das Gebäude zu, unschlüssig, was sie nun tun sollten. Auf der einen Seite wussten sie nicht, was sie dort erwartete. Es war ein abgekarte-

tes Spiel von Lena, so viel war ihnen klar.
Außerdem, wer wohnte schon in einem Haus mitten in einem Labyrinth?
Andererseits brauchten sie dringend Wasser, wenn sie überleben wollten. Vielleicht fand sich in der Küche des Hauses nicht nur eine funktionierende Leitung, sondern auch eine Vorratskammer mit etwas Essbarem darin.
Ihr Überlebenstrieb siegte schließlich und so betraten sie zögernd die knarrenden Holzstufen der Terrasse.
Auch hier standen gemütliche Gartenmöbel, was das Haus noch wohnlicher wirken ließ.
Allerdings drang von innen kein Geräusch zu ihnen nach draußen. Kein Geschirrklappern, kein Kindergeschrei, kein Staubsaugerlärm, es herrschte absolute Stille. Lediglich die Pflanzen raschelten leise im lauen Nachmittagswind.
»Scheint keiner da zu sein«, meinte Darina nach einiger Zeit, nachdem von drinnen nach wie vor nichts zu hören war, und war im Begriff, die restlichen Stufen hinaufzugehen, als Tom sie zurückhielt.
»Hier stimmt was nicht«, flüsterte er. Darina verdrehte nur die Augen.
»Du nun wieder mit deinem inneren Alarm«, gab sie entnervt von sich. »Wir müsen was trinken, schon vergessen? Und wenn es dir unangenehm ist, fremde Häuser zu betreten, kannst du ja einen Zettel mit einer Notiz hinterlassen und dich dafür entschuldigen, dass wir was von ihrem Leitungswasser getrunken haben«, scherzte sie.

»Nein, du verstehst mich nicht!« Er mahnte sie an, nun auch leiser zu reden.
»Siehst du die Blumen dort?«, fragte er und zeigte auf die Pflanzen, die nicht nur an den Fensterbänken hingen, sondern auch in braunen Kübeln auf der Veranda standen.
»Ja, ich bin nicht blind«, sagte Darina mit einem ironischen Unterton, als zweifelte sie inzwischen an Toms Geisteszustand.
»Sie sind frisch«, entgegnete er nur. »Wenn die Sonne die letzten Tage auch so gebrannt hat wie heute, würden die Blumen doch relativ schnell vertrocknen.«
Darina sagte nichts, musste sich aber eingestehen, dass sie auf solche eigentlich offensichtlichen Details nicht geachtet hatte.
Tatsächlich waren alle Pflanzen in einwandfreiem Zustand, nichts war am Verwelken, kein Blatt war bräunlich verfärbt.
Tom bückte sich zu einem der Pflanzenkübel herunter, als suche er etwas. Als er wieder aufstand, hielt er seiner besten Freundin den Zeigefinger vor das Gesicht.
Daran klebte Erde.
»Die Pflanzen müssen erst vor wenigen Stunden gegossen worden sein. Die Erde ist noch ganz feucht. Geregnet hat es heute aber gar nicht …«
Warum nur ließ sich dann hier keine Menschenseele blicken, wenn hier erst vor kurzem jemand war, um die Blumen zu gießen?
»Lass uns lieber wieder abhauen«, schlug er deshalb

vor.
»Und was ist mit Wasser? Und etwas zu Essen? Tom, wir finden hier sonst nichts. Wir gehen nur kurz schnell rein, löschen unseren Durst und nehmen uns etwas Essbares mit, falls wir was finden. Ansonsten dehydrieren wir irgendwann.«
Tom dachte über Darinas Worte nach, wägte die Alternativen ab, kam aber doch zu dem Schluss, dass sie Recht hatte.
Und so gingen sie nun noch vorsichtiger und aufmerksamer auf die dunkle Eingangstür zu.
Als sie gerade nach einer Klingel suchten und schon anklopfen wollten, bemerkten sie erst, dass die Tür einen winzigen Spalt breit offen stand.
Sie sahen sich an und nickten sich gegenseitig Mut zu. Dann stieß Tom ganz sachte gegen die Tür, die daraufhin nahezu lautlos aufschwang und den Blick auf einen dunklen Korridor freigab.
Als sie eintraten fiel ihnen sofort die sonderbare Atmosphäre des Hauses auf. Sie konnten nicht genau sagen, was es war, aber dennoch kam ihnen irgendetwas merkwürdig vor, obwohl es auch drinnen im Flur genauso still war wie draußen. Nach wie vor war kein Geräusch zu vernehmen. Tom ließ die Tür hinter ihnen ins Schloss fallen.
Darina hatte sich inzwischen nach rechts gewandt und die Küche entdeckt. Ein altmodischer, nicht besonders großer aber dennoch sehr sauberer und aufgeräumter Raum, wie Tom auf den ersten Blick feststellte, nachdem auch er eintrat.

Relativ alte Möbel, hässliche Fliesen an den Wänden und ein alter Gasherd gehörten zur nicht gerade geschmackvollen Einrichtung.
Fast gleichzeitig bemerkten sie die Spüle und den daran angeschlossenen Wasserhahn, und sahen sich freudestrahlend an. Sie stürzten darauf zu und beteten, dass die Leitung noch intakt war.
Und sie hatten Glück! So stillten sie erst einmal ihren unerträglichen Durst, was ihnen besonders ihr Kreislauf dankte, sodass sie sich kurz darauf besser fühlten.
Das kurzzeitige Hochgefühl ließ sie sogar für einige Augenblicke ihre ausweglose Situation und die Gefahr vergessen, in der sie sich befanden.
Und so bemerkten sie auch nicht die Person draußen vor dem Küchenfenster, die zu ihnen hereinsah und ganz genau jeden ihrer Schritte beobachtete.

29

Thoughts

All die Jahre hatten sie sie eingesperrt. Ungerechterweise. Es war ein Justizirrtum, und was für eins!
Niemand hatte ihr geglaubt, obwohl die Sachlage klar und eindeutig gewesen war.
Weil es zu wenig Beweise gegeben hatte, sagten sie.
Deshalb hatte man sie eingesperrt. Sie würde eine Gefahr für die Umwelt darstellen in ihrem Zustand, dabei war sie keineswegs psychisch krank.
Aber dieses Arschloch würde schon noch dafür bezahlen, was er ihr angetan hatte. Ihr und all den anderen jungen Frauen, die teilweise noch Kinder gewesen waren.
Er, der trotzdem noch frei draußen herumlief, ohne Reue, ohne Gewissensbisse, dieses Schwein.
Er machte einfach weiter, so als sei nichts gewesen.
Warum auch nicht? Der einzige Mensch, der es je herausbekommen hatte, war sie gewesen. Aber ihr hatte man ja nicht geglaubt. Als Psycho hatten sie sie abgestempelt, ein Psycho, der nicht wusste, was er sagte und deshalb weggesperrt gehörte.
Und alle anderen schwiegen entweder oder hatten sich umgebracht, weil sie es nicht mehr ausgehalten hatten. Weil er sie zerstört hatte.

Jetzt musste sie handeln. Nicht nur aus Rache, sondern auch, damit er nicht mehr weitermachen konnte.
Er würde nie damit aufhören, und auf die Justiz in diesem Land war ohnehin kein Verlass, wie sie ja selbst am eigenen Leib erfahren musste.
Dieses ekelhafte, perverse Siegeslächeln, das er damals im Gerichtssaal getragen hatte, als man sie für bescheuert und ihn für unschuldig erklärt hatte, hatte sich für alle Zeiten in ihr Gedächtnis gebrannt.
Doch schon bald würde sie dieses Lächeln tragen.
Ganz bald.
Es würde nicht mehr lange dauern. So viele Jahre hatte sie auf diese Zeit nun schon gewartet, und nun war sie endlich gekommen.

30

»Aaah, tat das gut«, sagte Tom und wischte sich mit dem Ärmel einige Wassertropfen vom Mund.
Die Flüssigkeitzufuhr hatte ihn wieder wach werden lassen und ihm die Konzentrationfähigkeit zurückgebracht.
Auch Darina wirkte augenblicklich viel fitter. Sie hatte sich inzwischen von ihm abgewandt und strebte eine andere Ecke der Küche an, wo sich – nun hatte es auch Tom bemerkt, nachdem er sich verwundert zu ihr umgedreht hatte – tatsächlich ein Kühlschrank befand.
Sie konnten ihr Glück kaum fassen! Freudestrahlend gesellte auch Tom sich zu Darina und dem wuchtigen Ungetüm, dessen riesiger Korpus komplett verchromt war und so gar nicht zu dem eher altmodischen Mobiliar der Küche passte.
Doch gerade als das Mädchen seine Hand ausstrecken wollte, um nachzusehen, ob der Kühlschrank für sie etwas Essbares bereithielt, zuckte Tom neben ihr schreckhaft zusammen.
»Was ist?«, fragte Darina verwundert.
»Hast du das gerade nicht gehört?« Leichte Panik lag in seiner Stimme.
»Nein, was meinst du?«
»Na, das Geräusch da draußen. Hier direkt vor dem Küchenfenster!«

»Was denn für ein Geräusch? Da war nichts!«, entgegnete Darina genervt und folgte ihrem besten Freund, der mit drei schnellen Schritten am Fenster angelangt war und nun ansgestrengt hinausspähte.
Doch dort war tatsächlich nichts zu sehen. Keiner der Büsche an der Hauswand raschelte verdächtig, nicht einmal der Laut eines Tieres ließ sich vernehmen.
Und hinter der kurzen Rasenfläche begannen auch schon die weiten Gänge des Labyrinths, in denen sich die Ungewissheit herumtrieb wie die Spannung in einem Klassenzimmer, kurz bevor die Lehrkraft die fertig korrigierten Klausuren zurückgab.
Ein Ereignis, das Tom erst vor wenigen Tagen widerfahren war, welches er jedoch schon längst vergessen hatte.
Angespannt trat er wieder vom Fenster weg.
»Da war was. Ganz sicher. Irgend so ein Rascheln oder Scharren. Ich kann es nicht genau beschreiben.«
»Also ich hab nichts gehört«, antwortete Darina bestimmt. »Bist du sicher, dass du dir das nicht bloß eingebildet hast? Vielleicht waren es auch nur die Büsche, die geraschelt haben. Der Wind hat in den letzten Stunden etwas zugenommen.«
Wie zur Bestätigung pfiff in dieser Sekunde eine Windböhe durch die Fensterritzen und man hörte die Pflanzen draußen an der Hauswand kratzen.
»Nein, das war nicht der Wind. Da hat sich etwas in den Büschen oder Bäumen bewegt.« *Oder jemand ...*
Er hatte gleich so ein merkwürdiges Gefühl gehabt, als sie das Häuschen betreten hatten. Irgendetwas

stimmte hier nicht. Und das bildete er sich nicht ein. Sein Instinkt hatte ihn noch nie getäuscht.
Seine Sinne waren bis auf das Äußerste in Alarmbereitschaft, als er Darina zurück zu dem Kühlschrank folgte, der tatsächlich reichlich gefüllt war.
Sie nahm sich gerade eine Packung Würste heraus und lächelte triumphierend, als sie das Ablaufdatum checkte.
»Noch eine Woche haltbar«, ließ sie verlauten und genehmigte sich gleich drei Stück, bevor sie den Rest an Tom weiterreichte.
Sie fanden sogar noch geschnittenes Brot und mehrere Sorten Aufschnitt. Zusammen mit der Gurke und einem Pfund Tomaten machten sie sich damit einige Sandwiches und sorgten dafür, dass ihre knurrenden Mägen aufhörten, sich alle paar Sekunden bei ihnen zu beklagen.
Nach dem dritten belegten Brot wollte Darina noch einmal den Kühlschrank inspizieren, ob sich darin vielleicht noch ein Nachtisch finden lassen würde. Als sie die Schranktür öffnete und ihren Kopf hineinsteckte, stutzte sie und rümpfte die Nase.
»Sag mal, Tom«, wandte sie sich um, »findest du nicht auch, dass es hier irgendwie merkwürdig riecht? So ... faulig?«
Dieser zuckte desinteressiert die Schultern. »Liegt vielleicht ganz hinten noch 'ne Packung Quark oder so, die schon längst abgelaufen ist und schimmelt? Oder sind die Eier schlecht?«
Er deutete auf den Pappkarton, der ganz vorne in ei-

nem Seitenfach lag.
»Nein«, antwortete Darina ein paar Sekunden später, nachdem sie die Eier unter die Lupe genommen hatte. »Und auch sonst ist hier keine angebrochene Packung drinnen. Außerdem riecht es nicht nach Schimmel oder verdorbenen Lebensmitteln. Riechst du das denn nicht auch?«
»Ach ne, aber ich bin derjenige, der immer überreagiert und sich dauernd Sachen einbildet, ist klar«, lachte Tom sie aus, sog aber der Fairness halber die Luft geräuschvoll durch die Nase.
»Du hast Recht«, murmelte er, »mir ist schon vorhin beim Betreten des Hauses aufgefallen, dass es hier etwas muffig riecht. Aber ich dachte, das wäre der typische Eigengeruch der Besitzer – wo immer diese auch sein mögen – oder hier wurde einfach länger nicht gelüftet. Deshalb habe ich dem keine weitere Beachtung geschenkt und es wieder verdrängt.«
»Dann habe ich mich wohl doch nicht getäuscht«, entgegnete Darina triumphierend.
»Nein«, sagte Tom gedehnt und stand langsam auf.
Ihm beschlich ein mulmiges Gefühl, eine Art innere Vorahnung, von der er jedoch nicht sagen konnte, worum es sich dabei handelte.
Er verließ die Küche und rief nur wenige Sekunden später aus dem Flur: »Hier riecht es noch ein wenig stärker, finde ich. Komm mal her!«
Entnervt stöhnte Darina auf. Sie wollten sich doch nur schnell ein paar Kleinigkeiten zu Essen mitnehmen, ihren Durst stillen und dann wieder verschwin-

den. Je länger sie in diesem Haus blieben, desto mulmiger wurde ihr zumute.
Was, wenn die Hausbesitzer wieder zurückkämen? Was, wenn es sich dabei um irgendwelche Verbrecher handelte, die mit Lena irgendwie zusammenhingen? Was, wenn dieses Haus Geheimnisse hütete, die sie besser nicht entdecken sollten?
All diese Fragen gingen ihr durch den Kopf, während sie Tom in den Flur folgte.
»Können wir jetzt bitte noch ein paar Sachen aus dem Kühlschrank mitnehmen und dann von hier abhauen?«, presste zwischen den Zähnen hervor, »oder hast du vergessen, dass wir hier nicht bei einem nahen Verwandten Zuhause sind, bei dem wir jederzeit einfach so einmarschieren können, wenn uns danach ist?!«
Doch Tom beachtete sie nicht. Er starrte auf die Treppe, die in den ersten Stock führte.
»Wir gehen gleich. Doch vorher muss ich wissen, was es mit diesem komischen Geruch auf sich hat. Und wenn mich nicht alles täuscht, kommt der von dort oben.«
Damit zeigte er den dunklen Treppenaufgang hinauf, dessen angrenzender Flur, oder zumindest der Teil, den sie von unten einsehen konnten, beinahe drohend auf sie herabblickte. So als wolle er sie warnen, auch nur einen Fuß in das obere Geschoss zu setzen.
Einen Warnhinweis, den Tom gekonnt ignorierte, als er einen Fuß auf die erste, hölzerne Treppenstufe setzte.

Sie knarrte ein wenig. Staub tanzte durch die Luft, in dem Licht der Sonne, die durch das Glasfenster der Haustür hereinschien und den Flur in ein ungemütliches Halbdunkel tauchte. Die alten Bilderrahmen und die geblühmte Tapete verliehen der Situation noch ein wenig mehr Ausdruck.
Tom blieb stehen, horchte in die Stille hinein, und als nach wie vor kein Laut zu hören war, drehte er sich um und sah Darina fragend and. Sie verstand den Hinweis und ergriff nun ebenfalls das Treppengeländer.
Sie hatten das Gefühl, die Hausbesitzer würden jeden einzelnen Schritt von ihnen hören, egal wo auf der Welt sie sich gerade befanden.
Das Knarzen der Treppenstufen würde selbst ein tauber, alter Mann in den Gebirgsregionen Chinas noch hören, so kam es ihnen jedenfalls vor.
Auf dem oberen Treppenabsatz angekommen, verhielten sie sich so ruhig wie möglich, doch noch immer waren sie von beängstigender Stille umgeben.
Nur der Wind ließ sein Heulen vernehmen, aber das war auch schon das einzige Geräusch. Kein Quietschen aus irgendeinem Winkel des Hauses, kein Motorengeräusch von einem herannahenden PKW, keine sich nähernden Stimmen.
Nur der Gestank. Der war dort oben deutlich intensiver geworden, so stark, dass er bei Darina bereits einen Würgreflex ausgelöst hatte. Ihre Augen tränten.
»Lass uns jetzt endlich abhauen!«, zischte sie und hielt sich dabei ihr T-Shirt über die Nase.

»Gleich. Erst wenn wir nachgesehen haben, was sich hinter den Türen verbirgt.«
In der Tat gingen von dem winzigen Flur im Obergeschoss vier Türen ab, die alle geschlossen waren.
Tom öffnete probehalber die erste von ihnen, die sich direkt neben ihm befand. Überraschenderweise war sie nicht abgeschlossen. Dahinter verbarg sich ein stinknormales (Tom musste bei dem Wortspiel unwillkürlich grinsen) Badezimmer. Geflieste Wände, in der einen Ecke eine Dusche, ein Spiegel über dem Waschbecken.
Auf einer Ablage befanden sich die üblichen Hygiene- und Pflegeartikel. Soweit Tom es ausmachen konnte, kam der durchdringende Gestank nicht aus diesem Raum.
Er schloss die Tür wieder und wandte sich der Nächsten zu. Auch sie war unverschlossen und beherbergte eine Art Gästezimmer. Ein gemachtes Bett, eine kleine Nachtkonsole und ein Kleiderschrank waren die einzige Möblierung.
Probehalber öffnete er alle Türen und Schubladen, fand jedoch nichts. Im Schrank hingen nur ein paar Bügel an der Stange, jedoch keine Kleidungsstücke.
Persönliche Fotos gab es nicht, nur ein paar Landschaftsaufnahmen hingen in Bilderrahmen und bildeten, abgesehen von einem Strauß künstlicher Blumen, die einzige Dekoration in diesem Zimmer.
Unbewohnt, war der erste Begriff, der Tom zu diesem Raum einfiel, musste sich dann allerdings eingestehen, dass dies nichts Ungewöhnliches war, sollte der

Raum allem Anschein nach tatsächlich als Gästezimmer genutzt werden.
Hinter der dritten Tür befand sich ein Hauswirtschaftsraum. Waschmaschine, Staubsauger, etliche Besenstiele, Trockner, und ein paar rostige Bügeleisen befanden sich dort drinnen.
Doch auch die Elektrogeräte waren nicht die Ursache des beißenden Geruchs, wie sie zunächst vermutet hatten.
Sie wandten sich der letzten Tür zu. Tom drückte die Klinke herunter, jedoch war dieser Raum verblüffenderweise abgeschlossen.
Sie stutzten.
Warum waren alle Zimmer offen zugänglich bis auf dieses hier? Und noch viel wichtiger: Vor wem sollte man etwas in diesem Haus geheimhalten, so fernab jeglicher Zivilisation, mitten in einem Labyrinth im Nirgendwo?
Tom überlegte nicht lange, nahm einen kurzen Anlauf und warf sich mit seinem Gewicht gegen die Holztür. Doch so leicht das in Actionfilmen auch immer aussah, hier bewegte sich die Tür keinen Millimeter. Er rieb sich die schmerzende Schulter und fluchte.
Darina hatte die Szenerie beobachtet und unterdrückte ein Grinsen. »Siehst du, das ist ein Zeichen. Wir haben hier nichts verloren und sollten jetzt wirklich abhauen«, fügte sie drängend hinzu.
Doch Tom hörte nicht auf sie. Er ging zurück in den Hauswirtschaftsraum, wo ihm vor wenigen Augenblicken ein Werkzeugkoffer aufgefallen war, der auf der

Waschmaschine stand. Er wühlte darin herum, bis er fand, wonach er suchte: Eine Rolle mit aufgewickeltem Draht. Damit hockte er sich vor die verschlossene Tür, wickelte ein wenig von dem Draht ab und stocherte mit dem Ende in dem Schloss herum.
In der Schule hatten sie einmal geübt, wie man Türschlösser mit allen möglichen Alltagsgegenständen knacken konnte und welche Handgriffe man dazu anwenden sollte. Diese Unterrichtseinheit sollte sich nun als nützlich erweisen, denn nach einigen Augenblicken hörten die beiden Jugendlichen ein scharfes ‚*Klack!*‘ und die Tür war entriegelt.
Tom stand auf und verdrängte die aufkeimende Gewissheit, dass er soeben einen Einbruch begangen hatte. Er beruhigte sich und sagte sich, dass sie nichts stehlen und mitgehen lassen würden außer vielleicht ein paar Essensvorräte.
Dann drückte er die Tür auf, die lautlos zur Seite schwang.
Und schon mit dem ersten Blick in den vor ihnen liegenden Raum wusste er, dass er diese Tür besser nicht geöffnet hätte.

31

Es war wie in einem Albtraum. Oder einem schlechten Film. Einem sehr, sehr schlechten Film.
Ihr Herzschlag beschleunigte und Schweiß brach ihnen aus allen Poren, als sie die Leiche auf dem Tisch in der Mitte des Raumes erblickten.
Leichenfäulnis, schoss es Tom durch den Kopf, dessen Verstand wie in einem Tunnel arbeitete. *Was wir gerochen haben war der Geruch einer verwesenden Leiche. Der Leiche, die hier vor uns liegt.*
Mit vor Schreck geweiteten Augen sahen sie sich an, unfähig, auch nur ein Wort herauszubringen.
Der Gestank war unerträglich stark und löste bei ihnen beiden einen Würgereiz aus, den sie nur mühsam in Schach halten konnten. Ihre Augen begannen zu tränen, Übelkeit stieg in ihnen hoch.
»Tom!«, sagte Darina tonlos und zum wiederholten Mal, »Lass uns gehen!« Diesmal mit einer Eindringlichkeit, die kaum eine Widerrede zuließ.
Tom nickte nur, beachtete sie jedoch nicht. Langsam näherte er sich dem Tisch und sah sich dabei zum ersten Mal in diesem Raum um.
Er war eingerichtet wie alle anderen Zimmer auch, ein paar Bilder an den Wänden zur Dekoration, mehrere Kommoden säumten die Wände, in einer Ecke stand auf einem Beistelltischchen eine Topfpflanze.
Würde man um den Tisch herum noch ein paar Stühle

gruppieren, könnte der Raum durchaus als Esszimmer einer mittelgroßen Familie durchgehen. Der Raum wirkte völlig normal.
Bis auf den leblosen Körper des jungen Mädchens, der den schweren und teuer aussehenden Holztisch bedeckte.
Tom konnte den Blick nicht von ihr abwenden. Er konnte es einfach nicht. Eine innere Stimme schrie ihn an, sofort von hier abzuhauen und sein Gehirn brüllte, er solle gefälligst auf diese Stimme hören.
Doch er war wie gelähmt. Er musste einfach herausfinden, was das alles zu bedeuten hatte. Er hatte das Gefühl, dass sie das hier entdecken sollten.
Wie auf dem Präsentierteller lag die Leiche nun direkt vor ihm. Darina stand noch immer auf der Türschwelle und sah ihn mit einer Mischung aus Verständnislosigkeit und Angst, tiefer, gewaltiger Angst, an. Er spürte ihren Blick in seinem Nacken.
Er wandte sich der Toten zu. Violette Flecken zierten ihren ganzen Körper, die Haut war grau und aufgedunsen.
Wie lange mochte sie hier schon liegen?, fragte er sich.
Doch das grauenerregende an ihrem Anblick war, wie übel sie zugerichtet war. Von dem einst sicherlich jungen, hübschen Mädchen war nichts mehr erkenbar.
Narben zierten ihren Körper.
Überall waren Narben.
Lang, tief, schlecht verheilt. Es sah aus, als hätte sie sich zu Lebzeiten jeden Tag geritzt und es dabei ge-

waltig übertrieben.
Oder ihr Mörder hatte sie so zugerichtet und seiner perversen Fantasie freien Lauf gelassen. Und der Mörder bewohnte höchstwahrscheinlich dieses Haus.
Die Haare hingen nur noch büschelweise an ihrem Kopf, es sah so aus, als hätte man sie bei lebendigem Leib gefoltert und ihr ganze Haarsträhnen ausgerissen.
Stellenweise löste sich bereits die Haus vom Körper, darunter kam das faulige, rosa Fleich zum Vorschein.
Durch einige offene Wunden, die wohl nie richtig verheilt waren, schimmerten dem Betrachter die blanken Knochen entgegen.
Tom sah ihr ins Gesicht – und zuckte geschockt zurück.
Dem Mädchen fehlten die Augäpfel.
Er konnte nur noch in kalte, leblose, dunkle Höhlen sehen, was er aber möglichst vermied.
In diesem Moment nahm er aus den Augenwinkeln eine Bewegung wahr und wollte schon panisch die Flucht ergreifen. Sein Herz schlug noch ein bisschen schneller als ohnehin schon.
Ekel machte sich in ihm breit als er sah, dass eine fette Kellerassel aus dem Ohr der Leiche krabbelte. Die Bewegung, die er soeben bemerkt hatte. Anscheinend hatte sie sich in dem Gehörgang des Mädchens eingenistet.
Normalerweise ekelte ihn nichts so schnell, aber in diesem Moment durchfuhr selbst ihm ein kalter Schauder, der seinen Körper erzittern ließ.

Dem Drang widerstehend, schnell abzuhauen und den Blick von dieser grausamen Szenerie abzuwenden, besah er sich das Mädchen noch einmal genauer.
Sie mochte wohl vierzehn oder fünfzehn Jahre alt sein – *gewesen sein*. Sie war nicht sonderlich groß, dafür aber schlank und hübsch.
Irgendwann einmal...
Nur zu gerne hätte Tom Informationen darüber, was das Schicksal dieses armen, jungen Menschen betraf. Was war mit ihr geschehen?
Sofern es ihm auch widerstrebte, wandte er sich dem Rumpfbereich zu – und erstarrte.
Der Schambereich war komplett verstümmelt worden. Anscheinend hatte man dem Mädchen das grausame, menschenverachtende und dennoch nach wie vor praktizierende Ritual der Beschneidung unterzogen.
Sie musste grausame Schmerzen erlitten haben, denn ihr Intimbereich war zugenäht worden. Mit Nadel und Faden. Als würde man ein Loch in einer Jeans flicken.
Tom wurde abwechselnd heiß und kalt. Er wollte nur noch hier raus, wollte nach Hause, zurück in sein früheres Leben. Beinahe hätte er nach seiner Mama geschrien und laut geweint.
Er wandte den Blick ab, er konnte einfach nicht mehr hinsehen. Stattdessen fiel ihm eine kleine Schale auf, die neben dem toten Körper stand.
In ihr befanden sich – nun konnte Tom sich nicht mehr beherrschen und musste sich übergeben, als er es erkannte – die mit einer Rasierklinge entfernten Schamlippen.

Gerade als er dachte, die Situation könnte nicht mehr schlimmer werden, wurde ihm erneut das Gegenteil bewiesen.
Zuerst hielt er es für eine akustische Täuschung, doch als auch Darina den Kopf ruckartig umwandte, wusste er, dass er sich nicht verhört hatte.
Von unten hörten sie, wie sich ein Schlüssel in der Haustür umdrehte.
Panisch sahen sie sich an, unwissend, was sie nun tun sollten. Sie brauchten eine Idee, und zwar in den nächsten paar Sekunden.
Gehetzt blickte Tom sich in dem Raum um, der ihnen nun zur Falle werden sollte. Und entdeckte den mannshohen Eichenschrank, der an der Wand wie ein Thron lehnte.
Unten wurden Stimmen laut. Er wusste, dass er jetzt handeln musste. Mit zwei, drei Sätzen, bei denen er darauf achtete, möglichst leise aufzutreten, war er bei Darina, die immer noch wie paralysiert auf der Türschwelle stand und sich nicht rührte.
Er zog sie in den Raum und drückte geräuschlos die Tür wieder zu. Dann schubste er sie in Richtung des mächtigen Möbelstücks und betete, dass in dem Schrank keine Regalböden waren.
Seine Worte wurden erhört. Lediglich ganz oben befand sich ein Regalfach, in dem ein Geschirrservice aufbewahrt wurde, der Rest des Schranks war jedoch, wenn man sich duckte und die achtlos hinein geworfenen Kartons ein wenig sortierte, begehbar.
Schnell schlüpften sie hinein und zogen die Tür wie-

der zu, so gut es ging.
»Jetzt beeil dich gefälligst mal! Dass du auch immer alles vergessen musst, ey ...«, vernahmen sie von unten eine wütende Frauenstimme.
»Tut mir ja leid, wie oft soll ich das denn noch sagen? Du regst dich aber auch immer über alles so auf«, antwortete eine andere Stimme, der offenbar die Kritik der aufgebrachten Frau galt.
Eine Frau und ein Mann. Beide etwa Mitte dreißig, den Stimmen nach zu urteilen. Die Hausbesitzer?, schoss es Tom durch den Kopf.
Die Stimmen waren zwar nur gedämpft zu hören, doch trotzdem klar zu verstehen. Wenn sie Glück hatten und die Konversation richtig verstanden hatten, würden sie nur kurz etwas holen und danach wieder verschwinden.
Tom versuchte sich zu beruhigen, auch wenn sein Herz ihm bis zum Hals schlug. Es gab für die beiden keinerlei Grund, etwas aus diesem Schrank zu holen. Es sei denn, sie wollten jetzt noch ein Kaffeekränzchen veranstalten, was höchst unwahrscheinlich war.
Da tippte ihm Darina auf die Schulter. Er drehte sich zu ihr um und sah in ihre angstgeweiteten Augen.
»Was ist?«, formte er lautlos mit den Lippen.
»Die Tür!«, antwortete Darina genauso knapp.
»Was ist mit der Tür?«
»Sie ist nicht mehr abgeschlossen!«
Siedend heiß wurde ihm klar, worauf sie hinauswollte. Er hatte die Tür geknackt, weil sie abgeschlossen war. Er hatte zwar in der Panik gerade immerhin noch da-

ran gedacht, sie wieder zuzumachen, aber sie war nach wie vor unverschlossen.
Wenn auch nur eine Person jetzt auf die Idee käme, lediglich die Tür aufzumachen, dann ...
Sie waren geliefert.
Unten hörten sie Schritte, dann lautes Rascheln und Gepolter. Offenbar wurde irgendetwas durchwühlt.
»Hast du's jetzt bald?«
»Jaja, gleich ... Aaha, hier ist es doch!«, rief der Mann triumphierend.
»Super, dann können wir ja jetzt endlich los. Wir haben schon viel zu viel Zeit verloren.«
Sie atmeten in ihrem Versteck erleichtert aus.
Wieder waren Schritte von unten zu hören. »Sag mal, warum um alles in der Welt ist die verdammte Kühlschranktür auf?!«
Aus dem eben noch erleichtertem Seufzer wurde ein alarmierendes Zusammenzucken.
»Sag mir bitte nicht, du hast das Ding offen gelassen?!«, flüsterte Tom Darina zu und sah sie mit einer Mischung aus Wut und Angst an.
Diese hob nur entschuldigend die Schultern. »Sorry, aber du hast so gedrängt, dass ich unbedingt in den Flur kommen sollte, und außerdem war ja auch der Plan, dass wir uns was zu Essen schnappen und dann abhauen.«
Die letzten Worte klangen scharf und Tom sah das wütende Funkeln in ihren Augen. Beruhigend legte er ihr eine Hand auf die Schulter.
»Das darf doch nicht wahr sein, wirst du jetzt schon

etwa dement? Die ganze Kühlung geht doch so hinüber. Wir waren fast eine ganze Stunde weg!«, hörten sie das Gekeife von unten.
»Ich hab das Ding nicht offen gelassen, ich schwöre es«, verteidigte sich der Mann.
»Dann war es bestimmt ein böser Geist«, war die sarkastische Antwort. Es war klar, dass sie ihm keinen Glauben schenkte. »Oder neuerdings wandeln hier Leichen umher, die sich was zu Essen aus dem Kühlschrank nehmen und danach vergessen, die Tür zu schließen.«
Mit einem Blick durch den schmalen Schlitz zwischen den beiden Schranktüren war Tom sofort klar, worauf die Frau anzuspielen schien.
»Wie auch immer. Wir müssen jetzt los. Kommst du?«
»Jaja, ich geh oben nur noch mal schnell auf Toilette.«

32

Entsetzt hörten sie die Schritte im Flur und kurz darauf das Poltern auf den Treppenstufen.
Voller Panik sahen sie sich an. Wenn er auch nur auf die Idee käme, einen Blick in diesen Raum zu werfen, dann ...
»Das darf doch jetzt nicht wahr sein?! Wir haben schon viel zu viel Zeit verloren. Und du hast nichts Besseres zu tun, als pinkeln zu gehen? Ich fass es nicht.«
»Reg dich ab, Schatz, das dauert nichtmal zwei Minuten, darauf kommt es jetzt auch nicht mehr an.«
Die Stimme des Mannes war mit jedem Wort immer deutlicher und klarer geworden. Inzwischen musste er im Obergeschoss angelangt sein.
Trotz ihres Verstecks trauten sie sich nicht zu atmen und hielten verzweifelt vor Anspannung die Luft an.
Schritte drangen über den Flur, die sich anhörten, als würde jemand direkt vor ihrem Schrank entlang gehen.
Dann wurde eine Tür geöffnet, kurze Stille. Die laute Klospülung, die ihnen vorkam, als stünden sie direkt neben einem tosenden Wasserfall.
Kurz wurde der Wasserhahn betätigt. Die Badezimmertür wurde erneut geöffnet, Schritte näherten sich ihrer Tür – und entfernten sich wieder, als der Mann stampfend die Treppe wieder hinunter marschierte.

Kurz darauf hörten sie, wie die Haustür ins Schloss fiel und wenige Augenblicke später wurde ein Auto gestartet, das mit aufheulendem Motor davonfuhr.
Erst jetzt trauten sie sich wieder zu atmen. Sie merkten nun zum ersten Mal, wie sehr sie in ihrem stickigen Versteck geschwitzt hatten.
Trotzdem waren sie darauf bedacht, möglichst wenig Lärm zu machen, als sie aus dem Möbelstück herauskletterten.
Auf Zehenspitzen tappten sie aus dem Raum. Im Flur fand Tom in einer kleinen Schale mehrere Schlüssel, die ihnen vorhin gar nicht aufgefallen waren.
Er probierte einige davon aus und tatsächlich ließ sich mit einem von ihnen die Tür zu diesem Leichenschauhaus wieder verschließen. So konnten sie Gott sei Dank die Spuren ihres kleinen Einbruchs wieder verwischen.
Im Erdgeschoss angelangt nahmen sie sich aus der Küche noch einige Vorräte mit – Darina achtete diesmal auch penibel darauf, die Tür wieder zu schließen – und machten sich anschließend zügig daran, aus diesem Haus zu verschwinden.

33

»Und jetzt?«, fragte Darina, als sie einige Zeit gegangen waren und das Haus schon längst nicht mehr in Sichtweite war, »was tun wir jetzt? Weiter durch dieses Labyrinth hier wandern und uns auf Leichensuche begeben?«

Inzwischen waren sie wieder von den scheinbar unendlichen Weiten der saftgrünen Hecken umgeben, die sich um sie herum entlang schlängelten als wollten sie jeden Besucher, der es wagte, hindurch zu schreiten, mit ihren Ästen und Zweigen qualvoll erwürgen. So jedenfalls kam es ihnen vor.

Mittlerweile war es deutlich später geworden und die kühle Abendluft vertrieb alle Wärme, die die Sonnenstrahlen am Tag zumindest in Ansätzen gebracht hatte.

Tom hatte keine Antwort auf Darinas Frage und schwieg vor sich hin.

Die Ereignisse in dem verlassenen Haus hatten ihn zum Grübeln gebracht. Ihm fehlte der Zweck und die Ursache hinter dem großen Ganzen, und das machte ihm zu schaffen. Er hasste Ungewissheit.

Er sah zu seiner besten Freundin herüber, die nun stillschweigend neben ihm herging und stur auf den Boden blickte. Sie zitterte. Die Temperaturen hatten in den letzten Stunden wirklich um einiges abgenommen.

Tom verlangsamte seinen Schritt und zog seine Sweatshirtjacke aus. Er hielt sie mit ausgestrecktem Arm Darina hin, die sie fröstelnd annahm und sich mit einem warmen Lächeln bei ihm bedankte.
Schweigend gingen sie nebeneinander her, hingen jeder ihren eigenen Gedanken nach, und hielten nach einem einigermaßen sicheren und warmen Schlafplatz für die bevorstehende Nacht Ausschau.
Dabei kam es ihnen so vor, als würden sie ständig von irgendjemandem durch die Hecke hindurch beobachtet werden. Wer wusste schon, wo das ungleiche Paar aus dem Haus vorhin hingefahren war ...?

34

Ihr nächstes Problem kam plötzlich und unerwartet. Nicht etwa zunächst langsam und dann immer mehr werdend, wie es normalerweise der Fall war. Von einem Moment auf den anderen fing es an.
Das Problem hatte fünf Buchstaben, war nass, eklig und konnte ganz schnell eine Erkältung provozieren: Regen.
Sie waren noch etliche Kilometer weit gelaufen und hatten die Hoffnung, eine geschützte Ecke zu finden oder wieder auf einen Brunnen zu treffen, doch leider hatten sie kein Glück gehabt.
Das Labyrinth musste wirklich riesig sein, wobei sie auch nicht mit Sicherheit sagen konnten, dass sie an einigen Abzweigungen nicht schon mehrmals vorbeigekommen waren und somit im Kreis liefen.
Jedenfalls waren sie nichts begegnet, das ihnen Schutz für die Nacht bieten konnte.
Und zu allem Überfluss schüttete es nun auch noch wie aus Eimern. Schon nach wenigen Minuten war ihre Kleidung durchnässt und die Haaree klebten ihnen in Strähnen an der Stirn.
Es war inzwischen auch schon vollständig dunkel geworden. Auch wenn sich ihre Augen bereits an die Dunkelheit gewöhnt hatten, konnten sie kaum etwas erkennen. Der Mond ließ nur eine Sichtweite von wenigen Metern zu. Einem potenziellen Angriff wären

sie schutzlos ausgeliefert.
Auch die Vorräte, die sie aus dem Haus mitgehen lassen hatten, waren längst verbraucht. Wenigstens an Flüssigkeit fehlte es ihnen nun nicht mehr, was allerdings ein sehr schwacher Trost war.
Als sie schon dabei waren zu verzweifeln und sich einfach, ihrem Schicksal ergebend, auf den nassen Boden legen wollten, weil sie vor Müdigkeit kaum noch laufen konnten, sollte sich ihnen doch noch eine andere Gelegenheit bieten.
Beinahe wären sie daran vorbei gelaufen, da es ihnen aufgrund des fehlenden Lichtes und ihrer geringen Aufmerksamkeit fast nicht aufgefallen wäre.
Erst im letzten Moment bemerkten sie das schmiedeeiserne Tor, das sich plötzlich in der Hecke links von ihnen auftat und hier, in dieser Einöde, genauso fehl am Platz wirkte wie das Haus, das sie am Nachmittag entdeckt hatten.
Sie blieben stehen. Das Tor war riesig, fast so groß wie die Hecke, und bestand aus einfachen, aber äußerst stabilen Gitterstäben, die oben in einem Rundbogen abschlossen.
Wegen seiner Größe wirkte es so, als gehöre es zum Anwesen irgendeines reichen Prominenten, der sich hier hinter vor aufdringlichen Reportern zu verstecken versuchte.
Die riesigen Hecken, die in diesem Falle eine hervorragende Grundstücksbegrenzung abgeben würden, verstärkten diesen Eindruck noch.
Sie nähertem sich dem Tor und sahen durch die Stäbe

hindurch, konnten jedoch rein gar nichts erkennen. Sich durch das Tor hindurchzuquetschen war unmöglich, dafür waren die Lücken in dem Gitter zu schmal, selbst wenn sie seitlich probierten.
Hinüber zu klettern war ebenfalls keine Option, dafür bot das Tor, abgesehen von einem Türgriff, keinen Halt, und dass die Hecke dabei keine Hilfe sein würde, hatte Tom ja schon schmerzlich herausgefunden.
Etwas ratlos standen sie nun in der Gegend, unsicher was sie jetzt tun sollten. Zum Weitergehen waren sie zu erschöpft.
Während Tom noch versuchte, eine Lösung zu finden, war Darina zu dem Türschloss gegangen und hatte probehalber die Klinke heruntergedrückt.
»Ist offen«, rief sie Tom zu, als das Tor laut quietschend vor ihnen aufschwang.
»Ernsthaft jetzt?«, verdrehte dieser genervt die Augen, und ärgerte sich darüber, dass er über die einfachste aller Optionen gar nicht nachgedacht hatte.
Er merkte, dass er langsam dringend Schlaf benötigte. Hinter Darina trat auch er durch das Tor hindurch und schloss es hinter sich wieder zu.
»Sicher ist sicher«, murmelte er und dachte dabei an die Folgen, die eine offen gelassene Kühlschranktür bereits mit sich gebracht hatte.
Er wollte kein Risiko eingehen und unnötig auffallen, zumal die einzigen Menschen, denen sie bis jetzt in diesem Irrgarten begegnet waren, offenbar kaltblütige Killer waren. Auf eine Begegnung mit ihnen konnte er getrost verzichten.

Er holte zu Darina auf, die inzwischen einige Meter weiter gegangen war und das neu entdeckte Gebiet auf sich wirken ließ.
Die Atmosphäre hatte sich verändert. Obwohl die Gänge des Labyrinths nur wenige Schritte hinter ihnen lagen, war hier doch etwas anders.
Die Luft roch anders. Zwar nicht nach einer verwesenden Leiche, was Tom als gutes Zeichen wertete, aber doch anders. Irgendwie würziger und ein wenig nach Erde. Sie konnten nach wie vor nicht viel erkennen, doch ihnen war sofort aufgefallen, dass die Hecke fehlte. Abgesehen von derjenigen, durch die sie gerade hindurchgetreten waren, fehlte hier das inzwischen vertraute, meterhohe Buschwerk.
Als sie etwas genauer hinsahen und einige Schritte gegangen waren, fielen ihnen die kleinen Rasenflächen auf, durch die sich immer wieder schmale Sandwege wanden.
Die Wiesen waren mit kleinen Sträuchern verziert und hier und da waren auch ein paar Blumenkübel vorzufinden.
Rechts von ihnen entdeckten sie eine kleine Ansammlung von Obstbäumen, die jedoch keine Früchte trugen.
Ein bisschen wirkte das Gelände wie verlassener Park, zumal sie nun auch noch an einer Sitzbank vorbeiliefen.
Sie bogen auf einen anderen Weg ab, der ein wenig breiter war. Plötzlich zuckte Darina zusammen und schrie auf. Tom, der sich durch den unerwarteten,

schrillen Ton erschreckt hatte, geriet in Panik und sah schnell zu seiner besten Freundin rüber.
»Was ist?«, fragte er alarmiert.
»Da!«, brachte Darina mit zitternder Stimme hervor und wies auf das, was sich zu ihren Füßen befand. Tom beruhigte sich etwas, als erkannte, was Darina so in Angst versetzt hatte, denn er hatte bereits mit einem Angreifer gerechnet, oder noch schlimmer, mit dem Pärchen von heute Nachmittag.
Doch was er dort neben ihnen auf den Boden erkannte, überraschte ihn mindestens genauso, aber es erklärte die Atmosphäre, die er bereits beim Betreten des Geländes gespürt hatte.
Er legte Darina zur Beruhigung eine Hand auf die Schulter. »Hey, alles gut, das ist doch nur ein Grabstein.«
Er versuchte, seiner Stimme einen selbstsicheren Klang zu geben, merkte aber, dass er sich mehr als unwohl fühlte.
Es war tatsächlich ein Grab, vor dem sich Darina eben gerade erschocken hatte. Es mochte einmal hübsch bepflanzt gewesen sein, wirkte jetzt aber ein wenig trostlos und armselig. Als Tom angestrengt in die Dunkelheit hinein sah, bemerkte er noch weitere Gräber, die sich nebeneinander aufreihten.
Anscheinend befanden sie sich auf einer Art Friedhof, der inmitten dieses Labyrinths angelegt worden war.
Also doch verwesende Leichen, korrigierte Tom seinen ersten Eindruck und konnte sich nun auch den würzigen Geruch nach Erde erklären, der ihnen schon

beim Betreten durch das Tor entgegen geweht war. Auch wenn er nicht so genau wissen wollte, was hier so ‚würzig' roch ...
Darina hatte sich inzwischen von der ersten Schrecksekunde erholt, und hockte sich nun hin, um das Grab genauer in Augenschein zu nehmen.
In der Tat war es liebevoll angelegt, weißer Zierkies schmückte den Boden zusammen mit einigen niedlichen Topfpflanzen und Sträuchern. Überall standen kleine Engelsfiguren herum wie Wächter, die des Toten Ruhe bewahren sollten.
Doch selbst in der Dunkelheit war zu erkennen, dass sich um dieses Grab schon lange kein Mensch mehr gekümmert hatte.
Die Pflanzen waren allesamt tot und streckten ihre kleinen Ästchen wie knochige Arme in die kalte Nachtluft. Wind und Wetter hatten den Figuren sehr zugesetzt und ließen sie nun mehr wie Dekoration aus einem Horrorfilm erscheinen. Selbst Tom musste nach einiger Zeit die Augen von diesem gruseligen Anblick abwenden.
»Hey, was machst du da? Spinnst du? Du kannst doch nicht einfach ...«, wollte Tom einwenden, doch Darina unterbrach ihn barsch und setzte einen weiteren Fuß auf das Grab.
Sie sah ihn mit ernsten Augen an. »Hier war doch seit Ewigkeiten keiner mehr. Und wir tun nichts Verbotenes, okay? Ich will nur die Inschrift lesen können.«
Tom sagte nichts mehr, hinderte seine beste Freundin jedoch auch nicht daran, weiter auf den Grabstein zu-

zugehen.
»Und, kannst du was erkennen?«, fragte er sie, nachdem sie einige Zeit vor dem verwitterten Stein gesessen und ihn konzentriert angestarrt hatte.
»Moment noch, ich kann‘s noch nicht richtig lesen. Ah doch, warte, jetzt geht‘s! Hier steht, dass hier eine Marie Weber liegt. Oh Gott ...!«
»Was denn?«
»Wie traurig. Das arme Mädchen ist nur fünfzehn Jahre alt geworden.«
Tom murmelte daraufhin etwas, was Darina nicht verstand. »Was hast du gesagt?«
»Das tote Mädchen, was wir da vor wenigen Stunden in dem Zimmer gesehen haben«, er machte eine Pause und schüttelte die Gedanken an das ab, was sich so tief in sein Bewusstsein gegraben hatte, dass er es noch so klar vor Augen hatte.
„Naja dieses Mädchen ... Es könnte natürlich Zufall sein, aber sie sah aus, als wäre sie etwa vierzehn oder fünfzehn Jahre alt.«
Darina ließ diese Aussage auf sich wirken. »Wie, und du meinst, dass das hier *ihr* Grab ist?!«
Sie stand auf und sagte: »Aber das würde ja bedeuten, dass es leer ...«
Weiter kam sie nicht mehr, denn in diesem Moment sackte der Boden unter ihren Füßen weg, und mit einem Aufschrei, der durch die Nacht gellte, stürzte das junge Mädchen in die Tiefe.

35

Wie versteinert starrte Tom auf die Szenerie, die sich ihm gerade geboten hatte. Er brauchte ein paar Sekunden, bis sein Verstand wieder zu arbeiten begann und er voller Angst und Panik zum Grabstein lief.
»Darina? Ist alles in Ordnung?«, fragte er zaghaft und betete inständig, dass sie ihm zumindest noch antworten konnte.
Einige bange Sekunden verstrichen. Tom konnte nicht ganz in das Loch hineinsehen, traute sich jedoch auch nicht, noch näher heranzurücken, da er Angst hatte, dass auch ihm der Boden wegbrechen würde.
Anscheinend war der Untergrund, wie bei so vielen Gräbern, über die Jahre hinweg abgesackt, was Darina nun am direktem Leib zu spüren bekommen hatte.
»Fuck ey, tut das weh!«, drang es von unten zu ihm herauf.
»Was ist los? Hast du dir was gebrochen? Ich kann dich nicht sehen, das Loch ist zu tief und wenn ich näher komme, breche ich auch noch ein.«
»Gebrochen nicht, aber ich glaube mein Fuß ist verstaucht. Das waren bestimmt über drei Meter«, hörte man sie mit schmerzverzerrtem Gesicht antworten.
»Kannst du dich denn an irgendetwas hochziehen? An Wurzeln zum Beispiel?«
»Ich versuch‘s mal.«
Tom hörte es zunächst Rascheln und wenige Augen-

blicke später einen erneuten Schmerzensschrei.
»Ich kann hier nicht hochklettern. Ich kann den Fuß nicht belasten und mein Gewicht darauf verlagern.« In ihrer Stimme schwang bereits ein wenig Panik mit.
Tom überlegte fieberhaft und sah sich hilfesuchend um. Er konnte nicht noch näher an den Abgrund heran, zumal der Regen den Boden mittlerweile deutlich aufgeweicht hatte.
Er spürte, wie seine Nase zu triefen begann. Sie brauchten dringend einen warmen und vor allem trockenen Platz. Gott sei Dank war der Himmel nicht vollends mit Wolken bedeckt, und der Mond gab wirklich sein Bestes, um sich durchzukämpfen.
Dadurch konnte Tom zumindest seine unmittelbare Umgebung einigermaßen erkennen und entdeckte auf der anderen Seite des Weges einen dicken, stabilen Ast, den wohl irgendwann einmal ein Sturm von einem der unzähligen Bäume heruntergeholt hatte.
»Warte mal kurz«, rief er zu Darina hinunter und stand vorsichtig auf, um das Stück Holz zu holen. Damit bewaffnet kehrte er zu der Einsturzstelle zurück, robbte sich so nahe es ging an den Rand heran und ließ den Ast vorsichtig zu Darina hinunter.
»Kannst du dich daran festhalten?«
»Ich komm nicht ran. Du musst weiter vorrücken«, drang es von unten.
»Aber mach dich auf was gefasst. Hier liegt nämlich noch jemand.«
»Bitte was?!«
Man hörte sie entnervt aufstöhnen. »Ja was wohl?

Das hier ist ein Grab und hier liegt jemand begraben. Und zwar schon länger, denn der Sarg ist inzwischen offenbar vermodert. Außerdem wimmelt es hier von ekligen Insekten. Also hol mich bitte hier raus.«
Beinahe musste Tom grinsen. Auch das war Darina: Selbst wenn die Situation noch so brenzlig war, hatte sie immer noch einen lockeren Spruch auf den Lippen.
Er legte sich so flach wie möglich hin und achtete darauf, so wenig wie möglich zu atmen und sein Gewicht schön gleichmäßig zu verteilen.
So robbte er sich Zentimeter für Zentimeter näher an das Loch heran, bis er ganz bis auf den Grund blicken konnte. Es erforderte seine volle Konzentration, nur ein Moment der Unachtsamkeit und die rutschige Erde konnte ihn ebenfalls dort hinein befördern.
Darina sah wirklich bemitleidenswert aus. Überall an ihrem Körper klebte Erde und Staub. Einige Spinnen krabbelten herum und es wimmelte von Kellerasseln.
Kurz stockte Tom der Atem, als er bemerkte, dass Darina tatsächlich nicht gelogen hatte, denn neben ihr lagen die Überreste eines menschlichen Skeletts, dessen hohler Schädel die ganze Szenerie zu beobachten und sich über sie lustig zu machen schien.
Und der Wasserpegel stieg beängstigend schnell an. Wahrscheinlich war sie nicht mehr weit vom Grundwasser entfernt und der strömende Regen gab alles, dass das Wasser nicht schnell genug versickern konnte.
Ihre Schuhe waren bereits vollständig mit Schlamm

bedeckt.
Hilfesuchend sah sie zu Tom hoch und versuchte verzweifelt, sich an den Ast zu klammern.
Doch auch hier spielte das Wasser gegen sie, denn der Ast war ganz nass und glitschig, sodass Darina schnell wieder abrutschte, sobald sie ihn gegriffen hatte.
Nach einigen Minuten voll käglicher Versuche gab sie es auf. »So funktioniert das nicht. Das Teil ist zu glatt«, schimpfte sie, aber nicht nur Wut schwang in ihrer Stimme mit, sondern auch Verzweiflung.
Sie schrie auf, als eine besonders fette Spinne über ihr Gesicht krabbelte und schüttelte sie voller Ekel ab.
Das Wasser kletterte mittlerweile schon ihr Schienbein hoch. In ein paar Minuten würde es ihre Knie erreicht haben.
Sie raffte sich noch einmal auf, rieb ihre nassen Hände an ihrer Kleidung trocken, so gut es ging. Dann entdeckte sie eine besonders dicke Baumwurzeln, die aus der Erdwand herausragte und sich kurz über der Wasseroberfläche befand.
Probehalber zog sie ihren gesunden Fuß aus dem Wasser und stellte ihn auf der Wurzel ab, um diese als eine Art Trittbügel zu benutzen. Dabei stellte sie fest, wie schwer es ihr fiel, ihr Bein anzuheben.
Der Erdboden war so sehr aufgeweicht, dass sie drohte, darin zu versinken wie in einem Moor.
Sie mobilisierte noch einmal ihre letzten Kraftreserven und rief gegen das Unwetter an: »Tom? Festhalten!« Damit zog sie sich an dem Ast hoch und drückte ihre Hände dabei so fest in das Holz wie es nur ging,

um nicht wieder abzurutschen, und ignorierte dabei den Splitter, der sich in ihre Handfläche bohrte.
Tatsächlich schaffte sie es so, mit einem Fuß auf der Baumwurzel zu stehen, die weit genug in der Erde verankert war, dass sie ihr gesamtes Gewicht tragen konnte. Nur mit Mühe konnte sie das Gleichgewicht halten.
Eine falsche Bewegung und sie würde abrutschen. Noch einmal würde sie wahrscheinlich nicht genug Energie haben, um sich wieder hochzuziehen. Zumal ihr rechter Fuß nun auch heftig zu pochen anfing. Die Aktion hatte ihn doch zu sehr überanstrengt.
Komm schon Darina, sammel jetzt deine restlichen Kräfte und lass verdammt nochmal dieses Ding nicht los, motivierte sie sich innerlich selbst.
»Ich hab den Ast jetzt fest im Griff. Schaffst du es, mich hochzuziehen?«, fragte sie hoffnungsvoll.
»Ich geb mein Bestes«, kam die Antwort von oben.
Tom atmete noch einmal tief durch, packte das Holz fest an und betete inständig, es möge das Gewicht eines Menschen halten und nicht durchbrechen. So robbte er ganz langsam, Stück für Stück, vom Rand des Grabes weg.
Es kostete ihn die letzte Kraft seines ohnehin schon geschwächten Körpers, aber Darina war schlank und nicht besonders groß, sodass er es, mit einigen Pausen zwischendrin, schaffte, sie Stück für Stück nach oben zu ziehen.
Nach einigen Minuten, die ihnen beiden wie Stunden vorkamen, tauchte Darinas Kopf in Toms Sichtfeld

auf.
Hilflos baumelte sie dort am anderen Ende des dicken Astes. Er sah in ihren hilflosen Augen, dass ihr zunehmend die Kräfte schwanden.
Er wollte ihr am liebsten zu Hilfe eilen und sie mit den Händen hochziehen, doch dafür müsste er den Stock loslassen und würde sie damit wieder hinunter in das Erdloch schicken, dessen Wasserstand er in diesem Augenblick gar nicht erst wissen wollte.
Zumal es ihm erschien, als hätte der Regen in den letzten Minuten noch einmal ein Stückchen zugelegt.
Und so verharrten sie nun jeder in seiner Position, Tom am einen Ende, der den Ast mit seinem gesamten Gewicht herunter drückte und ihn somit in einer fast waagerechten Position hielt; und Darina am anderen Ende, erbarmungslos in dem Loch hängend, immer müder, immer kraftloser.
Ihre Blicke trafen sich. Sie verstanden sich auch ohne Worte. Tom wusste, dass, wenn er den Ast jetzt weiter nach hinten ziehen würde, er sie damit gegen die Wände des Erdloches drücken und ihr einfach den Stock, ihre Rettungsleine, aus der Hand reißen würde. Es gab nichts am Rand, wo sie sich hätte festhalten können und selbst wenn, sie hätte nicht die Kraft gehabt, sich daran hochzuziehen.
In ihren Augen spiegelte sich blanke Panik wider.
Wenn sie jetzt zurückfiel, sie würde keine Energie mehr für einen erneuten Aufstieg haben. Darina spürte, dass ihr nicht mehr viel Zeit blieb, bis ihr der Ast entgleiten würde.

Auf der anderen Seite überlegte Tom fieberhaft nach einer Lösung. Es musste doch etwas geben, woran er den Ast festbinden konnte. Er sah sich um. Sein Blick fiel auf den vertrockneten Baum in einer Ecke des Grabes, keinen Meter von ihm entfernt.
Da der Ast fast komplett auf dem Boden lag, fiel es Tom nicht schwer, ihn lediglich mit einer Hand auf den Boden zu drücken und in Position zu halten. Er durfte nur nicht loslassen ...
Mit der anderen freien Hand lehnte er sich rüber und rüttelte probehalber an dem kleinen Bäumchen. Trotz der krüppeligen Form wirkte er immerhin recht stabil und war anscheinend nicht morsch.
Tom zögerte nicht lange und begann, den Schnürsenkel seines rechten Schuhs aus den Schlaufen zu lösen. Da er nur eine Hand zur Verfügung hatte, dauerte es eine Ewigkeit, die Darina garantiert noch länger vorkam, bis er die Schnur endlich herausgezogen hatte.
Er drehte den Ast vorsichtig noch ein Stückchen in Richtung des Baumes, sah aber sofort, dass der Abstand zu groß war, um den Ast mithilfe des Schnürsenkels daran festzubinden.
Er fluchte und sendete innerlich ein Stoßgebet zum Himmel, dass Darinas letzte Kraftreserven noch für einige Augenblicke halten mochten.
Durch den Stress und vor allem auch aufgrund des Regens, brauchte er für den zweiten Schnürsenkel nochmal etwas länger. Seine Hände zitterten beim Aufbinden der Knoten, die ganz durchnässt waren und sich nur mit Mühe lösen ließen.

Doch schließlich hatte er es geschafft.
Er sah nach langer Zeit mal wieder zu Darina und bemerkte mit Schrecken, dass ihre Finger ein gutes Stück nach unten gerutscht waren. Es war nur noch eine Frage der Zeit.
Nun begann ein Wettlauf gegen die Zeit. In Windeseile knotete Tom die beiden Schnürsenkel zusammen und hatte nun eine Leine, die lang genug und hoffentlich auch reißfest genug war.
Er band das eine Ende um das dicke des Ende des Astes, der vor ihm lag und zurrte den Knoten so fest zu, wie er konnte. Zur Sicherheit setzte er noch einen zweiten Knoten obendrauf und sicherte das Ganze mit einer Schleife.
Er setzte darauf, dass sich die Baumwollfasern des Schnürsenkels mit den Splittern im Holz verhaken und so einen festen Halt geben würden.
Danach stand Tom vorsichtig auf, behielt einen Fuß auf dem Ast zum Beschweren, und lehnte sich in Richtung des Baumes, um das andere Ende um ihn herumzuwickeln. Es kostete noch einmal etliche, wertvolle Sekunden, doch schließlich hielt auch dieser Knoten.
Vorsichtig nahm er den Fuß von dem Holz herunter und verlagerte somit sein Gewicht zurück auf den Erdboden, um Darina zu Hilfe zu eilen.
Doch diese Aktion brachte den Ast in leichte Schwingungen.
Schwingungen, die ausreichten, dass es dem Mädchen seinen letzten, hoffnungsvollen Halt aus den Händen

riss.
Sie konnte sich nicht mehr halten und fiel hinunter in die tödliche Tiefe.

36

Er hatte sie. In allerletzter Sekunde hatte er ihr Handgelenk zu packen bekommen.
Tom wusste nicht wie, aber als sein Gehirn registriert hatte, dass sich der Ast leicht nach oben bewegte, als er den Fuß heruntergenomme hatte, wusste er, dass dies Darinas Kräfte den Rest geben würde.
Mit einem Satz war er bei ihr, noch bevor die Schwingungen ihre volle Kraft entwickeln konnten und ihr der Ast entglitt. Er hoffte nur inständig, dass die Erde unter seinen Füßen nicht nachgab und er selbst wegrutschen würde.
Doch dieses Risiko musste er eingehen.
Es war eine knappe Angelegenheit. Er konnte sich gerade noch mit der linken Hand in dem weichen Erdboden abstützen - der Gott sei Dank nicht nachgab – sonst hätte ihn Darinas Gewicht buchstäblich mit ins Grab gezogen.
Doch nun hing sie dort in der Luft, mit den Fußspitzen schon fast im Wasser. Am Rand des Grabes hatten sich etliche Rinnsale gebildet, die den Wasserspiegel im Loch rasend schnell ansteigen hatten lassen.
Auch Tom war inzwischen so gut wie am Ende seiner Kräfte, doch das Adrenalin puschte ihn und verlieh im Energie. So packte er sie an beiden Handgelenken und zog sie Stück für Stück zu sich nach oben.
Es war ein kräftezehrender Akt, doch Darina half mit

so gut sie konnte, und versuchte, sich mit ihrem gesunden Fuß in kleinen Furchen in der Erde Halt zu suchen. Sobald sie einen einigermaßen festen Stand darin hatte, konnte sie ihr Gewicht ein wenig darauf verlagern, womit sie Tom, wenn auch nur kurzzeitig, entlasten konnte.
Schließlich lag sie mit ihrem Oberkörper auf dem feuchten Erdboden, griff nach dem Ast und konnte sich mit Toms Hilfe nun vollständig nach oben ziehen. Erschöpft lagen sie beide schwer atmend auf dem Rücken, unfähig, auch nur ein Wort herauszubringen, so atemlos waren sie.
Nach einigen Minuten hatten sich ihr Kreislauf und Puls wieder einigermaßen normalisiert und sie standen auf.
Darina bot einen bemitleidenswerten Anblick. Überall war sie mit Schlamm und Erde bedeckt, Wurzeln klebten ihr in den Haaren, und einige Insekten krabbelten über ihre Kleidung.
Aber sie lächelte, erleichtert, wieder festen Boden unter den Füßen zu haben. Unsicher sah sie Tom an, konnte sich dann aber nicht mehr zurückhalten und fiel ihm, den Tränen nahe, um den Hals.
»Danke!«, hauchte sie ihm ins Ohr.
Tom erwiderte die Umarmung und genoss es, für einen kurzen Augenblick die Situation zu vergessen, in der sie sich befanden.
Doch schnell besann er sich wieder und löste sich aus ihren Armen. »Wir müssen weiter. Vielleicht finden wir auf dem Friedhof hier irgendwo ein Gebäude, wo

wir die Nacht über bleiben können. Der Regen wird immer mehr. Und ich glaube, ich habe es dahinten eben sogar blitzen gesehen.«
Wie zu Bestätigung ließ der Himmel in diesem Moment ein tiefes Donnern ertönen. Tom hatte Recht, ein Gewitter bahnte sich an, außerdem mussten sie dringend raus aus den nassen Klamotten, wenn sie sich nicht eine Lungenentzündung holen wollten.
»Kannst du mit dem Fuß einigermaßen laufen?«, fragte Tom besorgt.
»Mein Gewicht kann ich nicht drauf verlagern. Aber wenn du mich stützt, sollte es zumindest mit Humpeln irgendwie klappen.«
»Okay, probieren wir‘s.« Tom legte Darinas Arm um seine Schultern und so marschierten sie, mehr oder weniger, weiter den Sandweg entlang. Dabei vermieden sie es möglichst, den Gräbern zu nahe zu treten. Keiner von ihnen hatte Lust, noch einmal eine böse Überraschung zu erleben.
Sie hatten längst jegliches Zeitgefühl verloren. Sie wussten nicht, wie groß der Friedhof war, doch es kam ihnen so vor, als wären sie bereits an tausenden Gräbern vorbeigelaufen.
Durch das Wetter und die körperliche Anstrengung begann auch Toms Verletzung, die Schusswunde seiner Stiefmutter, sich wieder bemerkbar zu machen und schickte pulsierende Schmerzen durch seinen Körper. Dadurch kamen sie immer langsamer und langsamer voran. Wieder waren sie kurz davor, einfach stehen zu bleiben und sich auf den Boden schla-

fen zu legen. Sie waren der Erschöpfung nahe.
Doch sie wussten, würden sie hier draußen übernachten, würden sie eventuell für immer einschlafen. Diese Gewissheit war ihr einziger Antrieb. Und die Hoffnung, dass sich auf diesem Gelände, wie auf jedem Friedhof, eine Kirche oder etwas Ähnliches befand. Diese Hoffnung schwand jedoch wie ihre Kraftreserven von Minute zu Minute.
Doch dann zeichneten sich in der Dunkelheit tatsächlich die Umrisse eines Gebäudes ab. Zunächst waren sie nicht sicher, ob ihnen ihre Sinne nicht nur einen Streich spielten, doch als sie näher traten, erwies sich das Haus nicht als Einbildung.
Sie standen vor einer kleinen Kapelle, die sich dem Ende der Grabreihe, die sie gerade durchschritten hatten, anschloss. Nirgends brannte Licht, alles wirkte genauso verlassen und einsam wie der Rest des Friedhofes. Oben auf dem Giebel stand ein verwittertes Kreuz.
Sie näherten sich dem Eingangstor.
Auf diesem Gelände schien man keinen besonderen Wert auf Sicherheit zu legen, denn genau wie das Eisentor am Eingang waren auch die Flügeltüren dieser Kapelle unverschlossen. Fast lautlos schwangen sie nach innen auf, als Tom die riesige Türklinke nach unten drückte.
Schnell schlüpften sie hinein und schlossen die torähnliche Eingangstür hinter sich. Sofort wurde es unheimlich still. Jetzt erst wurde ihnen bewusst, wie laut das Unwetter draußen getobt hatte. Hier drinnen war

nur noch das gedämpfte Prasseln des Regens zu hören.

Wie sie feststellten, befanden sie sich in dem Hauptraum des Gebäudes, das einer Kirche nicht ganz unähnlich war, nur ein ganzes Stück kleiner.

Anscheinend befanden sie sich wirklich in der Friedhofskappelle, wo die Trauerfeiern stattfanden – wie viele Jahre das bei diesem gottverlassenen Friedhof auch immer her sein mochte.

Der Raum maß etwa sechs oder sieben Meter in der Breite und circa zwölf Meter in der Länge. Über ihren Köpfen war eine mächtige Orgel angebracht, auf der ihnen gegenüberliegenden Seite befand sich ein Altar, dort, wo normalerweise der Sarg mit dem Verstorbenen lag. Mehrere Reihen von Bänken boten den Trauernden ihren Platz an.

Erstaunlicherweise war es in dem Gebäude verhältnismäßig hell. Die riesigen Buntglasfenster schienen das Mondlicht zu bündeln und es zu verstärken, sodass sie die Einrichtung im schummrigen Dämmerlicht recht gut erkennen konnten.

»Dann ist das hier jetzt wohl unser Nachtlager«, sagte Tom nach einigen Minuten der Stille.

»Sieht ganz so aus. Könnte schlimmer sein.«

Erst jetzt fiel ihnen auf, wie kalt ihnen beiden waren. Das Unwetter hatte ihre Kleidung vollständig durchnässt; sie froren bis auf die Knochen, obwohl es draußen an sich nicht besonders kalt gewesen war.

Auch in der Kapelle war es nur unwesentlich wärmer. Wenngleich das Gebäude auch eine gewisse Behag-

lichkeit ausstrahlte, so bot es doch die typische eher kühle Innentemperatur eines Gotteshauses.
Beim näheren Erkunden des großen Bestattungsraums bemerkten sie erst richtig, wie verlassen es hier war.
Eine dünne Staubschicht überzog die Sitzbänke und auch die Orgel sah so aus, als wäre sie schon länger nicht mehr geputzt worden.
In einigen Regalfächern wurden Gesangsbücher und Bibeln aufbewahrt. Als Tom lustlos eines der Bücher heraus nahm, fiel es ihm beinahe sofort aus der Hand. Mehrere Seiten waren lose oder stark eingerissen, das Papier war vergilbt, der Buchrücken brüchig.
Wie lange war es wohl her, dass ein Mensch hierin geblättert hatte?
Doch sie sollten zur Abwechslung auch einmal Glück haben. In einem kleinen Nebenraum, der wohl als Lager für alle möglichen Gegenstände diente, fanden sie in einer Kiste mehrere Wolldecken. Sie waren zwar ziemlich eingestaubt und Tom wollte gar nicht erst darüber nachdenken, was sich in dem Stoff alles für Ungeziefer befand, doch das war ihm im Moment egal. Hauptsache, sie hatten etwas, womit sie sich wärmen konnten.
Darina entdeckte in einer weiteren Kiste sogar einen Haufen Kleidung, die zwar nicht gerade ihrem Modegeschmack entsprach, dafür aber wenigstens trocken war. Für Bedürftige war diese Kapelle wirklich gut ausgestattet.
Als sie zurück in den Hauptraum kehrten, fielen ihnen

die Kerzen auf, die in einigen Ecken und Nieschen auf kleinen Tischchen oder Podesten standen.
Ein Feuerzeug jedoch konnten sie auch nach längerer Suche nicht finden. Doch dann fiel es Tom wieder ein und er schlug sich mit der flachen Hand gegen die Stirn. Triumphierend fasste er in seine Hosentasche und zog die Packung mit den Streichhölzern heraus, die sie am Vortag an dem Brunnen gefunden hatten. Er hatte sie inzwischen wieder völlig vergessen.
Die Schachtel war zwar vom Regen ein wenig feucht geworden, die Zündhölzer funktonierten aber noch, wie sie freudig feststellten. Gemeinsam begannen sie, die Kerzen anzuzünden und ein wenig Licht in die Dunkelheit zu bringen.
Mithilfe der trockenen Kleidung und der wohligen Wärme des Feuers fühlten sie sich schon nach kurzer Zeit ein bisschen besser. Nach allem, was sie erlebt hatten, kam es ihnen hier schon fast friedlich und gemütlich vor.
Sie legten sich an den Fuß der Treppenstufen, die hinauf zum Altar führten, eng eingewickelt in die Wolldecken, und machten es sich so bequem, wie es eben ging. Keiner von ihnen sprach ein Wort, und so versuchten sie, zu schlafen.
Doch wirklich sicher fühlten sie sich beide nicht. Die Angst, dass das merkwürdige Killerpaar aus dem Haus ihre Spur gefunden hatte und ihnen gefolgt war, machte sich nach wie vor in ihrem Bewusstsein breit. Keiner von ihnen wusste, ob sie den Morgen noch erleben würden.

Irgendwann war Tom vor Erschöpfung fast eingeschlafen, als ihn ein leises Schluchzen aufhorchen ließ.
Er hob den Kopf und sah, dass Darina sich aufgesetzt und ihren Kopf in den Händen vergraben hatte. Vor Müdigkeit noch ein wenig benommen, setzte er sich neben sie, sagte aber nichts und ließ sie erst einmal weinen.
Irgendwann hatte sie sich etwas beruhigt. Tom reichte ihr wortlos ein leicht durchweichtes Taschentuch aus dem Päckchen, das sie ebenfalls in dem kleinen Beutel am Brunnen gefunden hatten. Darina nahm es ebenso wortlos entgegen und schnäuzte sich. Dann legte sie ihren Kopf auf seine Schulter und wimmerte nur noch. Tom legte tröstend seinen Arm um sie.
»Was ist los, hmm?«, fragte er nach einer Weile mit sanfter Stimme.
Zunächst antwortete Darina nicht, doch dann sprudelte es aus ihr heraus. »Ich will das alles nicht mehr. Selbst wenn wir hier wieder rauskommen, wie soll es dann weitergehen? Wenn ich nach Hause komme, gehe ich ja nur von einer Hölle in die nächste. Jeden Tag schlägt er mich und es wird immer schlimmer. Ich weiß nicht, was ich machen soll. Ich kann mich ja nicht wehren, wenn er mich krankenhausreif prügelt. Jedes Mal rede ich mit meiner Mutter, doch sie unternimmt einfach nichts und sieht stillschweigend zu. Ich habe einfach nur noch Angst. Egal, was ich auch mache, ihm kann man es nie recht machen, und dann wird er sofort aggressiv und schlägt wieder zu. Warum

tut er das? Ich bin doch seine eigene Tochter.«
Sie zog ihren Ärmel hoch und zeigte Tom ihren Arm. Die blauen Flecke waren schon kaum mehr zählbar, einige von ihnen waren schon gelblich-grün angelaufen.
Mit tränenverschmiertem Gesicht sah sie zu Tom, unsicher, ob und was sie nun noch sagen sollte. Stattdessen drehte sie sich zu ihm und zog wortlos ihr Oberteil hoch.
Das riesige Hämatom zog sich über die komplette rechte Hälfte ihres Bauchs bis hin zur Hüfte. Ein innerer Bluterguss war dabei nicht auszuschließen.
Tom starrte erschrocken auf die brutale Verletzung und versuchte, den Kloß, der sich in seinem Hals gebildet hatte, wieder runterzuschlucken.
»Ich kann einfach nicht mehr«, murmelte Darina so leise, dass Tom es gerade noch hören konnte, bevor sie erneut in leises Schluchzen ausbrach.
Fürsorglich wischte er mit der Hand sanft ihre Tränen von der Wange und nahm ihr Gesicht in seine Hände.
»Er wird dir nie wieder etwas antun, das verspreche ich dir«, sagte er, fest entschlossen, dieses Versprechen einzuhalten.
Er stand auf, bließ sicherheitshalber die Kerzen aus, und legte sich dann wieder zu Darina. Gemeinsam kuschelten sie sich in die Decken und lauschten den wütenden Schreien der Natur, die nach wie vor draußen herumbrüllten.
Irgendwann schliefen sie ein.

37

Am nächsten Morgen hatte sich das Unwetter tatsächlich wieder gelegt. Strahlender Sonnenschein begrüßte sie, als sie die Kapelle wieder verließen.
Überall waren Pfützen auf dem Boden und von den Bäumen tropfte immer wieder etwas Wasser herunter. Es war ein ziemlicher Wolkenbruch letzte Nacht gewesen.
Unsicher, was sie nun machen sollten, durchschritten sie die Grabreihen, in der Hoffnung, dass sie den Ausgang wiederfinden würden.
Letzte Nacht war es zu dunkel gewesen, um sich den Weg einprägen zu können. Keiner von ihnen hatte eine Ahnung, wie groß dieser Friedhof wohl sein mochte. Bei Tag war er allerdings ziemlich friedlich, wie sie zugeben mussten. Zwar boten die teilweise abgestorbenen Bäume und Pflanzen sowie die verwitterten Gräber immer noch einen trostlosen Anblick, jedoch begegneten sie immer wieder ein paar Vögeln, die zwitschernd ihr Morgenkonzert spielten.
Ansonsten war es ruhig. Fast schon zu ruhig.
Auf einmal blieb Darina unerwartet stehen und drehte sich um. »Was hast du?«, fragte Tom.
»Ach nichts«, antwortete sie verunsichert, »ich hab nur irgendwie so das merkwürdige Gefühl, dass wir verfolgt werden.«
Auch Tom drehte sich nun um, konnte aber nicht das

kleinste Anzeichen für ihre Befürchtungen entdecken, so angestrengt er auch den Weg hinab sah.

»Ich sehe nichts. Komm, lass uns weitergehen. Irgendwo dahinten muss auch schon der Ausgang sein.«

»Wenn du meinst«, sagte Darina merklich gestresst.

Tatsächlich konnten sie nun in einigen hundert Metern Entfernung den Rundbogen des Eingangstores ausmachen.

Doch Darina blieb erneut stehen. Und auch Tom hatte die Schritte hinter sich gehört. Schritte, die sich schnell näherten. Wie in Zeitlupe drehten sie sich beinahe synchron um. Gerade noch rechtzeitig, um den Mann zu erkennen, der plötzlich hinter ihnen aufgetaucht war. Jedoch zu spät, um wegzulaufen.

Tom wollte noch reagieren, doch da wurde er bereits grob zurückgestoßen. Er fiel auf den nassen Sandboden und rieb sich die schmerzenden Rippen. Hilflos musste er dabei zusehen, wie der Mann Darina an den Armen packte und hinter eines der Gräber zerrte.

Tom stand auf, wollte ihr zu Hilfe eilen. Doch er konnte nicht. Irgendwas in seinem Kopf löste eine solche Blockade aus, dass seine Gliedmaßen nicht gehorchen wollten und er nur wie angewurzelt auf der Stelle stehen bleiben konnte. Und dabei zusehen musste, wie der Mann begann, sich an seiner besten Freundin zu vergehen.

Das gierige Blitzen in seinen Augen konnte Tom selbst von seinem Standpunkt aus noch erkennen. Darina versuchte sich zu wehren, zog und zerrte in der Hoff-

nung, dem eisigen Klammergriff zu entkommen. Doch er war einfach zu stark, getrieben von der Lust.
Er zog ihr die Jacke aus, ihr T-Shirt, knöpfte ihre Jeans auf, ohne dass sie irgendetwas dagegen tun konnte.
»Tom, hilf mir!«, brüllte sie in ihrer letzten Verzweiflung.
Ein Schrei, der jedem Menschen durch Mark und Bein ging und sicherlich noch im letzten Winkel des Friedhofs zu hören war. Doch es gab niemanden, der sie hier draußen hören würde.
An Tom ging das alles spurlos vorbei. Wie auf Drogen stand er nach wie vor an der selben Stelle, unfähig, auch nur einen Schritt nach vorne zu machen.
Es war, als stünde eine dicke Mauer vor ihm, die er nicht überwinden konnte. Eine dicke, durchsichtige Mauer, durch die er beobachtete, wie der Mann sich nun selbst entblößte und Darina auf den Boden stieß.
»NEIN!«, schrie sie voller Verzweiflung. »Bitte ... Bitte nicht. Bitte.«
Ihre letzten Worte waren nur noch ein verzweifeltes Wimmern gewesen, ein Wimmern voller Todesangst und nackter Panik angesichts der Gewissheit, was man mit ihr gleich anstellen würde.
»TOOOM!«, rief sie mit ihren letzten Kräften, während der Mann sich auf sie legte. »Tom, Tom, Tom!«
Plötzlich begannen sich die Rufe zu verändern. Sie verschwammen immer mehr und waren nur noch gedämpft wahrnehmbar, so als hätte ihm jemand Ohrstöpsel reingesteckt. Obwohl er doch nur ein paar

Meter entfernt stand. Was er sah, wurde immer unschärfer und rückte in immer weitere Ferne, doch seinen Namen hörte er nun immer lauter und deutlicher.

»Tom!« Er spürte die Ohrfeige an seiner Backe. »Aufwachen!«

Er öffnete die Augen und schreckte hoch. Vor ihm saß Darina und lächelte ihn mit ihrem vertrauten Gesicht an.

Kein Fremder, kein Verbrechen, keine Schreie.

Erst jetzt bemerkte er, wie schnell er atmete. Es hatte sich alles so real angefühlt. So verdammt real. Er schwitzte.

»Ist alles in Ordnung?«, fragte Darina, die seinen verstörten Gesichtsausdruck bemerkt hatte, besorgt.

»Jaja, alles gut. Hab nur irgendwie schlecht geträumt«, murmelte Tom und schüttelte die restlichen Bilder des Albtraums aus seinen Gedanken. »Wie spät ist es eigentlich?«

»Keine Ahnung, aber es ist schon ziemlich lange hell. Du hast lange geschlafen.«

Noch leicht benommen rieb er sich den Schlaf aus den Augen und stand auf. Tatsächlich war es in der Kapelle taghell; Staub rieselte in den dünnen Sonnenstrahlen, die durch die riesigen Fenster hereinschienen.

Die Nacht hatte ihm gut getan, er fühlte sich besser und nicht mehr so energielos wie am gestrigen Abend. Sie legten die Decken zurück in die Kisten und zogen sich anschließend wieder ihre eigenen Klamotten an,

die in der Nacht relativ gut getrocknet waren.
Ausgeruht machten sie sich auf den Weg, um einen Ausgang aus diesem verfluchten Ort zu finden, während Tom in Gedanken immer wieder von seinem Albtraum letzte Nacht abgelenkt wurde. Plötzlich blieb er stehen. Sein Magen hatte geknurrt.
»Wo kriegen wir jetzt eigentlich was zu essen her?«, stellte er eine nicht ganz unberechtigte Frage in den Raum. Sie hatten die kleine Friedhofskirche überall inspiziert, etwas Essbares hatten sie jedoch nicht gefunden.
»Gute Frage«, gab Darina zu und bemerkte jetzt auch das bislang fehlende Frühstück.
»Ich wüsste, wo wir etwas zu Essen herkriegen ...«
»Oh nein, vergiss es! In dieses Haus setze ich keinen Fuß mehr hinein!«, dementierte Darina entschieden.
Sie legte den Kopf in den Nacken und betrachtete nachdenklich den Himmel.
»Wo könnten wir denn sonst noch ...?«, setzte sie an, brach aber mitten im Satz ab. Stattdessen deutete sie mit dem Finger auf eine Stelle in der Krone des Baumes, unter dem sie gerade standen. »Sag mal, täusche ich mich, oder hängt da ein Rucksack in den Ästen?«
Nun schaute auch Tom auf die Stelle, zu der Darina eben gezeigt hatte. »Du hast Recht, irgendetwas ist dort. Es sind zu viele Äste davor, ich kann es nicht richtig erkennen. Meinst du, es ist wieder so eine Tasche, wie wir sie beim Brunnen vor zwei Tagen gefunden haben?«
„Könnte gut möglich sein, es gibt jedenfalls nur eine

Möglichkeit, um das herauszufinden.« Sie warf Tom einen herausfordernden Blick zu.
»Wie, du meinst, ICH soll da hoch?«, fragte dieser entsetzt, der langsam zu begreifen schien, worauf seine beste Freundin da hinaus wollte.
»Ausgeschlossen, du weißt, dass ich Höhenangst habe. Das Teil hängt ganz oben in der Krone, null Chance, dass ich da raufklettere! Du musst das machen«, wehrte er entschieden ab.
»Kommt gar nicht infrage, mit der Verletzung komm ich nichtmal auf den untersten Ast.« Dabei deutete sie auf ihren Fuß, den sie nach wie vor nicht voll belasten, nicht einmal richtig auftreten, konnte.
Tom schluckte. Er wusste, dass sie Recht hatte. Aber er konnte das nicht. Er würde Panik bekommen, sobald er sich ungesichert in mehreren Metern Höhe befand.
Das war schon immer so gewesen und fing schon in jungen Jahren an. Damals, als sie in der Grundschule in den Hochseilgarten gefahren waren. Die Lehrer wollten ihn ermutigen, doch er hatte sich nicht getraut und musste den anderen dabei zusehen, wie sie dort oben lachend ihren Spaß hatten. Etwas, das er nie nachvollziehen konnte.
Die anderen Kinder hatten ihn für seine Schwäche natürlich ausgelacht und ihn als Weichei dargestellt, dass er sich so etwas nicht traute, wo doch alles gesichert war, und ihm ja nichts passieren konnte.
Als er dann einmal im Urlaub auf einem Aussichtsturm war, hatte eine Gruppe alberner Jugendlicher

ihn mehr oder weniger versehentlich angerempelt und ihn gegen die Absperrung gedrückt.
Das Gitter war natürlich fest verankert und es bestand keine Gefahr, aber ihm hatte es schon gereicht, dass er mit dem Kopf über der Brüstung hing und senkrecht nach unten schauen musste.
Seitdem mied er alles, was mit Höhe zu tun hatte, sofern es nicht rundherum vollständig abgedichtet war. Flugzeuge beispielsweise waren okay. Er hatte kein Problem zu fliegen, war es doch das sicherste Verlehrsmittel.
Aber ungesichert diesen Baum hochklettern? Er schätzte die ungefähre Höhe ab und kam auf ein Ergebnis von über zehn Metern, die er zu bewältigen hatte. Ohne Sicherungsseil wohlgemerkt.
Und doch wusste er, dass ihm keine Wahl blieb. Lena spielte mit ihm, wollte ihn testen, ihn quälen. Inzwischen wünschte er sich, sie hätte ihm einfach eine Kugel verpasst, dann würde ihm das hier jetzt erspart bleiben.
Doch Darina hatte Recht. Mit ihrem Fuß konnte sie nicht klettern und ob sie heute sonst noch die Chance auf etwas Essbares finden würden, war dahingestellt. Zu dem Haus würden sie auf keinen Fall zurückkehren, soviel stand fest, sofern sie überhaupt den Weg dorthin wiederfinden würden.
Natürlich konnten sie auch Pech haben und der Rucksack war leer. Doch dieses Risiko mussten sie eingehen, wenn sie nicht verhungern wollten.
Mit pochendem Herzen ging Tom zu dem Baum und

ergriff den untersten Ast.
Er drehte sich noch einmal zu Darina um, die ihm aufmunternd zunickte. Dann atmete er noch einmal tief durch, stemmte einen Fuß in die dicke Rinde und zog sich auf den ersten Ast hoch, der etwa auf Kopfhöhe hing.
Er sah nach oben und stellte erleichtert fest, dass die Äste zumindest sehr stabil aussahen und in regelmäßigen Abständen aus dem Stamm ragten.
Der nächste Ast befand sich schräg über ihm, ein Stückchen weiter rechts. Er würde einigen Schwung benötigen, um ihn zu erreichen, doch Tom war sportlich und diese Herausforderung stellte für ihn kein Problem dar.
Nur nicht nach unten schauen, wiederholte er immer wieder in Gedanken.
Die dritte Ebene auf seinem Aufstieg machte ihm jedoch zu schaffen. Der Ast war lang und gummiartig, er begann zu wackeln, sobald man Kraft auf ihn ausübte.
Wenn Tom eines hasste, abgesehen von Höhe, dann waren das instabile Untergründe, auf denen er stehen musste.
Leichte Panik stieg in ihm auf. Er spürte, dass er zu schwitzen begann, seine Atmung wurde schneller.
Bloß nicht zu viel nachdenken. Einfach machen. Dann bist du auch ganz schnell wieder unten und alles ist gut.
So gut es ging hielt er sich an dem dicken Baumstamm fest, um sein Gleichgewicht auf dem wackeln-

den Ast, auf dem er mittlerweile stand, nicht zu verlieren.
Dabei war er sich gar nicht mehr so sicher, ob es wirklich nur an dem Zweig lag, dass sich alles drehte und wackelte, oder vielmehr seine zitternden Knie dafür die Ursache waren. Wahrscheinlich beides.
Tom schaute nach oben. Es kam ihm vor, als wäre er dem Rucksack keinen Zentimeter näher gekommen. Er versuchte, seine Gedanken abzuschalten und in eine Art Tunnel zu verfallen. Nur noch mechanisch handeln. Nicht nachdenken. Keine Gefühle zulassen. Einfach machen.
Doch auch wenn die Äste in regelmäßigen Abständen für ihn parat standen - oder vielmehr hingen - und so sehr der Baum deshalb auch perfekt zum Klettern geeignet war – Je höher er stieg, desto mulmiger wurde ihm zumute.
Er wollte nur noch hier weg, nur noch hier raus.
Wollte, dass alles vorbei war. Zu der Angst mischte sich jetzt auch noch Verzweiflung. Und der Abstieg stand ihm erst noch bevor.
Tom riss sich zusammen. Er wusste, dass ihm keine andere Wahl blieb, außerdem hatte er bereits etwa die Hälfte der Höhe erklommen. Er sprach sich Mut zu, redete sich ein, dass er in ein paar Minuten schon wieder unten auf dem Erdboden sein würde, und der Baum ja auch gar nicht so hoch sei.
Meter um Meter, Ast um Ast, kämpfte er sich voran. Bald hatte er so etwas wie eine Routine entwickelt, mit der er den nächsten Zweig griff, sich hochschwang

und sich am Stamm abstützte, um besseren Halt zu haben.
Dann sah er den Rucksack plötzlich direkt über seinem Kopf baumeln. Tom stieg auf den letzten Ast und konnte ihn nun aus der Nähe betrachten. Er war mit der Schlaufe an einem dünnen Zweig verkantet.
Tom befreite die Tasche und wog sie in der Hand. Sie war nicht sonderlich schwer, aber der Abstieg wurde ihm dadurch nicht gerade leichter gemacht.
Er schüttelte den Rucksack leicht, es raschelte, hoffentlich etwas Essbares. Hineinschauen konnte er noch nicht, für den Reißverschluss hätte er beide Hände gebraucht, und eine Hand brauchte er mindestens, um sich festzuhalten.
Mit dem festen Vorsatz, jetzt bloß nicht runterzuschauen, ertastete er mit dem Fuß den nächsten Ast unter sich und hatte so schon fast einen Meter gutgemacht.
Doch als er das Knacksen unter seinen Füßen hörte, war es bereits zu spät, um noch zu reagieren.
Mit einem für ihn ohrenbetäubenden Bersten brach der Ast unter ihm durch und Tom stürzte hinab auf den Erdboden.

38

Es ging schnell. Sehr schnell.
Man sagt, kurz bevor man stirbt, ziehe das ganze Leben an einem vorbei, wie ein schnell vorgespulter Film im Kopf.
Tom erfuhr dies nun am eigenen Leib. War das jetzt wirklich sein Ende? Wegen eines morschen Astes an einem Baum, inmitten eines Labyrinths, von dem er immer noch nicht wusste, wo es lag und wie genau er überhaupt dort hingekommen war?
Ironie des Schicksals, dass ihm ausgerechnet einer seiner schlimmsten Ängste, Höhe, zum Verhängnis wurde.
Er dachte an alles, was er bisher erlebt hatte, seine Kindheit, Geburtstagsfeiern, Familienurlaube, Schule, Konzerte. Und dann, kurz vor dem Aufprall, erschien das Bild seiner Mutter vor seinem geistigen Auge. Sie lächelte ihm zu. Es war ein warmes, tröstendes Lächeln voller Liebe und Geborgenheit. Sie war gekommen, um ihn zu sich zu holen.
Das alles geschah, kurz bevor sich der Rucksack, den er sich auf den Rücken geschnallt hatte, um beide Hände zum Klettern frei zu haben, in einem Ast verfing, und Toms Fall abrupt stoppte.
Der Rucksack hatte ihm das Leben gerettet. Zwar erstickte er beinahe an den Gurten, die ihn fast zu erwürgen drohten, doch sie verhinderten auch, dass er

ungebremst auf den Boden aufprallte.
Was aus dieser Höhe vermutlich den Tod bedeutet hätte.
Und so hing er da, baumelnd über dem Erdboden, gehalten von den Schnallen eines Rucksacks. Verwirrt und nicht im Klaren darüber, was ihm gerade geschehen war.
Hilflos sah er zu Darina herüber, die mindestens genauso geschockt und sprachlos war wie er selbst. Doch schließlich löste sie sich aus ihrer Starre, humpelte zum Baum und erklomm unter großer Anstrengung den untersten Ast.
Es dauerte eine Weile und kostete ihr einige Schmerzen, doch irgendwie schaffte sie es, die wenigen Ebenen zu Tom hochzuklettern.
Nach einigen Minuten gelang es ihr dann, die verhedderten Striemen aus dem Holz zu lösen und Tom zu befreien.
Wie in Trance machte dieser sich an den Abstieg, unfähig, irgendetwas zu sagen. Er hatte die Ereignisse der letzten Augenblicke immer noch nicht ganz verarbeitet.
Aufgrund ihres verletzten Fußes half er Darina beim Runterklettern. Sie biss tapfer die Zähne zusammen, aber ihr war anzusehen, dass die Tortour für sie eine Höllenqual gewesen war.
Als sie schließlich beide wieder auf festem Boden standen, sah sie Tom nur fassungslos an und schüttelte wortlos den Kopf. Dann konnte sie sich nicht mehr zurückkhalten und fiel ihm um den Hals.

»Du Vollidiot!«, begann sie zu schluchzen. »Was tust du denn da?«
»Keine Ahnung«, gestand Tom, der langsam aber sicher seine Fassung wiederfand. »Schätze, ich wollte den schnellsten Weg nach unten nehmen.«
Dafür erntete er von Darina ein paar Faustschläge.
»Du Vollidiot!«, wiederholte sie. »Mach mir doch nicht solche Angst! Ich dachte, du stirbst.«
»Ich auch ...«, murmelte Tom, dem erst jetzt richtig bewusst wurde, wie nahe er dem Tod vor wenigen Minuten gestanden hatte.
Er löste sich aus Darinas Umarmung und schüttelte den Schock aus seinen Knochen. Sie mussten sich wieder auf das Wesentliche konzentrieren.
Er öffnete den Reißverschluss des Rucksacks und tatsächlich sollten sie einmal Glück haben. Er enthielt alles, was man für ein Frühstück brauchte, um satt zu werden. Der Aufstieg hatte sich gelohnt.
Hungrig machten sie sich über den Inhalt her, verschlangen förmlich die Croissants und das Obst, und tranken gierig aus der Saftflasche, um ihren unbändigen Durst zu stillen.

39

Thoughts

Der Stein war ins Rollen geraten und somit unaufhaltsam. Wenn alles nach Plan verlief. Doch sie hatte ihn gut durchdacht.
Nicht umsonst hatte sie jahrelang alles so perfekt vorbereitet, hatte ihren gesamten Lebensinhalt darauf gebaut, all ihre Energie dafür geopfert.
Bald würde er sterben und sie konnte endlich wieder in Frieden leben. Wie es dann weitergehen sollte, wusste sie noch nicht. Darüber hatte sie nie nachgedacht. Wozu auch, es war ihr ohnehin egal. Ihr Plan musste gelingen, das war alles, was zählte.
Und es lief gut. Die unendliche Arbeit hatte sich gelohnt. Nur noch wenige Schritte mussten eingeleitet werden, doch sie hatte alles unter Kontrolle. Ihr würde kein Fehler unterlaufen. Ihr durfte kein Fehler unterlaufen. Nicht jetzt, so kurz vor dem Ziel.
Und das Wichtigste: Niemand würde sie mehr wegsperren und sie für geisteskrank halten.
Denn niemand würde auf die Idee kommen, die Spur auf sie zurückzuverfolgen. Und selbst wenn, die Polizei würde sie nicht finden. Sie würde untertauchen, Gras über die Sache wachsen lassen und ein neues Leben beginnen. Ein Leben, in dem sie frei war. Frei und glücklich.

Zwei Gefühle, die sie schon längst nicht mehr kannte.

40

Den Rucksack ließen sie liegen. Er hatte keinen weiteren Nutzen mehr und nachdem sie alles aufgegessen hatten, gab es auch nichts, was sie darin hätten transportieren können.

Frisch gestärkt machten sie sich nun auf wieder auf den Weg. Der tägliche Versuch, einen Weg hier rauszufinden, in dieser düsteren und beklemmenden Atmosphäre, die überall herrschte und ihr ständiger Begleiter war. So auch heute.

Das Hochgefühl über das Finden der Nahrungsmittel verschwand schnell wieder und die Angst kehrte zurück. Die Angst vor dem Unbekannten, die Angst vor einem Gegner, der nicht da war. Und genau das machte es so unerträglich. Dass die Angst nicht greifbar war, nicht zu sehen war. Und trotzdem immer bei ihnen war.

In den letzten Tagen hatten sie immer wieder versucht, diese Angst zu verdrängen, sie auszublenden.

Hatten versucht, sich mit Gesprächen irgendwie abzulenken. Doch sie wussten beide, dass diese Angst allgegenwärtig war, dass sie dort lauerte, tief in ihren Unterbewusstsein. In ihrer Seele. Sie auszublenden war unmöglich, sie war sofort wieder da, sofern sie sich ihrer Situation wieder bewusst wurden.

Doch die Angst verblendet auch die Sinne. Sie mindert die Aufmerksamkeitsspanne und verdrängt die

Konzentrationsfähigkeit, lässt die Wachsamkeit einfach einschlummern.
Und so kam der Angriff wie aus dem nichts, gerade als sie nur noch knapp einhundert Meter vor dem schmiedeeisernen Eingangstor entfernt waren.
Sie waren so in Gedanken versunken, dass sie die knirschenden Schritte auf dem sandigen Erdboden hinter ihnen gar nicht gemerkt hatten.
Die Angst hatte sie abgelenkt und ihre Gedanken kontrolliert. Sie hatten nicht auf die Geräusche ihrer Umgebung geachtet, sie hatten sie völlig ausgeblendet.
Sonst hätten sie die sich nähernden Schritte schon frühzeitig erkannt. Und vielleicht wäre ihnen auch aufgefallen, dass einige der Vögel, die bisher friedlich in den Bäumen gehockt hatten, plötzlich aufstoben und davonflogen.
Deshalb bemerkten sie den Mann erst, als er Tom an der Schulter packte, ihn herumwirbelte, und ihm seine Faust ins Gesicht schlug.
Noch ehe er wusste, wie ihm geschah, lag Tom benommen am Boden. Sein Schädel brummte, er merkte, wie ihm schwindlig wurde und die Welt um ihn herum sich leicht drehte.
Er tastete sein Gesicht ab, zuckte zurück, als er dabei seine Nase berührte und ihn der Schmerz wie ein Blitz traf. Er sah auf seine Hand, sah, wie blutverschmiert sie war. Blut, dass aus seiner wahrscheinlich gebrochenen Nase kam.
Er blickte hoch, Darina hatte nicht schnell genug reagieren können, um wegzulaufen, kam der Angriff für

sie doch ebenso überraschend wie für Tom.
Dieser realisierte in diesem Augenblick das schreckliche Déjà-vu, das er so schon einmal in seinem Traum letzte Nacht erlebt hatte.
Nur war das hier diesmal kein Traum. Das hier war echt. Die höllischen Schmerzen an seinem Nasenbein ließen sich nicht leugnen.
»Du bleibst hier!«, hörte er den Mann rufen, gerade als Darina sich in seinem klammernden Griff, in den er sie gepackt hatte, nachdem er Tom buchstäblich ausgeknockt hatte, wehren und davonlaufen wollte.
Diese Stimme. Tom hatte sie schon einmal gehört, konnte sie aber im Augenblick keinem Gesicht zuordnen.
Dabei kam sie ihm ziemlich vertraut war, er war sich sicher, sie zu kennen. Doch so angestrengt er auch nachdachte, es wollte ihm einfach nicht einfallen.
Nur nicht das Bewusstsein verlieren, redete er auf sich selbst ein. Seine Gedanken drohten, genau wie sein Bewusstsein, wegzudriften und in schlummerndem Grau zu versinken.
Er durfte jetzt nicht ohnmächtig werden. Er musste aufstehen, er musste etwas tun. Wenn sein grauenhafter Traum wirklich eine Umsetzung in die Realität gefunden hatte, dann wusste er, was als nächstes geschehen würde.
Er riss sich zusammen und stand mit etwas wackligen Beinen auf, sein Kreislauf lief immer noch nicht ganz rund. Dem armen Mädchen in dem Haus konnte Tom nicht mehr helfen. Aber er würde alles tun, damit

Darina nicht dasselbe Schicksal ereilte.
Gerade als er einen Schritt auf den Angreifer, der Darina inzwischen auf den Boden gedrückt hatte, zumachen wollte, hörte er erneut seine Stimme.
»Halt‘s Maul!« Darina hörte nicht auf ihn und schrie weiter.
Doch Tom blieb wie angewurzelt auf der Stelle stehen. Er wusste jetzt, wo der Mann ein zweites Mal gesprochen hatte, warum ihm die Stimme bekannt vorkam. Und auch, warum sein interner Gedankenspeicher kein passendes Gesicht dazu hatte. Weil er den Mann noch nie gesehen hatte.
Aber gehört. Gestern erst, als er sich mit Darina in einem Schrank versteckt hatte, um von ebendiesem Mann nicht entdeckt zu werden, sollte er den Raum betreten, in dem sie sich befunden hatten.
Wer war dieser Mann? Fragen über Fragen schossen Tom durch den Kopf, doch er wusste, er würde nie eine Antwort darauf erhalten.
Der Mann war stark, ihm körperlich überlegen, und sein Faustschlag äußerst schmerzhaft, wie er eben am eigenen Leib erfahren hatte. Er musste etwas tun, er musste doch . . .
In seiner Hektik hatte Tom verzweifelt den Kopf nach allen Seiten gedreht, auf der hoffnungslosen Suche nach einer Idee, einem rettenden Einfall.
Er machte vier große Schritte auf das nächstgelegene Grab zu, den Gegenstand, der vor dem verwitterten Stein lag, immer im Auge behaltend.
Tom nahm ihn in die Hand, umschloss den Griff fest

mit seinen Fingern, bis die Knöchel weiß wurden.
Drehte sich um, sah, wie sich der Mann an seiner besten Freundin zu schaffen machte, die keine Chance mehr hatte, seinem eisernen Klammergriff zu entkommen.
Er atmete tief durch, nahm all seine Kräfte zusammen, fokussierte sich.
Obwohl er innerlich angespannt war, war er nach außen vollkommen ruhig.
Seine Hand zitterte nicht einmal, als er die paar Meter zurücklegte, ausholte, und dem Mann die Heckenschere mit voller Kraft in den Rücken rammte.
Augenblicklich ließ er von Darina ab und drehte sich zu Tom um. Mit schreckgeweiteten Augen sah er ihn an. Ein eiskalter Todesblick, der sich ihm für immer ins Gedächtnis brennen würde.
Der Mann sah an sich herunter, als könne er nicht begreifen, was ihm gerade geschehen war.
Das Gartenwerkzeug hatte ihn regelrecht durchbohrt, aus seinem Bauch trat die silberne Spitze des langen Gartenwerkzeuges. Blut troff an ihm herab und färbte den erdigen Boden rötlich-braun.
Er fing an zu röcheln, sah mit fast flehendem Blick zu Tom, als könne (oder wolle) dieser noch irgendetwas für ihn tun.
Das Röcheln wurde intensiver und verstärkte sich zu einem grauenvollen, erstickendem Keuchen. Dann brach es abrupt ab, der Mann kippte um, sank leblos zu Boden, aufgespießt von den zwei scharfen Klingen der Schere.

Gleichermaßen benommen und verstört rappelte sich Darina auf und beobachtete zusammen mit Tom die letzten Muskelzuckungen des perversen Menschens.
Dann war es vorbei.
Tom atmete schwer. Erst jetzt wurde ihm bewusst, was er da eigentlich getan hatte. Er hatte einen Menschen getötet, etwas, was sich nie wieder rückgängig machen ließ und ihn für immer verfolgen würde.
Er sah in Darinas Gesicht, sah die Angst in ihren Augen.
Wie paralysiert starrte auch er auf den Fremden, der sich nun nicht mehr rührte und keine Lebenszeichen mehr zeigte.
Tom konnte den Blick einfach nicht abwenden. Zu sehr überschlugen sich die Gedanken in seinem Kopf, ohne dabei zu einem verwertbaren Ergebnis zu kommen. Ein Gedanke jagte den Nächsten, es war unmöglich, sich auf einen zu fokussieren.
Die Welt um ihn herum verschwamm wieder, wurde quasi unsichtbar, verbarg sich hinter dem grauen Schleier aus Schockstarre, Angst und Hilflosigkeit.
Selbst die Tatsache, dass Darina ihn schon seit geraumer Zeit anschrie und anflehte, endlich von hier zu verschwinden, drang nur gedämpft zu ihm durch.
Er registrierte es, vernahm ihre Stimme, war jedoch zu sehr geschockt von dem Bild, was sich ihm bot und in seine Augen fräste, als dass sein Gehirn ihre Worte verarbeiten konnte.
Endlich, nach einer gefühlten Ewigkeit, löste Tom sich aus seiner Starre und sah nun nicht mehr die Leiche

an, sondern Darina.
Sein Verstand begann langsam wieder zu arbeiten, imaginäre Zahnrädchen setzten sich in Bewegung, und endlich drangen die flehenden Rufe seiner besten Freundin wieder zu ihm durch.
Plötzlich spürte er auch wieder den inneren Drang, davonzulaufen. Sein Gehirn hatte endlich die richtigen Signale an seine Extremitäten gesendet.
Er schluckte noch einmal, nickte Darina zu und gemeinsam rannten sie los, weg von diesem Friedhof, diesem Ort der Grausamkeit, des Leids und der Gewalt.
Als sie das Eingangstor schließlich passiert hatten, rannten sie weiter in die entgegengesetzte Richtung, aus der sie gestern gekommen waren.

41

Hinterher konnte keiner von ihnen beiden sagen, wie lange genau sie gerannt waren. Oder wie viele Kilometer.

Sie wussten nur noch, dass sie sich nicht einmal nach hinten umgedreht hatten, dafür waren sie viel zu sehr mit dem Laufen beschäftigt.

Sie hatten auch nicht bekommen, dass sich das Labyrinth um sie herum langsam aber stetig aufgelöst hatte.

Die endlos langen Hecken waren verschwunden und hatten einem Wald Platz gemacht. Weder Tom noch Darina war dies bewusst aufgefallen, zu sehr lebten sie in ihrer eigenen, von traumatischen Ereignissen beeinflussten Welt. Es war, als waren sie durch einen Tunnel gerannt, dessen dicke Mauern die Außenwelt von ihnen abgeschottet hatte.

Sie wussten nur noch, dass sie irgendwann vor Erschöpfung zusammengebrochen sein mussten, gerade als ihnen ein Spaziergänger mit seinem Hund über den Weg lief.

Gerade als dieser offenbar die Rettungskräfte informierte, weil sie nicht reagiert hatten, als er sie angesprochen hatte, wurde es schwarz vor ihren Augen und sie mussten weggedämmert sein.

42

Ein paar Tage später wurden sie aus dem Krankenhaus entlassen.
Kreislaufzusammenbruch war die Diagnose; zur Sicherheit hatte man sie zur Beobachtung noch einige Zeit dagelassen, auch wenn sie bereits nach wenigen Stunden, abgesehen von dem Schock, unter dem sie litten, wieder über dem Berg waren.
Der Schock saß tief. Sehr tief. Obwohl sie keine beträchtlichen psychischen Schäden davongetragen hatten, waren sie doch überwältigt von den Ereignissen der letzten Tage.
Und gerade weil sie mit so klarem Verstand über die Geschehnisse reflektieren konnten, waren sie umso ungläubiger darüber, dass ihnen dies alles wirklich widerfahren war.
Kein Albtraum, kein schlecher Film, kein Roman aus der Buchhandlung. Sie hatten das, was man sonst nur aus der fiktionalen Welt kannte, selbst durchgemacht. Mit dem einen Unterschied, dass sich ihnen der Sinn des Ganzen nicht erschloss. Was hatte Lena mit dieser ganzen Aktion bezweckt? Was versprach sie sich davon? Welche Rolle spielten der Mann und die Frau aus dem unheimlichen Haus? Warum verbargen sie die Leiche eines jungen Mädchens in einem der Zimmer?
Fragen über Fragen, die ihnen durch den Kopf spuk-

ten, und von denen sie am Ende so verwirrt waren, dass sie letztendlich doch an ihrem Verstand zweifelten.

Sie hatten kaum ein Wort gesprochen, seit sie im Krankenhaus aufgewacht waren. Zu niemandem.

Die Ärzte hatten ihr Schweigen als Begleiterscheinung des Schocks interpretiert und zur Sicherheit psychologische Assistenten zu Rat herbeigezogen, doch auch die Psychiater des Krankenhauses hatten kein Wort aus den beiden herausbekommen.

Und da offenkundig keine Verletzungen festgestellt wurden, die sie ans Krankenbett hätten fesseln können, hatte man sie der Polizei übergeben, die bereits nach ihnen gefahndet hatte.

Die Beamten informierten umgehend Toms Vater und Darinas Eltern, dass man ihre Sprösslinge gefunden hatte, und versprachen, sie schnellstmöglich nach Hause zu bringen.

Die beiden wurden zum nächstgelegenen Revier gebracht, wo sie sich in diversen Vernehmungen den Fragen der Kriminalbeamten stellen mussten.

Sie wussten gar nicht genau, weshalb sie schwiegen. War es die Angst, dass ihnen ohnehin niemand glauben würde? Dass man ihre Geschichte als das Hirngespinst zweier Teenager abstempeln und zu den Akten legen würde? Oder doch die Tatsache, dass sie nicht die geringsten Beweise zur Hand hatten? Dass man sie womöglich noch der Verleumdung bezichtigen würde?

Vermutlich war es eine Mischung aus allem. Vor allem

aber wollten sie nur noch nach Hause und schlafen.
Trotz der vielen Stunden Ruhe im Krankenhaus waren sie unendlich erschöpft. Das Adrenalin, was sie die letzten Tage so sehr gepuscht und wach gehalten hatte, war nun vollständig verschwunden. Sie wollten sich nur noch ausruhen, allein sein, mit niemandem reden.
Irgendwann gaben auch die Beamten das Verhör auf, nachdem auch die Kriminalpsychologen kein Wort aus ihnen herausbekommen hatten.
Und da keine Straftat und keine Anzeige vorlag, klassifizierte man sie als zwei rebellische Jugendliche, die einfach von Zuhause ausgerissen waren und, wie bei so vielen vermissten Kindern, nach wenigen Tagen wieder auftauchten.
Als sie das Verhörzimmer verließen, saßen auch schon Toms Vater und Darinas Mutter auf Besucherstühlen im Flur, unendlich froh, ihre Kinder scheinbar unversehrt wieder zu haben.
Lena war nirgends zu sehen, was die beiden innerlich erleichtert aufatmen lies. Gerald Lindner stand auf, ging auf seinen Sohn zu und wollte ihn in den Arm nehmen, doch Tom wehrte ab.
»Können wir bitte einfach nach Hause?«, wandte er den Blick ab.
Sein Vater nickte, wechselte, genau wie Darinas Mutter, noch einige Worte mit den Beamten, bis sie schließlich das Gebäude in der Innenstadt verließen.
Die Sonne schien, es waren kaum Wolken am Himmel.

Auch die Temperaturen waren wieder angestiegen. Umstände, die Tom normalerweise für eine ausgiebige Radtour nutzen würde und ihn in Sommerlaune versetzten.
Doch heute ließen sie ihn kalt. Es hätte genauso ein Tsunami über der Stadt hereinbrechen können, es wäre ihm egal gewesen.
Bevor sie getrennte Wege gingen, warfen sich Tom und Darina noch einen letzten, verstohlenen Blick zum Abschied zu. Dann verschwanden sie jeder ihre Autos.
Während der Fahrt schaute Tom die ganze Zeit aus dem Fenster. Er versuchte, sich mit den Eindrücken der Umgebung, den hässlichen Plattenbauten der Sozialwohnungen, und den großen Einkaufszentren, an denen sie vorbeifuhren, von der Wahrheit abzulenken, doch je näher sie ihrem Haus kamen, desto schneller klopfte sein Herz.
Schließlich brach er, wenn auch widerwillig, sein Schweigen, und stellte die Frage, die ihm die ganze Zeit im Kopf herumschwirrte, seit er im Krankenhaus aufgewacht war.
»Ist Lena Zuhause?« Toms Vater schwieg einen Moment lang, überrascht, dass sein Sohn plötzlich doch etwas sagte, aber auch verwirrt von dieser unkonventionellen Frage.
»Nein, sie ist nicht da. Irgendein geschäftlicher Termin weiter weg, sie wollte mir nicht genau sagen, worum es ging. Sie wird erst in ein paar Tagen wieder hier sein.«

Tom nickte nur, darauf bedacht, sich seine Erleichterung nicht zu sehr anmerken zu lassen.
Wie gerne hätte er sich seinem Vater ausgeschüttet. Der Drang, ihm alles zu erzählen wurde immer größer und staute sich in ihm auf.
Er schluckte ihn herunter und seufzte innerlich. Er wusste, dass es nichts bringen würde, dass es nur Streit provozieren würde, und solch unnötigen Stress wollte Tom unbedingt vermeiden.
Zumal er sich eingestehen musste, dass er seine Geschichte selbst nicht glauben würde, würde sie ihm jemand erzählen.
Sobald er sich die Worte zurechtgelegt hatte, mit denen er glaubte, die Geschehnisse einigermaßen glaubhaft wiedergeben zu können, verwarf er diese sofort wieder. Hinterher würde sein Vater ihn noch für verrückt erklären.
Die Heimfahrt kam ihm wie eine Ewigkeit vor. Zuhause angekommen, ging Tom wortlos in sein Zimmer und setzte sich auf sein Bett.
Er wollte mit niemandem reden und nichts hören. Wie lange er dort untätig gesessen und die Wand angestarrt hatte, konnte er nicht sagen. Irgendwann liefen ihm Tränen über die Wangen. Er ließ sie gewähren, bis sie schließlich in ein leises Schluchzen übergingen, das ihn in den Schlaf trieb.
Am nächsten Morgen ging er zur Schule, als sei nichts gewesen. Offiziell hieß es, sie beide hatten die Grippe gehabt und seien deswegen für einige Tage Zuhause geblieben, um sich auszukurieren.

Weder Tom noch Darina hatten Lust auf unangenehme, nervtötende Fragen zu ihrem Verbleib, weder von Lehrkräften noch von ihren Mitschülern.
Die Wahrheit würde ihnen ohnehin niemand glauben, davon waren sie überzeugt. Es würde ihnen nur ein mildes Lächeln der Schulleitung und höhnende Sprüche der Schüler entgegenbringen.
Sie trafen sich in der Pause und setzten sich auf eine Bank etwas abseits der Masse, um ungestört reden zu können.
»Hey.«
»Hey ...«
Keiner wusste so richtig, wie er ein Gespräch starten sollte und so blickte jeder von ihnen eine Zeit lang hilflos in die Gegend.
»Da haben wir wohl wirklich die Hölle überlebt, was?«, versuchte es Darina nach einer Weile.
Tom nickte abwesend, schenkte ihr aber ein schnelles Lächeln. Sie wusste ja längst nicht alles.
Von dem perversen Film, den er gezwungenermaßen hatte sehen müssen, bevor Lena Darina zu ihm gebracht hatte, hatte er ihr nach wie vor nichts erzählt. Und er hatte es auch in Zukunft nicht vor.
»Sag mal, ist dieser Psycho eigentlich wieder bei euch Zuhause und tut jetzt so, als sei nichts gewesen?«
Obwohl sie den Teufel nicht beim Namen genannt hatte, zuckte Tom trotzdem kurz zusammen.
Er schluckte schnell den Schmerz hinunter, bevor er sich zusammenriss und Darina nun in die Augen sehen konnte, anstatt Löcher in die Luft zu starren.

»Nein. Papa hat gesagt, sie sei wohl auf irgendeinem ‚Geschäftstermin'«, er spieh diese Lüge förmlich aus, »und er wisse nicht, wann sie wiederkommt. Sie soll wohl ein paar Tage weg sein.«
Darina ließ sich Zeit mit ihrer Antwort. »Und was machst du, wenn sie wieder nach Hause kommt? Sie wird ja nicht einfach so von der Bildfläche verschwunden sein.«
»Ist sie auch nicht. Ich habe gestern noch persönliche Sachen von ihr rumliegen sehen. Sie wird wiederkommen. Sie wird mich niemals in Ruhe lassen.«
Wieder eine längere Pause. Wieder war Tom den Tränen nahe, als ihm erneut die Ausweg- und Sinnlosigkeit seines Lebens bewusst wurde.
Es war, als würde ihm jemand immer und immer wieder ein Messer in die Brust stechen, von dem er wusste, wer es war, aber nicht den Hauch eines Beweises dafür hatte.
»Hast du eigentlich schon mal darüber nachgedacht, dass das Ganze möglicherweise einen tieferen Sinn haben könnte?«
Die Worte trafen ihn so unvermittelt, dass Darina sie zunächst wiederholen musste, bevor er ihre Aussage begriff.
»Wie meinst du das denn bitte?«, fragte er ehrlich verblüfft.
»Naja, die ganze Geschichte ist doch von vorne bis hinten unlogisch, oder nicht? Ich meine, dass mit deiner Stiefmutter etwas nicht stimmt, wussten wir doch schon immer. Und dass sie dich hasst auch. Aber wa-

rum entführt sie dich, um so ein perverses Spiel mit dir zu treiben? Sie hätte dich doch einfach erschießen können, wenn du ihr ein Dorn im Auge wärst. Sie hatte doch sogar eine Waffe dabei und uns hätte sicherlich niemand gefunden in diesem Holzhaus. Und zur Last hätte man ihr vor Gericht auch nichts legen können.«
Sie musste eine Pause einlegen, weil eine Gruppe von Schülern an ihnen vorbeischlenderte.
»Wozu also dieser ganze Aufwand?«, fragte sie, nun mit etwas gesenkterer Stimme.
»Ich weiß es nicht«, seufzte Tom abweisend, »vielleicht weil sie einfach durchgeknallt ist und es ihr Spaß macht?« Er bewunderte ein ums andere Mal, wie locker seine beste Freundin mit der ganzen Situation umging.
»Das mag schon sein, aber warum hat sie dann zugelassen, dass wir abhauen konnten und jetzt hier in der Schule sitzen und ganz normal unseren Alltag leben?«
„Damit wir für den Rest unseres Lebens ein Trauma mit uns herumtragen, das uns nie ruhig schlafen lässt, was ihr gleichzeitig ein befriedigendes Gefühl gibt? Es soll schließlich Leute mit den seltsamsten Neigungen und Fantasien geben.«
»Ja das ist mir auch alles klar«, winkte Darina energisch ab, »aber sie hat uns doch in dieses Labyrinth einfach so ... ausgesetzt. So als wollte sie förmlich, dass wir hinausfinden. Ich weiß es doch auch nicht. Aber beim Frühstück hat sie immer penibel darauf

geachtet, dass du an den Gelenken gefesselt bist, hattest du erzählt. Warum dann diese Fahrlässigkeit später im Labyrinth? Ich mein, so wie sie sonst die Kontrolle über alles hatte und scheinbar alles genau geplant hat, warum unternimmt sie dann nichts, wenn wir uns dem Ausgang nähern?«

Das ließ Tom kurz innehalten und grübeln. »Stimmt irgendwie. Aber was bringt uns das alles? So oder so, die ganze Geschichte glaubt uns doch ohnehin niemand. Ich würde sie ja selbst nicht glauben, wenn sie mir jemand erzählen würde.«

»Ach, das weiß ich doch auch. Aber bist du nicht neugierig, was hinter alldem steckt? Ich glaube, es gibt etwas, das wir noch nicht wissen, was wir aber unbedingt herausfinden sollten.«

Nachdenklich zupfte Tom an seiner Unterlippe. »Da magst du vielleicht Recht haben. Aber ich denke, je weniger wir wissen und je schneller wir die ganze Sache vergessen, desto besser. Ich will einfach nur noch meine Ruhe haben von alldem.«

In genau diesem Moment riss das Schrillen der Pausenglocke sie aus ihren Gedanken. Sie gaben sich eine kurze Umarmung zum Abschied, bevor sich ihre Wege im Foyer trennten.

Und auch wenn er es sich nicht eingestehen wollte, musste Tom zugeben, dass Darinas Worte ihn den Rest des Vormittags über mehr beschäftigten, als sie eigentlich sollten.

43

Selbst auf dem Rückweg nach Hause sinnierte er nach wie vor darüber. Hatten sie irgendein wichtiges Detail übersehen? Gab es etwas, das sie wissen mussten? Steckte womöglich doch mehr dahinter?
Tom zwang sich, sich auf den Straßenverkehr zu konzentrieren, doch auch dieser schaffte es nicht, seine volle Aufmerksamkeit zu erlangen. Fast wäre er sogar an seinem Haus vorbeigefahren, so versunken war er in seinen Grübeleien. Erst im letzten Moment riss er den Lenker seines Fahrrads herum und passierte die Einfahrt.
Zuhause war überraschenderweise niemand anzutreffen. Ein Zettel auf dem Küchentisch gab ihm die Auskunft, dass sein Vater sich spontan mit einem Kollegen zum Dinner verabredet hatte und erst am Nachmittag zurückkehren würde.
Wenigstens mal etwas Ruhe, dachte Tom, und kochte sich sein Mittagessen. Sein Magen, der in den letzten Minuten immer quälerende Laute von sich gegeben hatte, ließ ihn sogar für einige Momente seine Überlegungen vergessen.
Doch schon während des Essens musste er wieder daran denken, wie alles angefangen hatte. Sollte er vielleicht noch einmal ins Schlafzimmer gehen und ... *Nein, ich werd mich da nicht wieder mit reinziehen lassen!* Energisch stopfte er die Nudeln in sich rein

und schüttelte entschlossen jegliche Gedanken an dumme Versuchungen ab. Er würde sich einen ganz normalen Nachmittag machen. Die Hausaufgaben erledigen, vielleicht mal wieder Staub saugen, ein wenig lesen. Und nachher würde ja auch seine Serie im Fernsehen laufen. Ein stinknormaler Nachmittag im Schulalltag eben.

Er ahnte noch nicht, dass es für ihn nie wieder einen stinknormalen Schulalltag geben würde.

44

In seinem Zimmer fläzte er sich zunächst auf sein Bett. Seine Glieder taten ihm weh vom Rad fahren und vom schweren Rucksack, den er den ganzen Tag über in die entlegensten Winkel des Schulgebäudes hatte schleppen müssen.
Außerdem merkte er einen Anflug von Kopfschmerzen, der sich langsam breit machte. Erst einmal ein wenig runterkommen und die Social Media checken. Normalerweise tat Tom das immer als Erstes, sobald er nach Hause kam, doch diesmal hatte sein Hunger oberste Priorität gehabt.
Er surfte noch eine Weile im Internet herum und wollte dann aufstehen, um sich dem Text in Deutsch zu widmen, den sie bis morgen analysieren sollten, als ihm das Knistern unter seiner Bettdecke auffiel. Er bewegte sich zurück in seine ursprüngliche Position und hörte das Geräusch erneut.
Verwirrt hob er die Wolldecke an und fand darunter die Ursache für das Geknister.
Und war verblüfft, denn das Geräusch, das ihn an eine zerknitterte Folie erinnerte, gehörte zu einem kleinen Umschlag mit Sichtfenster, indem sich eine Diskette befand.
Tom nahm sie heraus und drehte sie in seinen Händen. Der Rohling war unbeschriftet, von dem Hersteller jedoch damit gekennzeichnet, dass es sich um ei-

nen DVD-Rohling handelte.

Der Umschlag war leer und enthielt keine weiteren Hinweise, abgesehen von seinem Namen auf der Rückseite.

Jetzt war Tom vollends ratlos. Er hatte sich im Internet keine DVD bestellt und seine eigene Sammlung befand sich gut sortiert in einer Kommode.

War das Ganze etwa ein merkwürdiger Scherz seines Vaters? Es würde zu ihm passen, das wusste Tom. Beinahe musste er schmunzeln. Sein Dad und er spielten sich öfter solche Streiche. Aber jetzt nach all den Ereignissen der letzten Tage? Das fand er dann doch etwas geschmacklos.

Letztendlich siegte seine Neugier dann doch und er ging in die Ecke seines Zimmers, wo der Fernseher stand, und schob die Scheibe in den DVD-Player.

Dann schaltete er den Flachbildschirm an und wartete, bis die DVD lud.

Es gab kein Menü oder etwas dergleichen, der Inhalt wurde sofort automatisch abgespielt. Das Bild, das sich vor Tom auftat, verschlug ihm die Sprache.

45

»Hallo, Tom.«
Das konnte nicht sein. Es war einfach unmöglich. Mit offenem Mund glotzte er den Fernseher an, auf dem sich das Gesicht von niemand Geringeres als Lena abzeichnete, die ihn selig lächelnd ansah. Doch es war ein völlig anderes Lächeln, als Tom es jemals von ihr erlebt hatte. Das eisig Kalte, das Fremde, Unbarmherzige, war gänzlich verschwunden. Stattdessen wirkte ihr Gesichtsausdruck nun irgendwie ... freundlich, herzlich, wärmend.
Tom konnte es nicht genau beschreiben. Aber er kannte diesen Gesichtsausdruck von irgendwoher. In den hintersten Schubladen seiner Erinnerungen klingelte etwas, doch es wollte ihm nicht einfallen.
Es dauerte einen Moment, bis er seine Sprache wiedergefunden hatte. Er wollte dieses Bild nicht sehen, am liebsten würde er auf den Fernseher einschlagen, bis es verschwand.
Doch irgendetwas in seinem Inneren sagte ihm, dass es klüger wäre, abzuwarten. Und so unterdrückte er das Gefühlschaos, das sich in ihm breit machte, ein Gemisch aus Wut, Hass, Verzweiflung und einer merkwürdigen Sorte Angst, die stärker war als alles andere, obwohl im Augenblick gar keine Gefahr für ihn bestand.
Doch irgendetwas war seltsam. Mit der DVD stimmte

etwas nicht, doch Tom brauchte einige Minuten, bis er darauf kam, was ihn an dem Anblick so störte.
Denn zunächst passierte – überhaupt nichts?! Lena starrte ihn lediglich durch den Fernseher hindurch an, doch es handelte sich dabei nicht etwa um ein Standbild, wie man es kennt, wenn man bei der Fernbedienung auf *Pause* drückte.
Tom wartete zunächst ab, dass seine Stiefmutter etwas sagen würde, doch nichts geschah. Dann erst fiel es ihm auf, als sein Blick zufällig seinen DVD-Player streifte. Die LED-Anzeige war aus. Dort, wo normalerweise die bereits abgelaufene Zeit eines Films angezeigt wurde, war nichts.
Schwarz. Einfach nur schwarz.
Außerdem wirkten die Gesichtszüge und das ganze Erscheinungsbild Lenas irgendwie … *unecht*.
Das bedeutete, dass es sich bei der Disc nicht um eine DVD handelte, sondern … *um eine Art Hologramm?*
Eine fortgeschrittene Technologie, die es ihm erlaubte, eine Art Videochat mit Lena zu führen, ohne dass es sich dabei weder um eine Liveübertragung wie bei etwa bei Skype handelte, noch um eine aufgezeichnete Videobotschaft. Denn dann wäre unten eine Gesamtspielzeit angegeben.
Im ersten Moment war Tom völlig perplex über diese an sich unlogische Erkenntnis, bis ihm der Artikel wieder einfiel, den er neulich im Internet gelesen hatte.
Dabei ging es um ein neu entwickeltes Programm künstlicher Intelligenz, mit dem es möglich war, eine

Videoaufzeichnung so zu programmieren, dass man sich mit einer anderen Person über Videochat unterhalten konnte, ohne dass das Gegenüber wirklich live zugeschaltet war. Sozusagen eine interaktive Videoaufzeichnung, die jedoch noch, soweit er sich erinnerte, in den Kinderschuhen steckte.

Besonders die Spieleindustrie war an dieser Technologie interessiert, ermöglichte sie doch ein völlig neues, nie dagewesenes Erlebnis für Gamer. Denn normalerweise gab es für Computerspieler lediglich ein begrenztes Interaktionsfeld mit den vom Hersteller programmierten Avataren in einem Spiel, denen die Produzenten nur ein paar bestimmte Sätze einprogrammieren konnten, die sie aufsagten, sobald der Spieler mit seiner Figur auf sie traf.

Mittels der neuen Technologie sollte es nun jedoch möglich sein, echte Gespräche mit den Spielfiguren zu führen, wie mit Freunden in einem Multiplayer-Modus. Man konnte in das Textfeld jede beliebige Frage reinschreiben, und die Spielfigur würde darauf logische Antworten geben, wie in einem echten Gespräch. So jedenfalls die Prognosen.

Anscheinend hatte Tom genau ebendiese bahnbrechende Technologie direkt vor sich. Er schluckte, um den Kloß, der sich in den letzten Minuten in seinem Hals ausgebreitet hatte, irgendwie wegzubekommen.

»Was willst du von mir?« Er hatte die Worte nicht etwa wütend und unter mühsam zurückgehaltenen Tränen hinausgeschrien. Sie kamen als eiskalter Hauch aus seinem Mund, ein Hauch voll tiefster

Abscheu.
»Das ist die richtige Frage«, drang es aus den Lautsprechern des Fernsehers. Unwillkürlich zuckte Tom zusammen, überrascht, wie echt die Stimme der von Lena ähnelte. Trotzdem schwang in ihr, wenn auch kaum merklich, etwas Bleiernes, Abgehacktes mit, was der Stimme einen technischen Touch verlieh. Dennoch hatte er das Gefühl, dass er sich in einem Videochat befand und sein Gegenüber aus Fleisch und Blut war. Die Informatiker hatten ganze Arbeit geleistet und es so perfektioniert, dass die Technologie so realistisch wie möglich wirkte.
Selbst ihre Gesichtszüge wirkten, wenn man nicht allzu genau hinsah, auf den ersten Blick menschlicher als Tom es jemals von seiner Stiefmutter kannte.
»Du hast deine Aufgabe mit Bravour bestanden«, fuhr Lena ungerührt fort.
»Was für eine Aufgabe?« Toms Herz schlug ihm bis zum Hals. Hatte Darina tatsächlich Recht gehabt mit dem, was sie ihm in der Schule erzählt hatte?
»Dafür muss ich etwas weiter ausholen, damit du es begreifst. Du musst mir vertrauen, Tom.«
Der letzte Satz entlockte Tom ein verächtliches Grunzen, das ein nur mühsam unterdrücktes, lautes Auflachen verbergen sollte. Wollte sie ihn auf den Arm nehmen?
»Dir vertrauen? Bitte? Soll das ein schlechter Witz sein?«
»Nein. Bitte lass es mich dir erklären.«
Tom verschränkte trotzig die Arme vor der Brust,

doch schließlich siegte seine Neugier. Er nickte ihr zu, als Aufforderung, fortzufahren, doch im Raum blieb es still.
Natürlich, dachte er, *sie reagiert nur auf akustische Signale. Ein Kopfnicken konnte sie nicht verstehen.*
»Ich bin gespannt«, sagte er also.
»Das alles hier ist Teil eines jahrelangen Plans, der nun endlich fast aufgegangen ist. Doch lass mich eines vorweg nehmen: Ich bin nicht die, für die du mich immer gehalten hast. Ich bin nicht die böse Stiefmutter, die krankhaft irgendwelche Sraftaten begeht.«
»Fällt mir schwer zu glauben«, ließ Tom eine sarkastische Bemerkung fallen.
»Ich weiß«, sagte Lena. Tom war nicht sicher, ob er sich das nur einbildete, aber er meinte, in diesen Worten einen Anflug von Wehmut zu erkennen. Auch ihre Augen waren auf einmal mit einem traurigen Schimmer bedeckt.
»Hör mir zu, dass alles hat einzig und allein dem Zweck gedient, dich zu schützen.«
Tom schüttelte nur ungläubig den Kopf. Er wollte ihr am liebsten den Vogel zeigen und sie beschimpfen, was für ein krankes Miststück sie doch wäre, und ob sie nun völlig den Verstand verloren habe, doch sein Unglauben über diese Worte war größer als die Wut, und so stand er nur mit offenem Mund da und hörte zu.
»Ich hätte niemals zugelassen, dass dir etwas passiert. Ich habe für alles vorgesorgt und immer auf dich aufgepasst.«

Langsam stieg in Tom der Verdacht auf, dass Darinas Überlegungen den Nagel auf den Kopf getroffen hatte. Dass er darüber nicht selbst schon nachgegrübelt hatte, wunderte ihn, wo er doch sonst immer alles hinterfragte und analysierte.
Konnte es wirklich Zufall sein, dass sie in dem Labyrinth immer etwas zu essen gefunden hatten, wenn sie kurz vor dem Verhungern gewesen waren? Der Jutebeutel, der in der Statue des Brunnens hing. Der Rucksack hoch oben im Baum. Der volle Kühlschrank in dem einsam stehenden Haus.
»Ich habe dafür gesorgt, dass ihr nicht verhungert und immer etwas zu Essen findet. Ich hätte nie zugelassen, dass euch etwas zustößt«, fuhr Lena fort, die offensichtlich seine Gedanken erraten hatte.
»Du musst verstehen, Tom, dass ich nicht der Mensch bin, für den du mich immer gehalten hast. Wir beide kennen uns schon länger als nur die paar Jahre, die ich bei euch wohne. Aber es ist viel passiert in der Zeit davor. Es war also nicht überraschend, dass weder du noch dein Vater mich erkannt habt. Und das war auch gut so.«
»Ich kann mich nicht daran erinnern, dich jemals zuvor gesehen zu haben«, antwortete Tom misstrauisch und hätte am liebsten ebenfalls noch ein ‚*Und das ist auch gut so*' hinzugefügt.
»Natürlich kannst du das nicht«, seufzte Lena.
Wieder bekam ihr Gesicht diesen traurigen Schleier.
»Du warst damals ja auch noch ganz klein. Zu klein, um es zu verstehen.«

Langsam ging es Tom auf die Nerven, dass Lena immer noch in Rätseln sprach. Seine Geduld neigte sich dem Ende zu, doch er hatte das Gefühl, dass sie erst am Anfang ihrer Äußerungen war.
»Ich erzähle dir nun meine Geschichte, und ich schwöre bei Gott, jedes Wort ist wahr! Ich weiß, es wird dir schwerfallen, mir das alles zu glauben. Aber wenn du, genau wie ich, willst, dass am Ende Gerechtigkeit herrscht, dann musst du mir jetzt gut zuhören und noch eine allerletzte Aufgabe bestehen.«
Dann ließ sie die Bombe platzen.
Bisher hatte Tom eher verwirrt ihren Ausführungen zugehört, die bis dato keine eindeutigen Erklärungen beinhalteten und mehr um den heißen Brei herumredeten.
Doch Lenas nächster Satz verwirrte ihn weniger, als dass er ihn vielmehr zutiefst verstörte.
»Ich bin deine Mutter.«

46

Sekunden verstrichen, in denen niemand ein Wort sagte. Tom war kurz davor, laut loszulachen, bis ihm in letzter Sekunde bewusst wurde, dass er sich lediglich über ein Produkt künstlicher Intelligenz lustig gemacht hätte, statt über einen Menschen.
»Sag mal, musst du in die Klapse? Meine Mutter ist bei einem Autounfall gestorben als ich noch klein war. Ich saß mit im Auto, ich hab gesehen, wie ihr Kopf von einem Ast durchbohrt wurde!« Unwillkürlich war seine Stimme dabei immer lauter geworden.
»Ich weiß«, sagte Lena und nickte beinahe verständnisvoll, »das ist, was er dir glauben lassen wollte.«
»Er?«, echote Tom.
»Dein Vater. Die Frau, die damals bei dem Autounfall auf dem Beifahrersitz saß und gestorben ist, war deine Stiefmutter.«
Bamm!
Die nächste Hiobsbotschaft. So langsam verstand Tom überhaupt nichts mehr. Dennoch, und vielleicht bildete er sich das auch nur ein, fand er, dass Lenas Worte aufrichtig klangen. So aufrichtig ein programmierter, technischer Gesprächspartner eben klingen konnte.
Doch plötzlich kam ihm eine ganz andere Frage in den Sinn, und er wurde stutzig.
»Wenn das alles stimmt, was du sagst … Warum sagst

du mir das dann erst jetzt? Du wohnst schon so lange bei uns, du hattest jahrelang die Gelegenheit, mir alles zu erzählen.«

»Ich konnte es nicht. Du hättest mir nicht geglaubt.«

Nun konnte Tom nicht mehr an sich halten und prustete laut los. »Genau, und wenn du mich entführst und mir eine Kugel verpasst, schließe ich sicher mehr Vertrauen zu dir, ist klar.«

»Genau das war der Plan«, antwortete Lena, deren künstliche Version offenbar noch keinen Sarkasmus verstand. »Versteh doch, wenn ich dich einmal beiseite genommen hätte und mir dir gesprochen hätte, hättest du mich ausgelacht und das alles deinem Vater erzählt. Dann hätte er doch gewusst, wer ich bin, und alles wäre umsonst gewesen. Der ganze Plan wäre zerstört, all die Mühe umsonst. Und du wärst vermutlich in Gefahr gewesen.«

Tom sagte nichts, verstand nach wie vor nicht ganz, worauf Lena hinauswollte. Aber die Neugier hatte ihn zu sehr gepackt, um das Programm einfach abzuschalten. Und so hörte er weiter zu.

»Dein Vater hat dich manipuliert. All die Jahre. Er hat es dir so lange eingetrichtert, bis du selbst der völligen Überzeugung warst, dass deine eigene Mutter bei dem Autounfall ums Leben gekommen wäre. Du warst damals noch nichtmal in der Schule. Kleine Kinder glauben schnell das, was die Erwachsenen ihnen erzählen. Besonders, wenn es der eigene Vater ist. Du hast all die Jahre, in denen ich bei euch war, geglaubt, dass ich dir etwas Böses will, dir was antun möchte, oder dir dein Leben zerstören will. Doch das ist nicht wahr, Tom. Ich war bei euch, um dich zu beschützen, falls er dir etwas antut. Falls er dir möglicherweise dasselbe antut, wie der kleinen Marie, deren Leiche du in dem Haus im Labyrinth gesehen hast. Dein Vater hat sie brutal vergewaltigt, so wie viele andere junge Frauen auch, bevor er sie kaltblütig ermordet hat.«

»Er hat bitte *was*?!?«

Toms Miene sprach Bände. Er konnte immer noch nicht glauben, dass er sich da gerade mit seiner Mutter unterhielt, wenn auch nur mit einer programmierten Version von ihr. Und die gerade seinen eigenen Vater als perversen Kinderschänder bezeichnet hatte.

Und in diesem Moment wurde es in einer dunklen Ecke seines Gehirns ein wenig Licht. »Augenblick mal, willst du damit sagen, dass du das alles, diese ganze Show, nur abgezogen hast, um mir letzten Endes *das* zu sagen? Um mich sozusagen auf diese Wahrheit, wenn sie denn stimmt, vorzubereiten?«

»So kann man es sagen, ja.«

Ungläubig schüttelte Tom den Kopf. »Ich fass es nicht! Anstatt einfach mit mir darüber zu reden, entführst du mich und jagst mir eine Kugel in den Bauch?!« Er deutete auf seine Beckengegend, die bei ungünstigen Bewegungen nach wie vor eine stechende Schmerzwelle durch seinen Körper schoss.

»Wenn ich einfach so mit dir darüber geredet hätte, einfach so aus dem Nichts heraus, hättest du mir dann geglaubt?«, fragte Lena.

Tom dachte einen Moment darüber nach, musste aber

zugeben, dass sie Recht hatte. Er wäre vermutlich sofort zu seinem Vater gegangen und hätte ihm von Lenas üblen Anschuldigungen berichtet. Und dann hätte dieser erkannt, wer sich in Wirklichkeit hinter seiner neuen Freundin verbarg.

»Nein«, murmelte Tom deshalb wahrheitsgemäß, »hätte ich nicht.«

So langsam begann er, Lena tatsächlich zu verstehen, so abstrakt und unwirklich die Geschichte auch klingen mochte. Er wusste selbst nicht, woran es lag. War es der mütterliche Ausdruck in ihrem Gesicht, mit dem er sich sofort verbunden gefühlt hatte? Oder waren es doch einfach ihre Worte, die so ehrlich klangen und die trotz ihrer Merkwürdigkeit irgendwie logisch und verständlich waren? Tom wusste es nicht genau. Er wusste nur, dass er alles erfahren wollte, was man ihm all die Jahre vorenthalten hatte.

»Nehmen wir mal an, das stimmt alles, was du sagst«, zupfte er nachdenklich an seiner Unterlippe, »warum hast du dann nicht sofort etwas unternommen? Was hast du all die Jahre gemacht?«

Wieder legte sich ein trauriger Schleier auf Lenas Gesicht. »Ich konnte es nicht.«

»Wie, du konntest nicht?!«

»Ich *konnte* nichts tun, Tom! Ich saß in der Psychiatrie. Wegen ihm.«

Toms Gesichtsausdruck war ein einziges Fragezeichen.

»Lass es mich dir erklären. Dein Vater hat nicht nur andere Frauen vergewaltigt, sondern auch mich. Ich wollte ihn verlassen, das alles hinter mir lassen und ihn vergessen. Aber das konnte ich nicht, denn es gab ja noch dich. Ich konnte dich nicht einfach so bei ihm alleine lassen und verschwinden. Anfangs habe ich noch versucht, mit ihm zu reden. Habe mir eingeredet, dass alles besser wird und es ja gar nicht so schlimm ist. Dass es schon irgendwie gehen wird. Doch er wurde immer schlimmer, immer brutaler, immer gewalttätiger. Irgendwann habe ich es nicht mehr ausgehalten und bin zur Polizei gegangen. Man hat meine Aussage dort aufgenommen, doch ich hatte nichts gegen ihn in der Hand. Keine Beweise, nichts! Nur haltlose Anschuldigungen. Und das wussten auch dein Vater und sein Anwalt. Es gab einen Gerichtsprozess, aber da ich nicht den Hauch eines Beweises hatte, und keines der anderen Opfer sich getraut hat, vor Gericht gegen ihn auszusagen, stand ich komplett alleine da. Am Ende erklärten sie mich für verrückt und sperrten mich in die Geschlossene. Und dein Vater konnte weiter dort draußen herumlaufen und seine perversen Fantasien ausleben.«

Tom schluckte schwer. Er konnte die bittere Verzweiflung in Lenas leicht computerähnlichen Stimme gut nachvollziehen.

»Während ich dann einsaß«, fuhr sie fort, »hatte ich genug Zeit zum Nachdenken. Ich hatte nur noch ein Ziel: Dort herauszukommen und mich an diesem Schwein zu rächen, für alles, was er getan hat. Ich habe mein Aussehen verändert, andere Frisur, Kontaktlinsen, Make-Up, das ganze Programm, damit er mich nicht erkennt. Und es hat geklappt. Ich habe ihn beobachtet und mich in einer Bar zu ihm gesetzt, wir haben uns unterhalten und er hat sofort angebissen. Er wusste ja nicht, dass er sich in dieselbe Frau schon einmal verliebt hatte.«

Das Wort ‚verliebt' spieh sie dabei förmlich aus. »Tja, und so hat dann alles seinen Lauf genommen«, beendete Lena die Zusammenfassung ihrer Geschichte.

»Verstehst du, Tom? Ich hab das alles nur gemacht, um dir die Wahrheit zu zeigen, die du sonst nie erfahren hättest. Ich wollte, dass du verstehst, wer dein Vater ist und was er getan hat.« Ihr Gesicht hatte einen fast flehentlichen Ausdruck.

»Aber wenn du dich so unbedingt rächen wolltest, warum hast du ihn nicht einfach bei einer passenden Gelegenheit getötet, das versteh ich nicht. Warum der ganze Aufwand und die jahrelange Planung?«

»Wie ich schon sagte: Ich wollte, dass du es verstehst. Hätte ich ihn einfach umgebracht und wäre abgehauen, hätte ich dich zurücklassen müssen. Und nicht nur das, du hättest die Wahrheit dann niemals erfahren, wenn ich untergetaucht wäre.«

Tom nickte nur abwesend. Das alles klang so unwirklich, so falsch, so ausgedacht. Und dennoch vollkommen logisch.

»Was ist mit der Folterkammer im Keller? Damit hat doch alles angefangen und ich bin nur zufällig darauf gestoßen.«

Seine Mutter lächelte leicht. »Ich wusste, dass du sie früher oder später entdecken würdest. Und so sollte es auch sein. Was du da unten gesehen hast, sollte dich auf alles Kommende vorbereiten. Du solltest einen ersten Eindruck bekommen, worum es eigentlich geht. Die Einleitung in die Geschichte, sozusagen. Alles, was du gesehen oder erlebt hast, hatte einen Sinn. Nichts war überflüssig und ohne Bedeutung. Erinnerst du dich an die Daumenschraube dort unten?«

Tom hatte sofort das Bild des kleinen, aber durchaus schmerzhaften Folterinstruments im Kopf und nickte.

»Das hat dein Vater unter anderem bei seinen Opfern angewandt. Er hat ihren Daumen darin gequetscht und sich an dem Bersten des gebrochenen Knochen aufgegeilt. Die Fotos von den Männern, die du dort unten gesehen hast: Du dachtest, es seien Menschen, die ich getötet hatte, richtig? Ich habe gehört, wie du mit Darina darüber gesprochen hast. Doch deine Interpretation war vollkommen falsch, wenn auch irgendwie nachvollziehbar. Es waren die Väter der jungen Mädchen, die dein Vater missbraucht hat. Das Datum, was in der Ecke auf den Fotos stand, war ihr Todesdatum. Der Tag, an dem er es getan hat. Dabei hat er nicht einmal alle ermordet. Einige seine Opfer hat er noch länger Leiden lassen, indem er sie am Leben ließ. Keine von ihnen ist jemals zur Polizei gegangen, und das wusste er. Sie alle haben sich schon nach kurzer Zeit das Leben genommen. Die meisten erhängt oder vor den Zug geworfen.«

Tom hatte die ganze Zeit aufmerksam zugehört, doch nun war ihm eine Ungereimtheit aufgefallen. »Woher weißt du das eigentlich alles? Wenn du in der Psychiatrie gesessen hast, wie hast du überhaupt von seinen ganzen Taten mitbekommen?«

„Das ist eine kluge Frage, aber dennoch einfach zu beantworten. Das erste Mal habe ich durch Zufall von seinen Taten erfahren, und zwar direkter als mir lieb war. Du warst damals noch ganz klein, fast noch ein Baby. Dein Vater kam abends nicht wie gewohnt nach Hause und auf dem Handy konnte ich ihn nicht erreichen. Ich ging also zu seiner Arbeitsstelle, um nachzusehen, wo er bleibt. Vielleicht hatte er ja auch einen Unfall gehabt. Ich hatte mir ernsthafte Sorgen gemacht. Ich nahm die Abkürzung über den Stadtfriedhof, als ich auf einmal laute Schreie hörte. Sie gehörten zu einem jungen Mädchen, das dein Vater gerade vergewaltigte. Diese Bilder werde ich nie aus meinem Kopf bekommen. Ich habe es mit eigenen Augen ansehen müssen. Doch ich konnte es einfach nicht glauben. Ich konnte nicht glauben, dass der Mann, den ich so sehr liebte, eine Frau vergewaltigt, noch dazu auf einem Friedhof! Ich wollte einfach nur noch weg und rannte, so schnell ich konnte. Doch ich machte einen entscheidenden Fehler: Ich schwieg. Und so konnte er unbehelligt weitermachen. Als ich dann einsaß hatte er natürlich leichtes Spiel – Die einzige, die von seinen Taten wusste, war in den Augen der Justiz ein durchgeknallter Freak und sitzt in der Klapse. Ich weiß nicht, wie viele Mädchen er noch missbraucht hat, aber wie ich schon sagte: In der Psychiatrie hatte ich sehr viel Zeit. Ich habe alle Zeitungen gelesen, die ich in die Finger gekriegt habe, und jedes Mal, wenn es einen großen Artikel über eine mysteriöse Vergewaltigung gab, bei der die Opfer schwiegen und kurze Zeit später tot aufgefunden wurden, wusste ich, dass dein Vater wieder zugeschlagen hat.«

Wieder nickte Tom nur und ließ sich Lenas Worte durch den Kopf gehen. »Warum hast du eigentlich Darina in die ganze Sache mit reingezogen?«, fragte er und spürte ein leichtes Aufbrausen von Wut in sich. »Sie hat doch mit alldem nichts zu tun!«

»Das war auch anfangs nicht geplant, wenn ich ehrlich bin. Aber nachdem ich dir den Film gezeigt habe, wollte ich, dass du weißt, dass es ihr gut geht. Außerdem sollte sie dir Mut machen bei allem, was noch bevor stand.«

Der Film!, schoss Tom plötzlich die Erkenntnis durch den Kopf, *Die Vergewaltigung, Der Mord, Die Buchstaben. Die Botschaft. ‚Ich bin ein Kinderschänder!'.* Es war direkt vor seinen Augen gewesen und er hatte es nicht gemerkt.

»Sie ist ein starkes Mädchen«, fuhr Lena fort, »und sie hat außerordentlichen Mut. Ich weiß, was bei ihr Zuhause abläuft. Dass sie geschlagen wird. Ich hoffe, sie hat nun die Kraft, etwas dagegen zu tun und sich zu wehren.«

»Wie zur Hölle hast du eigentlich diesen Film fertiggebracht?«, wechselte Tom auf das Thema, was ihn schon die ganze Zeit beschäftigte.

Lena lachte nur freudlos. »Du sprichst gerade mit mir mittels der fortschrittlichsten Technologie, die es

überhaupt nur gibt. Da wundert dich dieser Film? Ich sag mal, die Maskenbildnerindustrie hat in den letzten Jahre gute Fortschritte gemacht.«
Tom wusste nicht, ob er sich das nur einbildete, aber er meinte, ein Zwinkern in ihren Augen erkannt zu haben. Doch nach wie vor gab es einige offene Fragen, auf die er sich keinen Reim machen konnte.
»Was war mit dem Grab auf dem Friedhof? Gehörte das auch zu deinem Plan? Was, wenn Darina da reingefallen und nicht mehr rausgekommen wäre? Oder wenn wir uns eine Lungenentzündung geholt hätten, bei dem Regen?«
»Das Grab gehörte mit zu deiner Prüfung. Du solltest Mut und Durchhaltevermögen zeigen und das hast du! Ich hätte nie zugelassen, dass euch etwas passiert wäre. Wenn etwas nicht nach Plan gelaufen wäre, hätte ich mir was einfallen lassen. Eure Sicherheit hatte immer oberste Priorität, auch wenn du mir das vermutlich nicht glauben wirst. Aber sieh mal, dass Darina ausgerechnet auf das präparierte Grab tritt, war pures Glück und ein großer Zufall. Selbst der perfekteste Plan wird von Zufällen geleitet. So war es auch in diesem Fall. Übrigens, Glückwunsch, dass du die Prüfung mit dem Baum gemeistert und dich deiner Höhenangst gestellt hast. Das erfordert große Überwindung. Ich bin stolz auf dich!«
Tom wich ihrem Blick aus und lächelte beschämt.
»Danke!«, murmelte er. »Aber sag mal, eines verstehe ich immer noch nicht: Wie passt das erste Spiel in deinen Plan. Das hat doch überhaupt nichts mit der Sa-

che zu tun?! Oder verpasst du anderen Leuten einfach nur gerne eine Kugel?« Sein letzter Satz hatte einen leicht ironischen Unterton.

»Hat er auch nicht wirklich«, hörte er zu seiner Überraschung. »Ich wollte einfach nur testen, ob und wie schnell du aufgibst. Und wie clever du bist, natürlich. Sorry übrigens wegen des Wildschweins. Ironischerweise war das in den letzten Tagen deine einzig echte Bedrohung. Ich dachte, ich hätte alle Waldbewohner verjagt, aber nunja – auch ich bin nicht unfehlbar.« Sie strich sich eine blonde Strähne aus dem Gesicht.

Tom schluckte, als ihm bewusst wurde, was hätte geschehen können, wenn er nicht schnell genug gerannt wäre.

»So langsam beginne ich, das alles zu verstehen«, sagte er wahrheitsgemäß, »doch wer waren eigentlich diese Leute in dem Haus im Labyrinth?« Er spürte wieder einen Kloß im Hals, als sich eine Tatsache erneut in den Vordergrund seines Bewusstseins drückte. »Ich habe ihn umgebracht.«

Lenas Gesicht bekam einen weichen, verständnisvollen Ausdruck. »Oh Tommi«, begann sie, »du musst kein schlechtes Gewissen haben. Du hast alles richtig gemacht. Das gehörte zum Plan. Du hast unfassbar großen Mut bewiesen und Darina gerettet. Du hättest auch feige sein und weglaufen, dich selbst in Sicherheit bringen können. Aber ich wusste, dass ich dich genug vorbereitet hatte, dass du das Richtige tun würdest.«

Die Art und Weise, wie seine Mutter *‚das Richtige‘*

betonte, beunruhigte ihn etwas.
»Sabine und Andreas Weber«, fuhr sie fort, »waren die Eltern von Marie Weber. Ihre Tochter war eines der Opfer von deinem Vater. Ich habe sie in alles eingeweiht und sie waren sofort bereit, bei dem Plan mitzumachen. Sie würden alles dafür tun, dass dein Vater seine gerechte Strafe erhält.«
Tom erinnerte sich nur vage an alle Einzelheiten der letzten Tage, doch der Name Marie Weber war ihm im Gedächtnis geblieben. Darina hatte ihn laut ausgesprochen als sie auf ihrem Grab stand.
»Trotzdem«, murmelte er, und spürte, wie die Tränen in ihm aufstiegen, »ich habe einen Menschen getötet!«
»Andreas Weber hatte Krebs«, setzte Lena zur Erklärung an, »und zwar im Endstadium. Laut Gutachten der Ärzte hätte er höchstens noch drei Wochen zu Leben gehabt. Er war sofort einverstanden gewesen, sein Leben und damit auch seine Schmerzen früher zu beenden, und gleichzeitig dazu beizutragen, dass der Peiniger seiner Tochter das bekommt, was ihm zusteht.«
Deswegen lag die Heckenschere sichtbar ganz in der Nähe, schoss es Tom durch den Kopf.
Deshalb hat uns niemand aufgehalten, als wir irgendwie aus dem Labyrinth herausgefunden haben. Weil ich die Aufgabe erfüllt und das Spiel gewonnen habe.
Ihm war nicht ganz bewusst, dass es bei diesem Spiel keinen Gewinner geben konnte.

47

»Wo bist du jetzt?«, fragte Tom, immer noch den Tränen nahe. Die Geschehnisse und die Bilder kamen wie eine riesige Welle auf ihn zu und schienen ihn zu überwältigen.
»Auf diese Frage kann ich dir keine Antwort geben«, war Lenas einziger Kommentar dazu.
Tom wartete, dass sie noch etwas sagen würde, doch die Computer-Animation schwieg.
»Was ... was soll ich denn jetzt machen?«, fragte er irgendwann verzweifelt.
»Du musst jetzt das Richtige tun!«
Wieder diese seltsame Betonung auf den beiden Worten ‚*das Richtige*'.
»Wie meinst du das? *Was* soll ich tun?«
»Das Richtige!«, wiederholte Lena, immer und immer wieder.
»Das Richtige!«
Ihre Worte waren einlullend, fast hypnotisch. Langsam begann Lenas Erscheinung, sich zu verzerren und zu verschwimmen. Dabei wiederholte sie immer wieder dieselben zwei Worte.
»Das Richtige!«
Als Das Bild auf dem Fernseher bis zur Unkenntlichkeit verschwommen war, sagte sie noch ein paar letzte Worte, die im Gegensatz zu ihrem Abbild klar und deutlich erkennbar waren.

»Denk an meine Worte. Denk an das, was ich dir beigebracht habe. Ich werde immer bei dir sein.«
Dann wurde der Bildschirm von einem auf den anderen Moment schwarz. Das Programm war beendet. Nur wenige Sekunden später spuckte der DVD-Player surrend die Diskette aus.
Im ganzen Zimmer war es bis auf Toms schwere Atemgeräusche mucksmäuschen still.
Hinterher wusste er nicht, wie viele Sekunden oder gar Minuten verstrichen waren, in denen er einfach nur regungslos in seinem Zimmer stand. Sein Kopf explodierte förmlich von der Gedankenwelle, die durch seine Zellen jagten. Jeder einzelne Gedanke schien den anderen verprügeln und sich damit selbst in den Vordergrund drängen zu wollen. Doch bei so vielen Gegnern hatte keiner davon eine Chance. Sobald er auch nur eine Millisekunde auf dem Siegertreppchen stand, kam ein neuer Gedanke, eine neue Emotion, und stieß ihn wieder herunter.
Jegliches Zeitgefühl ging verloren. Die Welt um Tom herum drehte sich weiter, doch er drehte sich nicht mehr mit ihr.
Wahrscheinlich hätte er noch ewig so herumgestanden, wenn ihn nicht plötzlich ein markantes Geräusch abrupt aus seiner Gedankenwelt gerissen hätte.
Es war das Geräusch eines sich im Türschloss drehenden Schlüssels.
Sein Vater war zurückgekehrt.

48

Sofort beschleunigte sich Toms Herzschlag. Nun, da ihm die Wahrheit vor Augen geführt wurde, wurde ihm bewusst, in welcher potenziellen Gefahr er sich all die Jahre befunden hatte. Diese Gewissheit jagte ihm einen kalten Schauer über den Rücken und ließ ihn frösteln.

Er war sonst eher ein skeptischer Mensch, aber aus irgendeinem unerfindlichen Grund, den er selbst nicht so genau kannte, glaubte er Lena jedes einzelne Wort. Für ihn ergab das alles einfach Sinn. Sein Bauchgefühl sagte es ihm, und das hatte ihn fast nie getäuscht.

Von unten hörte er die Stimme seines Vaters, der ihm Bescheid gab, dass er nun Zuhause sei.

Zuhause, dachte Tom, *war ich da jemals? Ich habe kein Zuhause. Ich hatte auch nie eins. Ich habe ein Zimmer und ein Bett, aber kein Zuhause!*

Er spürte, wie die Tränen der Wut wichen. Er wusste, dass es falsch war, sich von Gefühlen leiten zu lassen, war er doch immer ein rational denkender Realist gewesen.

Doch was zählte das schon? Was zählte überhaupt noch etwas?

In einer Welt, die von Geld regiert und von den Menschen ausgebeutet wurde, in der Moral und Gerechtigkeit genauso vom Aussterben bedroht waren, wie der Eisbär auf seiner schmelzenden Eisscholle.

Tom war alles egal. Sein Leben würde ohnehin nicht mehr so sein wie früher. Doch hatte er früher überhaupt ein Leben gehabt? Was sollte das für ein Leben gewesen sein, aufgebaut auf Lügen und Intrigen?
Wenigstens würde ab jetzt ein Leben der Wahrheit und Gewissheit beginnen, nachdem er all die Jahre scheinbar blind durch die Welt gelaufen war.
Ganz egal, wie dieses Leben auch aussehen mochte, es würde nun ein Stück mehr Gerechtigkeit herrschen.
Verschiedene, gedämpfte Stimmen störten seinen philosophischen Gedankenfluss und holten ihn in die gottverdammte Realität zurück. Sein Vater schien den Fernseher angeschaltet zu haben.
Tom schüttelte sich kurz und fokussierte seinen Blick. Er spürte wie das Adrenalin durch seine Adern schoss.
Dann machte er sich entschlossen auf den Weg nach unten, leise genug, dass seine Fußstapfen auf der Treppe nicht zu hören waren.
Zielstrebig steuerte er die Küche an. Er wusste, wo das lag, was er jetzt brauchte. Schließlich hatte er es genauso eins zu eins schon einmal getan.
Und er hatte sich sogar selbst dabei zugesehen, kannte also jeden einzelnen Schritt.
Das Messer war gar nicht so schwer, wie er gedacht hätte. Im Gegenteil, in seinen Händen fühlte es sich nun federleicht an. Er umfasste den leicht warmen Griff und spürte, wie dessen Wärme in seine eigenen Poren eindrang und ihn ausfüllte.
Es gab nun kein Zurück mehr. Zu viel Nachdenken

würde lediglich Zeit kosten, auch wenn Tom gerne ein paar Augenblicke innegehalten hätte und seinen Gedanken freien Lauf lassen würde. Dafür war es jetzt zu spät.
Doch der Zeitpunkt, das Richtige zu tun, war noch nicht zu spät.
Der war jetzt.
Mit vier, fünf schnellen Schritten war er an der Wohnzimmertür angekommen. Lautlos schwang er sie auf. Sein Vater saß genauso da, wie er es erwartet hatte, auf dem Sessel vor dem angeschalteten Fernseher, mit dem Rücken zu ihm.
Von Hass und Gerechtigkeit getrieben, trat Tom hinter den Sessel, beugte sich herunter, und schnitt seinem Vater, in dem er sich so getäuscht hatte, mit einer präzisen Bewegung die Kehle durch.

49

Epilog

Drei Wochen später

Seine Schritte hallten in dem langen, von Neonröhren beleuchteten Gang und erzeugten so eine gespenstische Atmosphäre. Die Tür am Ende des scheinbar endlosen Korridors würde ihn in wenigen Sekunden hinaus in die Freiheit führen.
Tom wusste, dass er schon nach ein paar Minuten wieder in diesen Flur zurückkehren musste, dennoch wartete hinter der Tür, auf die er zuschritt, ein kleines Stückchen persönliche Freiheit. Das letzte bisschen Glück, das ihm noch blieb, und der einzige Grund, wegen dem er noch lächeln konnte.
So gut es ging versuchte er, die zwei großen Männer neben sich auszublenden, was nicht besonders leicht war, denn die Kerle maßen sicher an die zwei Meter und hatten die Statur eines Eichenholzkleiderschranks. Beide schauten stumm geradeaus, doch er wusste, dass sie ihn im Augenwinkel ganz genau im Blick hatten und jede einzelne seiner Bewegungen beobachteten. Also marschierte er weiterhin brav zwischen ihnen, darauf bedacht, sich bloß keinen Fehler zu erlauben.
Fehler wurden bestraft. Hart bestraft. Das wusste er.

Sie hatten die Tür nun fast erreicht. Gleich würde er endlich das Gebäude verlassen können, zum ersten Mal seit einer Ewigkeit, wie es ihm vorkam.
Der weiß gestrichene Flur mit dem grauen Kunststofffußboden und den kalten, weißen Neonröhren, von denen die Hälfte unrhythmisch flackerte, erinnerte ihn an ein altes, verlassenes Industriegebäude. Nicht nur dieser Flur, sondern das gesamte Haus erzeugte diesen Eindruck bei Tom.
Er wollte weg von hier, doch das ging nicht. Auch das wusste er. Man hatte ihm erklärt, wieso, doch das hatte er nicht verstanden. Und würde es auch nie tun.
Grelles Sonnenlicht blendete ihn, als er über die Schwelle auf den sandigen Vorplatz trat. Fast wäre er gestolpert. Dieses dämliche Plastikding, das er rund um die Uhr um seine Knöchel tragen musste, störte ihn.
Doch ohne die Fußfessel würde man ihn nicht aus dem Gebäude herauslassen.
Das wusste er.
Darina wartete ein kleines Stückchen von der Tür entfernt auf ihn. Sie trug eine braune Übergangsjacke und dazu einen Schal, der einer Tischdecke Konkurrenz machen würde, um bei den herbstlichen Temperaturen nicht zu frieren.
Sie hatte sich die haselnussbraunen Haare gewellt, was sie nur ganz selten tat. Doch sie wusste, dass sie Tom gefielen, also hatte sie sich die Mühe gemacht.
Sie lächelte, als sie ihn aus der Tür treten sah, doch sie wusste genau, dass Tom den dunklen, traurigen

Schleier auf ihrem Gesicht genauso wenig übersehen würde, wie ihre vom Weinen geröteten Augen, die sie sich ausgeheult hatte, kurz bevor sie losgefahren war, um ihn zu besuchen.

Sie waren nicht alleine auf dem riesigen Gelände.

Überall gingen Menschen umher, Menschen wie Tom, Menschen wie Darina, und natürlich Menschen wie die beiden Hühnen, die überall auf dem Platz patrouillierten.

Tom fiel seiner besten Freundin in die Arme. Die längste Umarmung, die sie ihm je geschenkt hatte. Und die erste Erfahrung von Menschlichkeit und Zuneigung seit Wochen.

»Wie geht‘s dir?«, fragte sie nur. Mehr brachte sie noch nicht heraus. Tom ließ ein kurzes, aber freudloses Lachen ertönen, bevor er antwortete.

»Ganz gut, und dir?«

Sie nickte nur, was nicht heißen sollte, dass es ihr gut ging, sondern dass sie den Schmerz schon irgendwie überleben würde.

Auch das wusste Tom.

»Es tut mir so leid«, flüsterte sie. »So leid.«

Tom umarmte sie erneut und strich ihr eine Haarsträhne aus dem Gesicht.

»Es wird alles gut, okay?« Er sah ihr direkt in die Augen, musste sich nun selber um die Zurückhaltung seiner Tränen bemühen. »Mir geht es gut hier drinnen, mach dir bitte keine Sorgen, in Ordnung?«

Darina nickte leicht. Zuhause würde sie sich ohnehin wieder Sorgen machen. So wie die letzten Wochen un-

unterbrochen, vierundzwanzig Stunden am Tag, schlaflose Nächte mit inbegriffen.
»Gehen wir ein Stück?«, schlug Tom vor, um endlich etwas Bewegung zu bekommen, denn die ausschließlich in weiß gehaltene, dünne Baumwollkleidung, die er wie jeden Tag trug, hatte dem frischen Wind nichts entgegenzusetzen.
Sie schlenderten über das karge, nicht sehr weitläufige Gelände, und Tom spürte die ganze Zeit über mindestens zehn Augen auf sich gerichtet. Ein Gefühl, dass er wohl nie würde ablegen können, zumal er wusste, dass er sich das nicht nur einbildete.
Lange Zeit sagte keiner von ihnen ein Wort. Niemand wusste so wirklich, was er sagen sollte, oder wie er es sagen sollte. So genossen sie eine Zeit lang einfach nur die gemeinsamen Minuten an der frischen Luft.
»Warum hast du das getan?«, brach Darina plötzlich unvermittelt das Schweigen. Sie sah ihm dabei nicht in die Augen und gab keine weiteren Erklärungen von sich, was sie mit ihrer Frage gemeint hatte. Doch das musste sie auch gar nicht.
Tom rückte etwas dichter an sie heran. »Um das Richtige zu tun«, murmelte er so leise, dass sie es gerade eben noch hören konnte.
Darina blieb abrupt stehen. »Bitte was?!«, rief sie lauter als beabsichtigt.
Tom hob beschwichtigend die Hände und bedeutete ihr damit, leiser zu sein, um kein unnötiges Aufsehen zu erregen. Man sah ihr an, dass sie noch etwas auf der Zunge liegen hatte, doch sie nahm sich zusammen

und schluckte es hinunter.
»Es ist viel zu viel, um es dir jetzt zu erklären, und wahrscheinlich würdest du es auch nicht verstehen.«
Tom schaute sich nervös um, um zu sehen, ob jemand anderes in Hörweite war. Als er sicher gehen konnte, nicht belauscht zu werden, fuhr er fort, wenn auch mit deutlich leiserer Stimme als vorher.
»Wenn du die Wahrheit wissen willst, geh zu uns nach Hause. Ich habe in meiner Matratze eine DVD versteckt. Dort ist alles drauf, was du wissen musst.«
Geistesgegenwärtig hatte Tom damals gleichzeitig mit dem Einschub der Disc in den DVD-Player die Bildschirmaufnahme gestartet, die auf einer zweiten, externen Diskette gespeichert wurde.
Eine Vorsichtsmaßnahme, die er sich angewöhnt hatte, falls er dubiose Post bekam, deren Inhalt er nicht kannte, wie Speichermedien, USB-Sticks, Disketten und so weiter.
Wie erwartet ließ sich das Programm, das Lena, das seine Mutter, ihm geschickt hatte, nicht ein zweites Mal starten, nachdem es einmal abgespielt wurde.
Trotzdem hatte er es so auch geschafft, Darina etwas zu hinterlassen. Damit sie hoffentlich verstehen würde. Er betete nur, dass die Spurensicherung der Polizei dieses todsichere Versteck nicht doch irgendwie entdeckt hatte. Aber er glaubte nicht, dass die Beamten seine Matratze aufschlitzen und das ganze Innenleben untersuchen würden.
Darina nickte nur abwesend. Sie wusste, dass es jetzt nichts bringen würde, noch irgendwelche Fragen zu

stellen.
Erst nach einigen Augenblicken bemerkte sie, dass Tom sie mit einem vielsagenden Blick unvermindert anstarrte.
Der blaue Fleck an ihrem Hals. Er musste ihn eben entdeckt haben. Erneut wandte sie den Blick ab und versuchte erst gar nicht, Ausreden oder eine Erklärung zu erfinden. Tom wusste ohnehin Bescheid.
»Und was soll ich dann tun?«, fragte sie nach einer Weile des Schweigens. »Ich hab doch ohne dich niemanden mehr.«
Das Zittern in ihrer Stimme war deutlich zu hören, auch wenn sie sich größte Mühe gab, die Tränen zu unterdrücken.
Tom blieb stehen und legte ihr eine Hand auf die Schulter. »Das Richtige«, sagte er nur, »du musst das Richtige tun.«
»Und woher weiß ich dann bitte, was ...«
Doch Tom unterbrach sie, indem er ihr einen Finger auf die Lippen legte, sie auf die Stirn küsste und sie noch einmal in den Arm nahm. Dann sah er ihr ganz fest in die Augen.
»Das wirst du dann wissen. Vertrau mir bitte einfach. Ich muss jetzt wieder los.«
Unbemerkt von Darina waren die beiden großen Männer zu ihnen gestoßen und warteten darauf, dass Tom sich wieder in ihre Mitte begab, um zurück in das graue, hässliche Betongebäude zu kehren.
Darina blieb noch so lange auf der Stelle stehen, bis die drei wieder in dem Haus verschwunden waren,

dann drehte sie sich um und strebte dem Ausgang des Geländes entgegen.
Nach etwa einhundert Metern hatte sie die Eingangsschranke passiert, die die Auffahrt auf das Gelände flankierte. Sie nickte dem Pförtner hinter der Glasscheibe noch einmal höflich zu, bevor sie die Straße überquerte und die Anlage der geschlossenen Psychiatrie hinter sich ließ.
Sie blieb noch einmal stehen und warf einen Blick zurück auf die hohen Mauern, die zusätzlich mit spitzem Stacheldraht gesichert waren. Sie wusste selbst nicht warum, aber aus irgendeinem Grund musste sie lächeln. Zum ersten Mal in ihrem Leben fühlte sie sich ein kleines bisschen frei.
Und dieses Gefühl hielt auch immer noch an, als sie sich auf den Weg zu Toms Haus machte, um nach der DVD zu suchen.
Um dann das Richtige zu tun.
Was auch immer das sein würde.

Danksagung

Sie haben das Buch bis zu dieser Stelle gelesen, ohne es vorher wegzulegen, weil es zu langweilig wurde? Dann sind Sie der Erste, bei dem ich mich bedanke: Danke, dass Sie dieses Buch gekauft und bis zum Schluss gelesen haben.
Außerdem möchte ich mich bei all den Menschen bedanken, die, obwohl sie mich nun schon eine lange Zeit kennen, immer noch an meiner Seite sind und meine Anwesenheit mehr oder weniger freiwillig ertragen.
Dazu gehört natürlich zunächst einmal meine Familie, insbesondere der eingeschworene, innere Kreis (Auch bekannt als unsere Bowlinggruppe), bestehend aus Franziska Lüder, Jan und Jochen Lachnitt, Stephanie (Nur mit ph!) und Kalle Stürmer.
Spezieller Dank gilt dem Familienoberhaupt Heinz Feddern, an den ich ganz fest glaube, dass er die 100 Jahre noch erreicht!
Den allergrößten Dank gebührt Brigitte Lachnitt. Danke, dass du immer für mich da bist, wenn ich dich brauche und immer ein offenes Ohr hast. Danke Oma.
Danke Mama, dass du immer alles tust, damit es mir gut geht und ich immer alles habe, was ich brauche. Du bist die Beste!
Danke Papa, dass du mich bei allem immer unterstützt und für mich da bist. Wenn ich Zeit habe,

fahren wir mal wieder zusammen weg, versprochen!

Danke an all meine Freunde, ohne die ich im Leben vermutlich gar nichts mehr zu lachen hätte. Allen voran Dana Galkina (Zu viel getrunken, zu viele scharfe Crêpes gegessen, zu oft über die Politik und die Schule aufgeregt – Danke, dass du so tickst wie ich und mich vestehst).

Danke an Pia André. Du bist und bleibst die erste Adresse, die ich aufsuche, wenn ich meinen Alkohol und mein Essen loswerden will.

Danke an Pia Stapelfeldt (Ich hoffe, ich hab sonst keine Pia vergessen …) fürs zur Seite stehen, wenn alle anderen meinen Musikgeschmack kritisieren. Auch wenn ich hin und wieder etwas kompliziert sein kann. ;)

Danke an Kira Lemburg – die beste Sitznachbarin, die man nur haben konnte, auch wenn deine permanent viel zu gute Laune mich hin und wieder aggressiv gemacht hat. Von deinem Kohlrabi ganz zu schweigen.

Ich danke dir, Darline, für dein offenes Ohr zu jeder Tages- und Nachtzeit und fürs Dasein, wenn es gerade sonst niemand mehr ist.

Danke an Carina fürs Aufbauen, Mutmachen und Motivieren, wenn ich es brauche. Ohne dich hätte ich dieses Buch niemals angefangen. Aber pass bitte auf die Straßenlaternen auf!

Danke an Nina Karsten für die langjährige Freundschaft, trotz deiner Intoleranz gegenüber Ananas auf einer Pizza!

Danke dir, lieber Matti, für einfach alles. Falls du das

hier jemals liest: Du weißt, warum du hier stehst!
Danke auch an Vanessa für deine Motivation, mehr zu reisen und mehr von der Welt zu sehen.
Zum Schluss möchte ich noch der wichtigsten Person in meinem Leben Danke sagen. Danke an Susanne Wendt, dass du in mein Leben getreten und geblieben bist, für mich da bist, wenn es mir nicht gut geht und alles für mich tust, damit ich glücklich bin. Du bist ein Geschenk für jeden Menschen, der dich kennt.
Ein weiterer Dank geht an das Team von epubli, ohne deren Arbeit Sie dieses Buch jetzt nicht in Ihren Händen halten würden.
Ich hoffe, das Buch hat Ihnen gefallen und Sie wollen noch mehr von mir lesen. Falls nicht, können Sie ihre Kritik per E-Mail hendrik-m-99@outlook.de loswerrden. Oder Sie besuchen meinen Instagram Account hendrik_99_sm.
Aber denken Sie daran, nicht alles, was Sie gelesen haben, ist so auch in der Realität passiert. Nur ein paar Szenen vielleicht :-)

Ihr und Euer Hendrik Müller

Ps: Danke auch an Tom – wo immer du gerade bist und wie auch immer es dir heute geht ...

Druck:
Customized Business Services GmbH
im Auftrag der KNV-Gruppe
Ferdinand-Jühlke-Str. 7
99095 Erfurt